Mordsteufel

Wolfgang Wiesmann

Mordsteufel

anno
verlag

Haftungsausschluss:

Die Rezepte dieses Buches wurden von Autor und Verlag sorgfältig erwogen und geprüft. Dennoch kann eine Garantie nicht übernommen werden. Die Haftung des Autors bzw. des Verlags für Personen-, Sach- und Vermögensschäden ist ausgeschlossen.

Mordsteufel – Ein Münster-Krimi mit irischen Spuren

Bibliografische Information der Deutschen Bibliothek.
Die Deutsche Bibliothek verzeichnet diese Publikation in der Deutschen Nationalbibliografie; detaillierte bibliografische Daten sind im Internet über http://dnb.ddb.de abrufbar.

Das Werk erschien erstmals 2015 beim Oktober Verlag, Münster,
unter dem Titel „Du musst dran glauben – Münster-Krimi mit Rezepten“

Titelfoto: Thorsten Neuhaus_pixelio, pattilabelle_fotolia (U4)
Titelgestaltung: Anno-Verlag, Ahlen
Satz: Ilona von Treskow
ISBN: 978-3-939256-68-7
E-Mail: info@anno-verlag.de
Web: www.anno-verlag.de

MORDSTEUFEL

„Fey, das ist dein Chef. Klingt nervös."

Feys Schwester nahm die Hand vom Mikro und reichte ihr das Gerät.

„Herr Carstensen, was gibt's?"

„Sie müssen sofort ins Präsidium kommen. Ein Doppelmord. Das hat keinen Aufschub. Kollege Mörris ist auf Urlaub im Himalaja. Sie wissen das. Kommen Sie direkt in mein Büro."

„Herr Carstensen, ich habe mir ausdrücklich für diesen Tag frei genommen. Steht dick im Terminplaner. Seit Wochen. Ich bin Taufpatin. Wir fahren gerade zur Kirche."

„Frau Amber, Sie kommen umgehend in mein Büro!"

Fey Amber konnte es nicht fassen. Ihr Chef hatte aufgelegt. Konsterniert schaute sie das Handy an und hätte am liebsten laut aufgeschrien. Sie seufzte vor Entrüstung, als sie das Telefon an ihre Schwester zurückgab.

„Der hat tatsächlich deine Telefonnummer herausgefunden. Tut mir leid. Manchmal hasse ich meinen Job."

Ihre Schwester sah mitleidig, wie Fey den Tränen nahe war und sich beherrschte. Sie nahm die Decke vom Babysitz zur Seite.

„Schau ihn dir an! Du wirst trotzdem seine Taufpatin und er wird stolz auf dich sein, wenn er später erfährt, dass du bei der Mordkommission bist. Ist er nicht süß! Wir werden eine Lösung finden. Der Pfarrer sieht das nicht so eng."

Fey schluckte. Ihre Schwester streichelte ihr über die Wange. „Sieh mal, wie niedlich er schläft." Für Fey stand ein harter Arbeitstag an. Sie musste umschalten, ganz gegen ihre innere Verfassung.

„Tut mit leid, ich muss telefonieren", stöhnte sie und bat um das Handy. Sie bestellte sich die Kollegen von der Streife zur Kirche. „Die sind schneller als ein Taxi", murrte sie widerwillig. „Dann können die lieben Verwandten gleich sehen, dass die Patin von der Polizei abgeholt wird."

Sie blickte auf das Baby. „Schöne heile Welt, in die du da hineingeboren wurdest."

* * *

CHEFSACHE

Fey überlegte, warum ihr Chef sie ins Büro bestellt hatte und nicht gleich zum Tatort. Dadurch verlor sie wichtige Zeit. Ein Doppelmord war ungewöhnlich, selbst für ihre Abteilung. Hoffentlich keine Prominenten, dachte sie, die sich aus lauter aufgestauter Emotionen gegenseitig die Kehlen aufgeschlitzt hatten.

Im Aufzug des Präsidiums erfuhr sie, dass Carstensen nicht allein auf sie wartete. Alle diensthabenden Ermittlungsbeamten seien einbestellt worden. Die Sitzung sei noch im Gange.

Fey tippelte auf ihren hohen Absätzen in ihrem engen champagnerfarbenen Zweiteiler in Carstensens Büro, wo sie den männlichen Kollegen für eine Sekunde den Atem raubte. Nach dem köstlichen Schrecken tat jeder so, als würde ihn die hübsche Mittvierzigerin mit ihren hochgesteckten blonden Locken nicht im Mindesten interessieren. Dass ihr Rock die geschwungenen Formen ihres Pos abzeichnete, hatte sie nicht beabsichtigt, nicht für den Auftritt vor Ackermann, dem Polizeipräsidenten, der auf Carstensens Sessel Platz genommen hatte. Sie legte ihre kleine Handtasche mit den Schminkutensilien auf Carstensens Aktenschrank.

Also doch Promimorde, dachte sie wegen Ackermanns Anwesenheit und schaute sich nach einer Sitzgelegenheit um. Offensichtlich waren alle Stühle belegt. Ob aus höflicher Gewohnheit oder aus ehrlicher Kavalierstradition stand Ackermann auf und bot ihr an, sich statt seiner zu setzen. Fey lächelte erfreut und folgte der Einladung. Daraufhin stand Carstensen auf und bot Ackermann seinen Platz an.

„Es geht um einen Doppelmord, Mutter und Baby“, fuhr Carstensen fort. „Der Tatort liegt an einem Baggersee 30 km südlich von Münster, nahe Hausdülmen. Ich komme gerade von dort.“

Fey empörte sich still. Wie geschickt Carstensen es anstellte, seinen Lapsus mit dem Dienstplan zu seinem Vorteil umzumünzen. So stand er da als vorbildlicher Chef, der sein Handwerk auch nach Jahren der Bürotätigkeit noch mit Enthusiasmus betrieb. Etwas drängte sich an ihrem Zorn über Carstensens Selbstgefälligkeit vorbei in ihr Bewusstsein. Hatte er Mutter und Baby gesagt? Die Vorstellung vom Mord an einer Mutter und ihrem Kind erregte ein nachhaltiges Gefühl des Nicht-Wahrhaben-Wollens in ihr. Ein Baby, sie musste sich verhört haben. Vielleicht war es ein Unfall. Sie musste sich einmischen.

„Kann ein Unfall oder ein Selbstmord der Mutter definitiv ausgeschlossen werden?"

„Kollegin Amber, Sie werden sich in Kürze davon überzeugen können, dass es sich um ein Kapitalverbrechen handelt. Die Mutter starb an einem Schuss in den Kopf. Ihr drei Wochen junges Baby wurde durch einen Schuss in die Brust regelrecht hingerichtet. Sie sind sofort an ihren Schusswunden gestorben."

„Gibt es Zeugen?", fragte Ackermann. „Falls ja, legen Sie ihnen Schweigepflicht auf. In einem solchen Fall muss die Öffentlichkeit ruhig gehalten werden. Man hört immer wieder von Familientragödien, aber machen wir uns nichts vor, ein Mord an einer Mutter und ihrem Kind wird Schlagzeilen schreiben. Die Presse wird Amok laufen. Je sensibler unsere Informationspolitik, desto geringer der Schaden für die Polizei."

Ackermann wischte sich mit einem gefalteten Taschentuch einige Schweißperlen von der Stirn und fuhr fort:

„Bitte bedenken Sie, dass die Bevölkerung in der heutigen Zeit auf Gefahren dieser Art sehr empfindlich reagiert. Wir haben es häufig mit Alleinerziehenden und Singles zu tun. Die haben ein gesteigertes Bedürfnis nach Schutz durch die öffentlichen Organe. Da sind Sie gefragt, liebe Kollegen und Kolleginnen."

In Carstensens Büro roch es stickig. Einige Anwesende hatten bereits 20 Stunden Schicht hinter sich. Genau die suchten nach einem interessanten Fluchtpunkt, um sich von

Ackermanns langweiligen Sorgen um den Ruf der Polizei abzulenken. Sicher wäre Fey Amber in ihrem eleganten Kostüm ein lohnendes Objekt gewesen, aber niemand hatte bisher eine Schnitte bei ihr gekriegt und ein einziger Blick in ihr Gesicht würgte auch der zärtlichsten Versuchung die Hoffnungen ab.

Ackermann warnte erneut vor der potenziellen Gefahr einer Überreaktion seitens der Bevölkerung. Hunderte Hinweise, die nur aus übertriebener Angst zustande kommen würden, müssten verfolgt werden. Der Druck auf die Staatsanwaltschaft und die Polizei, einen Täter präsentieren zu müssen, könnte bei der Ermittlungsarbeit zu voreiligen Schlüssen führen. Bei einem brisanten Fall wie diesem stand absolute Professionalität im Vordergrund. Fey kannte die Angst Ackermanns vor der Presse.

Für sie hatte der Fall bereits Sonderstatus. Der Mord an einer Mutter und ihrem Kind stach ihr ins Herz. Sie fühlte sich persönlich betroffen. Sie war Kommissarin. Gefühle mussten dosiert werden, wie durch eine Schlaftablette, nur immer schön am unteren Limit bleiben. Mutter und Kind, hämmerte es in ihrem Kopf. Mutter und Kind symbolisieren Liebe und Leben. Sie wehrte sich gegen eine sentimentale Betrachtung, aber was sollte sie machen? Die Morde standen für den Angriff auf alle Menschen.

Kinder wurden in Familientragödien getötet, aber die fanden fast ausschließlich in den eigenen vier Wänden statt. Dass ein amoklaufender Vater oder eifersüchtiger Ehemann Mutter und Kind am Baggersee umbrachte, passte nicht ins klassische Muster. Der Täter trug eine Waffe bei sich. Die Tat war geplant gewesen. Dem Täter ist keine emotionale Sicherung durchgeknallt. Da war ein Verrückter am Werk.

„Scheiße“, entglitt es ihr leise. Carstensen drehte sich zu ihr um. Sie blickte kühl zurück. Plötzlich war ihr die Situation im Büro zuwider. Ackermann politisierte den Fall. Das fand sie unmoralisch. Ihr Chef begleitete Ackermann hinaus. Carstensen war über sechzig und lange nicht mehr im aktiven Ermittlungsdienst tätig gewesen. Dass er allein an den Tatort gefahren war, war bereits ein Fehler, über den allerdings niemand zu sprechen wagte. Sein Bericht stand an.

Fey sah zur Tür, die sich gerade schloss, und wünschte sich, es wäre ihre Hand gewesen, die die Klinke von außen zugedrückt hatte. Ihre Ehe war vor fünf Jahren gescheitert. Damals hatte sie sich glücklich geschätzt, dass ihre Beziehung kinderlos geblieben war. Mit vierzig und noch voller Kummer hatte sie sich in die Arbeit gestürzt, machte viele Überstunden und hatte Erfolg. Dass sie keine eigenen Kinder haben würde, hatte sie immer geschickt verdrängt, aber nun kam da was hoch. Da war Traurigkeit für die getötete Mutter, die auf seltsame Weise ihre eigenen Muttergefühle geweckt hatte. Sie meinte plötzlich, das Geschehene rückgängig machen zu müssen, als könne sie in ihre Vergangenheit zurückreichen und dort die Weichen anders stellen. Da war ein Gefühl der Wiedergutmachung, aber wofür? Musste sie sich etwa rechtfertigen, dass sie kinderlos geblieben war?

Von Carstensens Bericht schnappte sie nur Bruchstücke auf. Die Ermordeten wurden 20 Meter vom Ufer aufgefunden. Ein wanderndes Ehepaar hatte die Leichen entdeckt und sofort die Polizei alarmiert. Außer den Schusswunden hatte der Arzt keine anderen Spuren von Gewaltanwendung festgestellt. Die Schusswaffe wurde nicht gefunden, was einen Selbstmord ausschloss, dennoch konnte es sich um ein Familiendrama handeln. Davon hatte sie schon einige kennengelernt. Sowas passierte und eigentlich konnte es gar kein anderes Motiv geben, als aufgestaute Wut oder unerträglichen Hass.

Sie musste unbedingt zum Tatort, um sich selbst ein Bild zu verschaffen. Die Spurensicherung war noch vor Ort. Die Leichen waren auf dem Weg in die Pathologie. Nach Carstensens Einschätzung gab es zwei Täter. Die Schuhabdrücke im feuchten Sand des Ufers deuteten darauf hin. Die Spuren reichten bis zum Wasser.

Die Mutter musste das Baby auf dem Arm getragen haben. Was aber wollten sie dort am See? Die Tat fand in Ufernähe statt. Warum gerade da, wo doch dort die Spuren am deutlichsten sein würden? Vielleicht waren Mutter und Kind unter falschem Vorwand dorthin gelockt worden. Wie hatte Carstensen sich ausgedrückt? Sie seien kaltblütig hingerichtet worden. Das alles passte in kein bekanntes Muster, ergab keine runde Story.

Wieder drängte sich die Frage nach dem Motiv auf. Beziehungsprobleme wären ein klassischer Grund. Dann war es einer aus dem Familienkreis. Andererseits könnte die Frau etwas gesehen haben, was nicht für ihre Augen bestimmt war, und wurde am Baggersee zum Schweigen gebracht. Aber wieso dort und wieso auch das Kind?

Fey sah auf die Uhr. Wahrscheinlich war die Taufe ihres kleinen Neffen gerade in vollem Gange. Ihr ging die Vorstellung von einem ermordeten Baby nicht aus dem Sinn. Ein einziger Schuss raffte ein Leben hinweg, ein Leben voller Unschuld. Sie wollte aufstehen, verspürte das Bedürfnis, sich bewegen zu müssen. Zum Glück ging Carstensen der Redestoff aus. Er bat Fey, ihm in den Flur zu folgen.

„Mensch, Amber", grollte er, „Sie waren nicht zu finden. Da musste ich selber ran. Sie haben Ackermann gehört. Der Fall wird absolut vertraulich behandelt. Alles direkt zu mir."

Fey fürchtete das Schlimmste. Ihr Kollege Mörris war für drei Wochen außer Gefecht. Würde sie etwa zusammen mit Carstensen den Fall bearbeiten? Undenkbar! Der brachte sie jetzt schon an den Rand eines Nervenzusammenbruchs.

„Chef, ich muss zum Tatort. Die Zeit läuft davon. Gibt es Zeugen? Wer wird mein Partner in der Sache?"

„Keine Zeugen. Vorerst arbeiten Sie allein. Ich werde alles in meiner Macht Stehende in Bewegung setzen, um Ihnen einen fähigen Kollegen zur Seite zu stellen. Sie sind meine beste Kraft. Ich vertraue fest auf Ihr feines Gespür. Die Tat ist völlig rätselhaft und die Befunde am Tatort kurios, für mich ein Buch mit sieben Siegeln. Egal, man wird uns seitens der Presse die Hölle heiß machen."

Fey hatte abgeschaltet, nachdem Carstensen ihr den Fall allein an den Hals gehängt hatte. Sie brauchte Luft, frische Luft.

„Der Baggersee, wo liegt der?"

Carstensen griff hinter sich und holte eine Landkarte hervor.

„Hier, nehmen Sie!“

Fey nahm die Karte, drehte sich zum Gehen und verließ das Büro. Carstensen rief ihr nach.

„Tut mir leid, das mit der Taufe.“

* * *

TATORT BAGGERSEE

Sie stieg in ihren Dienstwagen und als sie ihr Handy aus dem Handschuhfach nahm, erinnerte sie sich an die Vorfreude auf die Feierlichkeiten zur Taufe. Sie blickte in den Rückspiegel, als wollte sie sich vergewissern, dass es tatsächlich sie war, die aus ihrem kleinen Familienfest herausgerissen worden war. Alles hatte so schön angefangen. Sogar die Sonne schien.

Die Fahrt bei offenem Fenster machte es ihr leichter, den Frust loszulassen. So war das eben mit dem Job. Den hatte sie sich ausgesucht, also warum sich die eigene Entscheidung zum Vorwurf machen? Sie nahm sich die Klammern aus den Haaren und ließ sich vom Fahrtwind kühlen.

Sie fuhr auf die A 43 Richtung Dülmen. Die Frage, ob die Mutter mitangesehen hatte, als ihr Kind erschossen wurde, ging ihr nicht aus dem Kopf.

Links und rechts der Autobahn rauschten gelbe Rapsfelder hinter roten Backsteinhäusern an ihr vorbei. Ein faszinierendes Gelb, dachte sie, und atmete tief durch. Der Baggersee lag in einem Waldgebiet. Dort wurde früher Quarzsand gefördert. Der hochwertige Sand wurde zur Glasproduktion gewonnen. Die Förderung war vor Jahren eingestellt worden. Zurück blieben idyllische Seen, die an Wochenenden tausende Leute aus dem Ruhrgebiet anlockten.

Der provisorische Parkplatz, der sich wie eine Schleife durch den angrenzenden Kiefernwald schlängelte, war gesichert worden. Polizisten winkten Schaulustige und enttäuschte Freizeitmenschen zum Weiterfahren an. Der Wagen von der forensischen Abteilung und ein Einsatzwagen der Kollegen von der Streife sagten ihr, dass sie am richtigen Eingang zum Baggersee parkte. Sie war froh, im Kofferraum ihres Wagens ein Paar Turnschuhe zu finden.

Trampelpfade wiesen ihr den Weg an frisch sprießendem Farnkraut und ausschlagenden Brombeerbüschen vorbei.

Laut Carstensen hatte ein wanderndes Ehepaar den makabren Fund gemacht. Als Fey aus dem schattigen Wald hervortrat, sah sie die Kollegen etwa 100 Meter vor sich in Ufernähe.

„Wie weit seid ihr?“, rief sie Harry von der Forensik entgegen.

„Wir warten hier eigentlich nur noch auf dich.“

„Okay. Erzähl!“

Harry klappte den Koffer zu und erhob sich.

„Die Patronenhülsen stammen von einer 8-mm-Kleinkaliber-Handfeuerwaffe. Wahrscheinlich eine Ruger.“ Er zeigte auf die Schildchen im Sand. „Dort die Fundstellen der Hülsen. Hier, an der Stelle wurde die Frau getötet. Etwa zehn Meter entfernt die zweite Hülse. Da starb das Baby. Die Leiche der Frau war noch nicht ausgekühlt. Mit ziemlicher Sicherheit trat der Tod zwischen Mitternacht und 1 Uhr ein. Am Körper des Babys konnte ich keine Wunden, Hämatome oder andere Verletzungen entdecken. Bei der Frau der gleiche Befund. Aber warten wir den Bericht der Pathologin ab. Allerdings ist mir da was aufgefallen. Es mag ohne Belang sein, aber die Bluse der Frau war falsch geknöpft. Das dritte Knopfloch von oben wurde beim Zuknöpfen ausgelassen. Würde einer Frau das passieren?“

„Trug sie einen BH?“

„Weiß, mit Spitze. Die Haut war tadellos in Ordnung. Ich glaube nicht an ein Sexualdelikt“, ergänzte Harry.

„Was liest du aus den Spuren?“

„Ein Fass ohne Boden. Die Abdrücke waren nur dort im nassen Sand halbwegs identifizierbar. Schau dich um, überall unklare Fuß- und Schuhabdrücke. Da ist eine Zuordnung nahezu unmöglich. Bis auf einen Bereich in Wassernähe, da sind einzelne Formen ziemlich klar umrissen. Nach meinen Messungen haben wir es mit Männerschuhen der Größen 43 und 45 zu tun. Trotz der Abdrücke ist kaum nachvollziehbar, was hier an dieser Stelle stattfand. Dort am Ufer weisen die Spuren zwei Paar Männerschuhe und ein Paar Damenschuhe auf. Die Damenschuhe gehörten der Toten. Kurios ist, dass die Abdrücke darauf hinweisen, dass die drei Personen mit Schuhen ins Wasser gingen. Sie sind auch mit Schuhen wieder herausgekommen. Anhand der Tritte ist zu beobachten, dass die Frau unregelmäßig ging, als wäre sie betrunken gewesen oder von den Männern bedrängt oder gestützt worden. Komm ich zeig dir's."

Sie gingen ein paar Schritte zum Wasser.

„Siehst du die Spuren hier. Ein Damenschuh mit runder Spitze, ohne Absatz."

„Ballerinas."

„Wenn du es sagst."

„Mach die Trittfolge mal nach!", schlug Fey vor. „Fang hier an und geh dann parallel zu den originalen Abdrücken."

Harry schmunzelte.

„Ich soll die Frau spielen? Wo ist eigentlich Mörris und seit wann kommt Fey Amber in einem engen Rock zur Arbeit?"

„Bitte, mach's. Ich muss es sehen, solange der Tatort noch authentische Spuren aufweist."

„Solche choreografischen Auftritte gehören nicht zu meinem Job."

„Komm, wir sehen uns die Abdrücke gemeinsam an", lächelte sie charmant.

Fey wollte es vor sich sehen, wie es gewesen sein könnte. Sie bat ihn erneut.

„Das kriegst du hin. Bitte, tu's für mich!"

Harry machte einen Versuch, die Schrittfolge zu imitieren, aber gab sofort frustriert auf.

„Wir versuchen es zusammen", schlug Fey vor. „Ich spiele die Frau und du einen der Männer."

Mit einem aufmunternden Augenaufschlag gelang es ihr, Harry umzustimmen.

Sie fassten sich an die Hand und gingen parallel zu den originalen Fußabdrücken zum Wasser. Die Beamten, die den Tatort sicherten, sahen ihnen aus der Ferne zu und grinsten. Fey und Harry machten einen zweiten Versuch, glätteten den Sand, schritten erneut darüber und verglichen dann ihre Spuren mit den originalen Spuren von der Tat. Diesmal hatte sich Fey gegen ihren Kollegen gewehrt. Er hatte sie am Handgelenk festgehalten.

„Das passt besser“, urteilte Fey. „Schau doch! Ich habe mich gewehrt, aber nicht mit aller Kraft. Du hast mich gezogen, aber nicht so, dass ich völlig panisch gewesen wäre. Auf der anderen Seite ging der zweite Mann. Die Frau befand sich in der Mitte. Das Baby lag wahrscheinlich im Sand.“

„Du hast recht“, sagte Harry. „Sie hat sich nicht mit aller Kraft widersetzt. Das würde anders aussehen.“

„Oder der zweite Mann hielt sie fest und gab ihr Halt.“

Harry schaute ungläubig.

„Du meinst, es gab einen bösen Mann und einen guten? Das ist weit hergeholt.“

„Um eine Mutter und ihr Baby umzubringen, braucht es nicht zwei Männer. Da reicht ein Vollidiot.“

„Eine umwerfende Logik, Kollegin, aber hast du mehr Anhaltspunkte für deine Gut-Böse-Theorie? Willst du dich lediglich auf unser kleines Schaustückchen von eben verlassen?“

„Was hab ich denn sonst? Verdammt, ich brauche mehr Details. Es war dunkel. Vielleicht hat jemand was verloren oder absichtlich deponiert.“

Augenblicklich legte sich ein schuldbewusstes Lächeln über die Augenpartien des Kollegen Harry. Er ging zum Koffer. Die Schnallen schepperten auf wie Flipperkugeln zwischen zwei boxenden Elektropolen. Er holte mit bedauerndem Blick ein Plastiktütchen hervor.

„Ehrlich! Hatte ich total vergessen. Diesen Anhänger haben wir beim Durchhaken im Sand gefunden.“

Fey nahm das Tütchen und sah sich den Inhalt an. Es handelte sich um ein kleines, rechteckiges, silbernes Kästchen, so groß wie eine Weintraube. Es bestand aus sehr feinem Drahtgeflecht. An der Seite befand sich ein Verschluss. Sie klemmte ihren Daumennagel dazwischen und klappte das Kästchen auf. Innen las sie auf einem Schildchen die Buchstaben: vL.

* * *

GUT UND BÖSE

Fey fuhr zurück nach Münster. Die Identität der Mutter wurde anhand des geschätzten Geburtsdatums des Kindes ermittelt. Sie stammte aus Münster. Die Akte mit den Angaben lag auf Feys Schreibtisch. Glücklicherweise war Anneliese nicht auch im Himalaja. Eine Sekretärin konnte zwar den Kollegen Mörris nicht ersetzen, aber sie verstand sich blendend mit Anneliese und das machte vieles leichter. Sie schlug die Mappe auf und las:

Es handelt sich um eine alleinerziehende Mutter, wohnhaft in Münster, gebürtig in Oldenburg. Ihr Name ist Karin Thomalla. Geboren: 12.3.1982. Nach dem Studium der Anglistik in MS arbeitete sie in diversen Instituten als Fremdsprachenlehrerin. Von Mai 2011 bis Dez. 2012 leitete sie in Frankfurt Sprachkurse für Offiziere der Nato in Afghanistan. Seit 12/13 Anstellung als Dozentin für angewandte Sprachwissenschaften an der Uni Münster.

Ihr Sohn Oliver wurde am 29.4.2014 geboren. Ob es sich bei dem Säugling tatsächlich um ihren Sohn handelt, wird die DNA-Analyse ergeben. Die Eltern von Frau Thomalla leben in Oldenburg.

Fey wendete das Blatt und las die Informationen zu den Eltern, hielt aber dann inne. Ihre lange Berufserfahrung hatte sie abgehärtet, aber es gab Ausnahmen. Es war schrecklich, wenn Kinder vor ihren Eltern starben. Dieses ältere Ehepaar hatte Tochter und Enkelkind verloren. Die Morde standen gegen den Lauf der Welt, als drehte sich die Uhr verkehrt herum. Unvermittelt musste sie an die vielen Madonnenstatuen denken. Die Gottesmutter und ihr Kind symbolisierten Liebe und Güte. Konnte es etwas Schlimmeres geben, als eine Mutter und ihr Kind zu töten?

Sie klappte die Mappe zu und wunderte sich über ihre Fassungslosigkeit, die sie unerwartet übermannt hatte. Sie war zum ersten Mal nicht wie sonst sofort auf den Täter fixiert. Ihre Entrüstung wollte nicht nachlassen.

Die Tür zum Flur stand offen, kein Laut zu hören, nur das ewige Summen der Kaffeemaschine. Im Raum ihres Chefs klingelte das Telefon, dann auch im Raum gegenüber bei Anneliese. Es war jedoch niemand da. So gesehen, klappte der Informationsstopp.

Carstensen kam in sein Büro zurück. Für Fey hatte die Frage nach ihrem Partner Priorität. Sie brauchte klare Vorgaben, um sich auf den Fall konzentrieren zu können. Sie ging zu ihrem Chef ins Büro.

„Haben Sie einen Partner für mich gefunden? Ich bin ratlos, nichts passt mit bekannten Fällen überein. Ich brauche einen Mann mit Verstand und dem Sinn für das Besondere. Hier ist Intuition gefragt."

Fey wartete einen Moment und dachte schon, ihr Chef hätte ihr nicht zugehört.

„Wissen Sie, Frau Amber, ich zerbreche mir seit heute Mittag den Kopf über genau diesen Mann. Dass Sie keinen von der Stange gebrauchen können, ist mir klar, aber finden Sie heute mal einen, der diesem Fall gewachsen ist. Männer mit Tugenden für das Besondere kommen nicht aus der Polizeischule. Die kommen von einem anderen Stern. Allerdings ..."

Carstensen zögerte. Es sah so aus, als wollte er das Gespräch absichtlich in die Länge ziehen, um sie vorzubereiten.

„Raus damit, wen haben sie im Blick?"

Wieder eine Pause, auf die sie gerne verzichtet hätte. Waren alle 60-jährigen Chefs so behäbig?

„Nun mal langsam", sagte Carstensen, sichtlich bemüht, die Situation zu entspannen. „Ich habe niemanden, nur eine Idee. Verstehen Sie? Ich muss erst vorfühlen."

„Um Himmels willen", rutschte es ihr heraus. „Was kann das für einer sein?"

„Frau Amber, ruhig Blut. Sie sind mit Abstand die beste Kommissarin, die ich in meiner Laufbahn gesehen habe. Ich finde einen kompetenten Kollegen für Sie, darauf können Sie sich verlassen."

Carstensen warf in der Regel nicht mit Komplimenten um sich. Wollte er sie im voraus Milde stimmen? Sie tippte mit den Fingernägeln auf die Schreibtischunterlage, schaute gereizt an die Decke und wäre am liebsten explodiert. Carstensen sah sich genötigt.

„Okay, Sie können sich bestimmt an Ihren Vorgänger Hanno Albers erinnern."

Fey sah ihn prüfend an. Albers war eine große Nummer gewesen. 1977 hatte man ihn als jungen Hauptkommissar zum Beraterstab von Hans-Jürgen Wischnewski bei der Flugzeugentführung nach Mogadischu berufen. Die RAF bestand aus relativ jungen Mitgliedern. Albers sollte mit frischen Ideen das Team um Wischnewski bereichern. Er hatte sich damals verdient gemacht. Die Geiselnahme verlief glimpflich. Kanzler Schmidt hatte Albers eine Auszeichnung verliehen. Fey war sprachlos.

„Frau Amber, darf ich Ihr Schweigen als Zustimmung auffassen?"

Als er nach drei Sekunden keine Reaktion von ihr bekam, hakte er nach.

„Sind Sie damit einverstanden, dass ich Albers anrufe?"

Albers musste an die 70 sein. Sie sah sich geehrt, aber zweifelte, ob der Mann ihr wirklich eine Hilfe sein konnte.

„Einen Moment, Chef. Ich bin etwas von der Rolle. Halten Sie Albers für geeignet?"

„Nicht der Idealste, wenn es um standardisierte Kriterien geht, aber der Beste, wenn es um einen unkonventionellen Querdenker geht, der so wie Sie mit Leidenschaft bei der Sache ist."

„Ich weiß nicht, Chef. So im Team mit einer Frau. Kennt er das?"

„Wenn die Frau mit seiner bodenständigen Ehrlichkeit klarkommt, habe ich da keine Bedenken."

„Sie meinen, mir würde kein Zacken aus der Krone brechen, wenn ich mich der Herausforderung stelle?"

„Ganz im Gegenteil. Sie werden sich einen ordentlichen Zacken hinzuverdienen. Höre ich eine Zustimmung von Ihnen?"

„Ich weiß nicht. Was ist von dem alten Albers noch übrig? Stimmt er zu, könnte das auch bedeuten, dass er nur sein ödes Pensionsleben aufpeppen will. Ich brauche einen echten Profi."

„Ich werde Albers die Situation schildern. Willigt er ein, kommt ein Profi der alten Garde – echt, aber mit Ecken und Kanten. Da ist dann Ihre Intuition als Frau gefragt. Aber das haben Sie drauf, Frau Amber. Geben Sie ihm eine Chance, dann bekommen Sie auch eine von ihm. Davon bin ich überzeugt."

Fey spürte ihr Herz klopfen, obwohl sie eigentlich keinen Grund dafür sah. Wie ein kleines Mädchen, dachte sie. Seite an Seite mit dem legendären Albers, das war dann doch eine gewagte Nummer.

* * *

DER PFARRER

Am Nachmittag bekam Fey die Nachricht von einem weiteren Mord, nur wenige Kilometer vom Tatort Baggersee entfernt. Sie war gerade auf dem Weg in die Pathologie, als sie die Details erfuhr. Eine männliche Leiche wurde von einem Jogger in einem Waldstück nahe des Hausdülmener Landweges tot aufgefunden. Die Dienststelle in Dülmen war von dem Jogger informiert worden und hatte den Vorfall an sie weitergeleitet.

Fey trat aufs Gaspedal. Wieder lagen 30 km vor ihr, wichtige Zeit ging nutzlos verloren.

Nach dem Vater des ermordeten Babys wurde bereits gefahndet. In der Wohnung von Frau Thomalla waren Fotos und Identität des Vaters anhand von Briefen und Tagebüchern sichergestellt worden.

Ihr kam der Gedanke, dass es sich bei dem dritten Mord um den Vater handeln könnte. Selbstmord. Das wäre klassisch für ein Familiendrama und Albers brauchte nicht mehr einzuspringen, was sie plötzlich sehr bedauerte. Der Vater brachte erst Mutter und Kind um und dann plagte ihn der gellende Aufschrei seines Gewissens. Seine Schuld bäumte sich zu einer unerträglichen Druckwelle auf und so erschoss er sich.

Anhand einer Karte konnte sie sehen, dass die Luftlinie zwischen den beiden Tatorten schätzungsweise fünf km betrug. Fey bog in einen Landwirtschaftsweg ein. Ein schmucker Bauernhof stand gebieterisch inmitten gepflegter Felder. Sie liebte die münsterländischen Höfe mit ihren Sandsteinfensterbänken und den weißen Sprossenfenstern, alles eingefasst von rotbuntem Klinker. So stellte sie sich ihr späteres Ruhedomizil vor, nur viel kleiner, wie eine Nordseekate, aber eben münsterländisch.

Familienstreitigkeiten konnten mörderisch sein, stellten für den Kriminologen jedoch meistens keine Herausforderung dar. Wenn die Gefühle mit einem durchgingen, hatte der

Verstand nichts mehr zu melden. Schön und gut, dachte Fey, aber was war eigentlich mit der Liebe? Die Familienmitglieder liebten sich doch, zumindest liebten sie sich irgendwann einmal. Konnte die Liebe sie nicht retten? Offensichtlich tat sie es nicht.

Sie ließ sich treiben von den Eindrücken der bäuerlichen Landschaft. Geometrisch durchwebten kleine Wege die Felder, entwarfen ein modernes Kunstwerk, das ihr einen Hauch von Sentimentalität einflößte. Würde sich ihr Verdacht bestätigen, dass der Mörder von Mutter und Kind Selbstmord begangen hatte, könnte sie vielleicht später am Abend noch zur Tauffeier fahren und dort ein Glas Champagner trinken. Einen Augenblick fand sie ihren Wunsch geschmacklos, aber wenn sie ehrlich war, wollte sie jetzt bei ihrer Familie sein.

Ein uniformierter Kollege wies sie zum Tatort, abseits des Weges, entlang einer Ackerfurche. Zum Glück war außer den Sicherungsbeamten niemand dort. Sie konnte die Leiche und den umliegenden Tatort in aller Ruhe inspizieren. Zwischen einigen im Wind baumelnden Farnkrautblättern sah sie einen Schatten, matt, aus Stoff. Eine Hand kam zum Vorschein, als sie sich hinunterbeugte und weiteres Astwerk beiseiteschob. Der Kopf des Toten ragte über einen abgebrochenen Baumstumpf, mit dem Gesicht nach unten, sodass sie ihn nicht gleich erkennen konnte. Der Mann war ganz in schwarz gekleidet, aber so, dass es sie kurz irritierte. Dort lag ein Pfarrer mit blutverschmierter Sutane. Er musste sich auf eine Messe oder eine andere Zeremonie vorbereitet haben. Aber was hatte ihn veranlasst, in die Bauernschaft zu fahren? Es war kein Transportmittel zu sehen, außer dass eine Buslinie hier vorbeilief. Eine Haltestelle befand sich circa 300 m entfernt. Aber wäre er in seinem Priestergewand mit einem öffentlichen Verkehrsmittel gefahren? Sie schob einige Stengel Farnkraut beiseite und sah sich das Gesicht des Pfarrers an. Jung, Mitte dreißig, frisch rasiert und bleich, bleich wie die meisten katholischen Männer Gottes. Bestand ein Zusammenhang zu der anderen Tat? Hatte die ermordete Mutter eventuell ein Verhältnis mit dem Pfarrer gehabt? Von einer Beziehung zu einem Pfarrer war bei der Hausdurchsuchung von Frau Thomalla nichts bekannt geworden.

Fey sah sich enttäuscht um. Den Champagner im Kreise ihrer Familie konnte sie streichen, wohl doch kein tragisches Verwandtschaftsgemetzel. Sie fasste kurz in die Achselhöhle des Toten, um die Temperatur festzustellen. Die Leiche war bereits auf die Umgebungstemperatur abgekühlt. Der Todeszeitpunkt lag also etliche Stunden zurück. Sie strich über sein Haar, das ihm zerzaust über die Stirn ins Gesicht fiel. Er trug Haargel, ein Pfarrer, dem es um eine gepflegte Erscheinung ging. Seine Gesichtshaut war makellos glatt, wies keinerlei Spuren von Gewaltanwendung auf. Ebenso seine Hände, auch da keine sichtbaren Spuren einer gewaltsamen Auseinandersetzung. Die Blutverteilung auf seiner Brust ließ darauf schließen, dass er mit Schüssen direkt ins Herz getötet wurde. Sie erwägte kurz, dass es kein Pfarrer war, sondern ein verkleideter Mann, aber irgendwie sah er aus wie ein Pfarrer.

Die Todeszeitpunkte in den drei Fällen lagen relativ dicht beieinander. Die Entfernung der Tatorte war auffällig nah. Sie brauchte unbedingt weitere Indizien, um einen Zusammenhang zwischen den Morden herstellen zu können. Sie zog die Latexhandschuhe über, die sie aus dem Auto mitgenommen hatte und beugte sich erneut über die Leiche. Der Beamte musste schmunzeln, denn sie zupfte sich den engen Rock hoch, um sich besser bücken zu können. Sie zog dem Pfarrer einen Schuh aus. Feine weiße Sandkörnchen hafteten an den Sockenfasern. Hose und Socken waren bis über den Wadenbereich feucht.

Sie ersparte sich, den Schuh mit an den Strand des Baggersees zu nehmen, um ihn in einen Abdruck zu setzen. Größe 45 reichte ihr als Beweis. Der zweite Mann vom Strand im Mutter-Baby-Mordfall lag erschossen vor ihr.

Harry von der Spurensicherung kam ihr entgegen, als sie zu ihrem Auto ging.

„Wenn das weibliche Personal in Sachen Berufskleidung deinem Vorbild folgen würde, machte der Job gleich doppelt so viel Spaß. Du hast hoffentlich nichts dagegen, wenn ich dir auf diese Weise ein Kompliment zukommen lasse? In dem engen Rock machst du eine tolle Figur."

Sie lächelte. Harry war ein netter Typ, jedoch kein Mann, der sie von ihrem Trennungsschmerz erlösen würde. Da musste sie selbst durch. Einfach zu flirten, war allerdings keine schlechte Medizin.

„Weißt du was, Harry, ich denke da ganz wie du. Wenn ihr Männer euch ein bisschen mehr Mühe geben würdet, charmant zu sein, wäre das Betriebsklima für uns Frauen vielleicht sogar erträglich. Wenn du möchtest, darfst du mir hinterherschauen."

Fey drehte sich um und ging zu ihrem Auto. Ob Harry ihr auf den Po schaute, wusste sie nicht, aber zu glauben, dass er es tat, fühlte sich gut an.

* * *

DER PLAN

Carstensen saß in seinem Büro, als sie seine offene Tür passierte und sich erschöpft in ihren Stuhl am Schreibtisch fallen ließ. Ihr und sein Büro waren durch eine große Glasscheibe getrennt. Carstensen sah verkniffen aus. Er hing am Telefon, wahrscheinlich die Presse. Carstensen mochte den Kontakt zu den Medien, aber nur, wenn er Erfolge zu verkaufen hatte. Die heftete er sich dann gerne an seine eigene Brust. Er war eben ein echter Chef.

Fey hatte sich eine Instantsuppe in der Mikrowelle warm gemacht und gönnte sich ein paar Minuten Ruhe. Zu gerne hätte sie gewusst, ob Albers zugesagt hatte und wann er aufkreuzte. Sie war damals seine Nachfolgerin geworden, kannte ihn allerdings nur von einigen kurzen Begegnungen und seiner Entlassfeier. Sie hatten ein paar Worte gewechselt, als es zur Übergabe der laufenden Fälle kam. Zu ihrem Einstand hatte er ihr einen Blumenstrauß überreicht und ihr ein Buch von Wilhelm Busch geschenkt. „Lernen Sie die Menschen kennen, liebe Frau Amber“, hatte er gesagt und dabei ihre Hand gehalten. „Das Böse ist lediglich ein Irrläufer. Es kommt, wenn das Gute verfehlt wird.“ Seine Worte hinterließen damals keinen großen Eindruck, weil sie ihren Sinn nicht für wesentlich hielt.

Sie lehnte sich zurück und übertrug die damalige Botschaft von Albers auf den dreifachen Mörder ihres Falls. Das Böse kommt, wenn das Gute verfehlt wird. Danach wäre das Böse aus dem nicht erfolgten Guten entsprungen. Das Böse des Mörders war also ein Ausdruck für dessen Gutes, das sich aber ins Negative verkehrt hatte.

Was immer Albers ihr hatte sagen wollen, es half jetzt nicht weiter. Sie löffelte den letzten Rest Suppe aus dem Plastikbecher und warf ihn in den Müll. Sie hätte sich gerne frisch gemacht und ihre Sachen gewechselt. Mit Turnschuhen und engem Rock herumzulaufen, dafür hatte sie bereits genug spöttische Blicke kassiert.

Sie telefonierte mit der Pathologie. Die Leiche des Pfarrers war gerade auf dem Seziertisch gelandet. Über die ermordete Frau Thomalla erfuhr sie, dass sie geringe Mengen Alkohol im Blut hatte und sonst keine Auffälligkeiten registriert wurden, bis auf eine. Es wurde überall an ihrem Körper DNA von ihrem Kind gefunden, nur nicht, und das betonte die Pathologin Degenhardt ausdrücklich, an den Brustwarzen der Mutter. Sie hätte erwartet, dass die Mutter stillte, aber da war nichts zu finden gewesen. Sie schloss daraus, dass die Brust der Mutter abgewaschen worden war und zwar höchstwahrscheinlich mit Seewasser. Organische Stoffe, wie sie in freien Gewässern vorkommen, seien im Brustbereich gefunden worden. Um ihre Vermutung zu belegen, sollte ein Abgleich gemacht werden. Das Wasser vom Baggersee sei bereits unterwegs ins Labor.

Fey atmete tief durch. Baute sie in anderen Fällen automatisch an einem Plan, der sich konstruktiv wie ein Puzzle zusammensetzte, fehlten ihr hier die markanten Teile, mit denen sie für gewöhnlich ein Puzzle begann. Nichts fügte sich zu einer halbwegs erkennbaren Struktur ineinander, als irrte sie hilflos in einem Labyrinth umher.

Carstensen steckte seinen Kopf durch die Tür.

„Die Eltern der Ermordeten kommen morgen früh zur Identifizierung. Können Sie das übernehmen? Treffen ist um 10 Uhr in der Pathologie. Was Neues im Fall des Geistlichen?"

„Entschuldigung, Chef, ich will Harrys Bericht nicht vorgreifen, aber die Fälle stehen in Verbindung."

Carstensen machte einen energischen Schritt ins Zimmer und zog die Tür zu.

„Wie kommen Sie denn darauf? Wo sind die Beweise? Sie wissen, was es bedeutet, wenn Sie recht haben. Presse und Öffentlichkeit werden uns durch die Hölle jagen."

Fey sah Carstensen prüfend an. „Ich habe die Leiche des Pfarrers nach Indizien untersucht. Regelverstoß, ich weiß, aber," ergänzte Fey, „ sagen Sie jetzt bitte nichts. Ich wollte nicht auf Harrys Bericht warten."

Carstensens Augenbrauen schossen nach oben.

„Sie kennen das bestimmt, Chef, wenn Ihnen Ihr Gespür keine Ruhe lässt und Sie überzeugt sind, nur eine Haaresbreite von einem relevanten Ermittlungsbefund entfernt zu sein."

Carstensens Augenbrauen senkten sich auf Normalhöhe.

„Frau Amber, was haben Sie gefunden?"

„Ich bin mir sicher, dass der Pfarrer der zweite Mann am Baggersee war und dass alle drei, die Mutter, der Pfarrer und der Mörder ins Wasser gegangen sind, nicht tief, nur bis zu den Knien. Die Leiche des Pfarrers wies eindeutige Spuren auf, die darauf schließen lassen, dass er am Baggersee dabei war."

Carstensen schüttelte den Kopf. Schlimmer konnte es nicht kommen.

„Haben Sie eine Vorstellung, was dort geschehen ist?"

„Ich stolpere über die Konstellation der Opfer. Wer bringt harmlose Menschen um, ein Baby, eine Mutter, einen Pfarrer. Was ist das Motiv? Vielleicht ist auch die Frage nicht so wichtig, weil wir es mit einem Psychopathen zu tun haben."

„Ein Irrer würde Fehler machen", meinte Carstensen. „Ich kann keinen erkennen. Es gibt keine Tatwaffe, kein Motiv, keine nennenswerten Spuren und uns läuft die Zeit davon."

„Haben Sie einen Plan, Chef? Ich könnte einen gebrauchen."

„Da versagt auch meine Routine. Wenn doch Albers schon da wäre."

Albers hatte also zugesagt. Einen Moment spürte sie Erleichterung. Als Carstensen dann aber sagte, dass Albers jeden Moment zur Tür hereinspazieren könnte, beschlich sie ein Gefühl aufregender Erwartung. Sie ließ ihren Blick kurz durchs Büro schweifen, suchte etwas. Ach ja, das Buch von Wilhelm Busch. Es musste unten in einer Schublade ihres Schreibtisches liegen. Sie hatte es plötzlich sehr eilig.

„Chef, ich muss mir eine Strategie zurechtlegen, bevor Albers kommt."

„Verstehe, Sie möchten ihrem Partner etwas anzubieten haben. Vielleicht kommen wir mit einer Familientragödie davon. Die Möglichkeit besteht immer noch."

„Eine, die von einem Pfarrer abgesegnet wurde? Wohl kaum!“, entgegnete Fey mit einem verärgerten Blick aus dem Fenster. „Da draußen treibt ein maßlos Verrückter sein Unwesen.“

„Frau Amber, das sieht mir eher nach einem Amoklauf aus, Eifersucht, Rache – das übliche Klischee, wenn die Emotionen entgleisen. Der Täter wird sich beruhigt haben. Vielleicht zeigt er sich selbst an, weil sein Gewissen ihn plagt. Albers wird das schon richten.“

Carstensen schloss die Tür hinter sich und Fey war sauer. Die letzte Bemerkung hätte er sich sparen können. Wenn's wirklich darauf ankam, traute er ihr eben doch nicht zu, so gut wie ein Mann zu sein. Sie fluchte innerlich.

Sie langte in die unterste Schublade, holte das Buch von Wilhelm Busch hervor und stellte es neben zwei Fachbücher über Rechtskunde und Strafrecht auf die Fensterbank. Busch war bestimmt kein schlechter Lehrmeister, was die Tücken im Umgang mit Menschen betraf.

Es klopfte an der Tür. Ein stattlicher Mann mit grauweißem Haar trat ein. Albers war im ersten Jahr nach dem Krieg 1946 geboren worden. Fey wusste nicht warum, aber für sie trugen Männer aus jener Generation Hut, Albers allerdings nicht. Er ging auf sie zu. Sie empfing ihn mit einem dezenten Lächeln.

„Frau Amber, Sie haben sich überhaupt nicht verändert. Neun Jahre sind es her, dass wir uns das letzte Mal gesehen haben. Ich freue mich. Wie geht es Ihnen?“

Als er so dicht bei ihr stand, kam er ihr größer vor, als sie ihn in Erinnerung hatte. Der Eindruck konnte täuschen, denn sie trug jetzt ihre Turnschuhe und keine hohen Absätze, wie vor Jahren bei der Übergabe der laufenden Fälle.

„Herr Albers, wie schön Sie zu sehen. Leider kein erfreulicher Anlass. Wir stehen vor einer großen Aufgabe. Mörris, mein Kollege, fällt für drei Wochen aus. Ich bin Ihnen sehr dankbar, dass Sie zugesagt haben.“

Albers schaute sich im Zimmer um.

„Hat sich nicht viel verändert, bis auf die neuen Aktenschränke und die Schreibtische aus Edelholz. Haben Sie es mal mit einer Gardine zwischen Ihrem und Carstensens Zimmer versucht?"

„Wenn hier dicke Luft herrscht, verleg ich meine Arbeit nach draußen, sitze im Auto, fahre an den Aasee oder gehe einen Kaffee trinken. Die heutigen Kommunikationsmittel machen es möglich. Mein Job verlangt Flexibilität. Wie steht es mit Ihnen? Was machen Sie sonst so?"

Albers trug ein kleines blaues Lederköfferchen in seiner linken Hand. Da es mit Messingbeschlägen ausgestattet war, wirkte es wie ein antikes Behältnis für zwei Duellierpistolen. Er ging um ihren Schreibtisch herum auf die andere Seite, wo er sich in den Bürostuhl des Kollegen Mörris setzte. Dort entfernte er die abgegriffene Schonunterlage und stellte dann das Köfferchen vor sich auf den Schreibtisch.

Das Telefon ging. Dr. Degenhardt, die Pathologin, bestätigte ihre Vermutung. Es handelte sich um Seewasser, das auf der Brust der Toten gefunden wurde. Fey versuchte kurz, die Information einzuordnen, kam aber zu keinem Ergebnis. Sie wusste nur, dass es für die Rekonstruktion der Vorgänge am See wichtig sein würde.

„Was Interessantes?", fragte Albers.

Carstensen hatte Albers bereits über die wichtigsten Fakten unterrichtet. Fey brachte ihn auf den neusten Stand.

„Die beiden Männer und die Frau gehen zum Wasser. Die Frau in der Mitte. Sie macht ungeordnete Schritte, wehrt sich, aber nicht mit aller Gewalt. Dann kommen sie wieder aus dem Wasser heraus und gehen durch den Sand, bis sich die Spuren verlaufen. Die Bluse der Frau wurde geöffnet und vermutlich von einem Mann wieder zugeknöpft. Eine Frau würde auch in völliger Dunkelheit ihre Bluse nicht falsch zuknöpfen. Wie das Seewasser an ihre Brüste gekommen ist, weiß ich nicht. Sie könnte sich selber dort mit nassen Händen angefasst haben, oder es war einer der Männer."

Albers rieb sich die Augen, als müsse er sie nach langer Zeit wieder auf scharfsinnige Tätigkeiten einstellen.

„Könnte sie auch ihre Brüste gewaschen haben? Vielleicht als Ritual, vielleicht weil es einer der Männer von ihr verlangte?"

Fey überlegte einen Moment.

„Gute Idee, das mit dem Ritual. Aber ich denke, es war anders. Die Frau war leicht alkoholisiert, nicht betrunken. Ich gehe davon aus, dass ein Mann ihr die Bluse zugeknöpft hat. Bei der Damenoberbekleidung sitzt die Knopfreihe links. Das ist ungewohnt für einen Mann. Da könnte er einen Fehler gemacht haben."

„Akzeptiert!", nickte Albers und ließ die Schnallen seines Köfferchens aufspringen.

Fey verglich ihn kurz mit Mörris, der sonst dort gesessen hätte. Mörris war eigentlich der Stratege im Team. Sie war mehr für die kleinen Schachzüge verantwortlich. Dort lag ihre Stärke. Sie sah die Details, die winzigen Hinweise, die oft wie das Zünglein auf der Waage den Ausschlag gaben.

Albers wirkte besonnen, strahlte Gelassenheit aus. Welche Rolle würde er einnehmen? Langsam klappte er den Kofferdeckel nach hinten und begann sorgfältig, einige Utensilien herauszunehmen und sie vor sich mit akribischer Sorgfalt auszubreiten.

Fey blieb abwartend. Albers schraubte ein merkwürdiges Gestell an die Schreibtischkante und justierte dann die verschiedenen Arme und Flügelschrauben, bis er sich zurücklehnte und mit einem zufriedenen Gesichtsausdruck fragte, ob sie sich damit auskenne.

„Ich gestehe, nein," antwortete Fey. „Würde ich nicht die blanken Angelhaken in den Fächern des Koffers sehen, wäre ich völlig aufgeschmissen. Dennoch fehlt mir der Zusammenhang. Hat das etwas mit Kunst zu tun. Ich komme darauf, weil die vielen bunten Einzelteile mich inspirieren würden, daraus ein kleines Kunstwerk zu machen."

„Da liegen Sie goldrichtig. Nach meiner Pensionierung fiel ich in ein tiefes Loch. Als dann auch noch meine Frau starb, musste ich mich selbst therapieren. Die Depression hatte mich fest in ihren Klauen. Da empfahl mir ein Arzt, nach Irland zu reisen. Ich buchte einen Fliegenfischerkurs. So kam es über die letzten Jahre dazu, dass ich mich diesem Hobby mit Leib und Seele verschrieben habe. Ich binde die Fliegenköder selber und was Sie hier vor mir sehen, ist eine ›Fliegenschmiede‹."

Albers entnahm dem blauen Kissen in seinem Koffer ein Exemplar seiner Kunstfertigkeit und hielt es ihr entgegen.

„Sehen Sie, das ist eine Ephemera Danica, eine sogenannte Maifliege, etwas schlicht, aber wenn sie auf die drei langen Endfedern achten, macht sie eine gute Figur, finden Sie nicht?"

Nun wusste Fey, dass ihr neuer Kollege auch ein Händchen für Details hatte. Sie nahm das kleine Gebinde aus seiner Hand, hielt es ins Licht und betrachtete es, nicht ohne zu denken, dass die Situation etwas aus dem Rahmen fiel.

„Schön", sagte sie mit einem amüsierten Lächeln und reichte Albers die künstliche Fliege zurück.

Im Flur rauschte Anneliese vorbei, ihren Sommermantel halb über den Schultern ausgezogen. Carstensen hatte sie losgeschickt, um ihm etwas zu essen zu holen. Sie schaute genervt durch die Tür, grüßte Albers mit einem aufgesetzten Lächeln und fragte, ob sie Kaffee machen sollte.

„Mach ich schon", winkte Fey ab, „ruf du Harry an! Er soll mit seinen Berichten rüberkommen, und besorg alles über den mutmaßlichen Vater des Kindes."

Sie reichte Anneliese einen Karton mit den Tagebüchern, die in der Wohnung der ermordeten Frau Thomalla gefunden wurden. Fey hatte flüchtig darin gelesen. Die Frau war nicht an einem Vater oder Mann interessiert gewesen, nur an einem eigenen Kind.

„Lies die Tagebücher sorgfältig", rief sie Anneliese nach. „Vielleicht hat sich zwischen dem biologischen Vater und der Mutter ein Konflikt mit dramatischem Ende entwickelt. Man kann dem Vater nicht verdenken, wenn er trotz anderslautender Verabredungen plötzlich doch Empfindungen für sein Kind entwickelt hat. Da kann es leicht zu emotionalen Überreaktionen kommen."

Fey entschuldigte sich bei Albers und wollte in den Flur gehen, um den Kaffee zu holen. Sie drehte sich aber spontan um und fragte:

„Nehmen Sie Milch und Zucker?"

Sie sah sein verschmitztes Grinsen nur andeutungsweise. Hatte er ihr etwa auf den Hintern geschaut? Der enge Rock stand ihr gut, passte aber ganz und gar nicht zur Situation. Sie musste sich unbedingt umziehen.

„Weder noch", lächelte Albers freundlich.

Als sie mit dem Kaffee zurückkam, hatte er ein leeres Blatt Papier vor sich liegen.

„Der Kaffee wird uns gut tun", bedankte er sich. „Machen wir uns also an die Arbeit."

Diese beiden „uns" klangen sehr familiär für sie. Albers war ihr noch zu fremd, als dass sie sich voll und ganz über den plötzlichen Appell an den gemeinsamen Teamgeist hätte freuen können. Sie war gespannt, was er vorhatte.

„Wissen Sie, der Fall hat etwas Kurioses wenn nicht sogar Mystisches. Das macht mich auf eine besondere Art nachdenklich."

Fey wusste nicht, was er meinte. War allein das Kuriose, Mystische schon eine Perspektive an sich? Sie versuchte, den Fall aus ihrer Sicht darzulegen:

„Wir hätten den Tatort am See, zwei Männer, einer davon ein Pfarrer, keine anderen nennenswerten Verletzungen bei den Opfern als die Schusswunden, die Beteiligten gingen ins Wasser, eine falsch zugeknöpfte Bluse, einen Anhänger mit den Buchstaben vL, vielleicht sind es Initialen."

„Einen Moment", unterbrach Albers, „ich komm nicht so schnell mit." Fey hatte nicht bemerkt, dass Albers alles notierte. Sie trank von ihrem Kaffee und war dann doch überrascht, wie sich zwischen ihnen so ganz unkompliziert ein Arbeitsklima entwickelte. Sie fuhr fort:

„Richtig, es ist kurios, dass es nicht zum Kampf kam, aber drei Erschießungen stattfanden. Das sieht nach Hinrichtungen aus."

„Da kommt einiges zusammen", kommentierte Albers, der das Blatt mit den Notizen vor sich hielt. „Lassen Sie uns ein vorläufiges Täterprofil entwerfen."

Fey war sich nicht sicher, wo sie ansetzen sollte. Ohne Harrys Berichte waren ihr die bisher bekannten Einzelzeiten zu dürftig, um daraus die Persönlichkeit des Täters erschließen zu können.

„Wir wissen reichlich wenig über die Opfer“, wandte sie ein. „Wenn Rache als Motiv infrage käme, müssten die Opfer Anlass dazu gegeben haben. Wir können im Moment aber nicht sagen, wie Opfer und Täter zueinander standen, ob sie sich überhaupt kannten.“

Albers nickte und griff nach seinem Kaffee.

„Seh ich ein. Wir umgehen das Problem und nehmen einfach an, dass Opfer und Täter sich kannten und verplempern keine Zeit. Das Baby war unschuldig, musste aber trotzdem sterben. Wie erklären wir das? Die Fakten sprechen dafür, an ein Ritual zu denken. Erst der Gang ins Wasser, dann die Hinrichtungen. Der Pfarrer und das Baby haben eins gemein, sie repräsentieren in gewissem Sinn die Unschuld. Trifft sicher nicht auf jeden Pfarrer zu“, lächelte Albers, „aber wir können davon ausgehen, dass dieser Umstand eine Rolle spielte. Es sei denn, der Pfarrer war nicht echt.“

Fey mochte sich nicht auf diese unsachliche Schiene einlassen. Albers‘ Spekulationen passten nicht zu ihrer routinierten Planungsarbeit. Für sie musste alles abgesichert sein. Jeder Schritt musste auf Beweise aufbauen. Allerdings musste sie zugeben, in der augenblicklichen Situation aus Mangel an Beweisen auf der Stelle zu treten.

„Ich bin skeptisch. Mir fehlen Details“, wimmelte sie Albers‘ Gedankengang ab.

Anneliese kam herein und legte Harrys Bericht vom Tatort Baggersee vor Fey auf den Schreibtisch.

„Ich würde das gerne erst einsehen, Herr Albers.“

Albers nahm einen Schluck von seinem Kaffee, schob den Notizzettel zur Seite und wandte sich seinem Köfferchen zu. Fey sah das mit gemischten Gefühlen. Plötzlich war der Kontakt zwischen ihnen unterbrochen. Das feine Gerüst des Gemeinsamen war verschwunden. Sie mussten sich doch wohl erst aneinander gewöhnen.

„Es würde mich interessieren, was dort über den Anhänger steht“, sagte Albers ohne aufzublicken. Sie beließ es dabei und las sich in die Akte ein.

Albers spannte einen Angelhaken zwischen die Klemmen der Halterung und drehte ihn mit einer Flügelschraube fest.

Fey war in ihren Text vertieft, schreckte dann aber auf, als Albers fragte:

„Was glauben Sie? Wann steht der nächste Mord an?"

Er hatte bei ihr einen empfindlichen Nerv getroffen. Genau das befürchtete sie auch, hatte aber nicht gewagt, ihre Mutmaßung mit den Kollegen zu teilen. Worauf stützte sich seine Idee, wenn nicht bloß auf ein Gefühl? Aber auch sie hatte sich nur auf ein Gefühl verlassen. Das war nicht gerade professionell, aber Albers durfte laut denken. Er pfiff anscheinend auf das strikte berufsständische Denken. Sie beneidete ihn einen Moment. Albers spielte frei, ohne Druck, jonglierte mit den wenigen Puzzlestücken. Sie wollte sich selbst aber nicht auf diese laxe Art von Ermittlung einlassen.

„Ich weiß nicht, Herr Albers, noch ein Mord, das glaube ich nicht. Münster war immer ein Heile-Welt-Fleckchen. Morde gehören zur Ausnahme. Ich denke, wir sollten uns auf gewissenhafte Kleinarbeit konzentrieren."

Albers sah skeptisch auf. In Feys Gesicht standen deutliche Zeichen von resoluter Entschlossenheit geschrieben. Er widmete sich wieder dem Fliegenbinden, allerdings nicht ohne Kommentar.

„Im Kuriosen steckt die Lösung, liebe Frau Amber. Wenn wir ein Modell dieses Falles entwerfen wollen, müssen wir uns aus den Fakten eine Geschichte dazu einfallen lassen. Dieser Fall ist nicht normal. Also gehen auch wir unnormal vor."

Albers machte sie nervös. War er wirklich ernst zu nehmen? Sie wollte sich nicht von seiner Idee der kuriosen Umstände anstecken lassen. Für sie zählten Beweise. Sie rief nach Anneliese.

„Was sagen die Tagebücher?"

Anneliese kam herein.

„Der Vater des ermordeten Kindes war Montagearbeiter. Er hatte vor seinem Einsatz in Saudi Arabien einen Englisch-Crashkurs bei Frau Thomalla besucht. Dort hatten sich die beiden näher kennengelernt. Als er auf Urlaub in Deutschland war, haben Frau Thomalla und er sich einige Male getroffen. Sie wollte ein Kind, aber keinen Vater. Die Beziehung war von ihr aus rein zweckmäßig geplant gewesen. Sie suchte einen Zeuger, der sich nach der Zeugung verflüchtigte."

„War von Geld die Rede?", wollte Fey wissen.

„Geld hat keine Rolle gespielt. Sie hat sich nur versichern lassen, dass er keine Ansprüche an sie und das Kind stellt."

„Gibt es nähere Hinweise, wo sich der Mann jetzt aufhält?"

„Er soll sich nach Beendigung seines Arbeitsvertrages einen Traum erfüllt haben, kaufte sich ein Wohnmobil und kreuzt damit durch Europa. Kein Hinweis, wo er sich derzeit aufhält."

„Okay, gib das an die Fahndung weiter und informiere die Presse, die sollen ein Bild veröffentlichen. Wir müssen sicherstellen, ob er der biologische Vater ist und ob er ein Alibi für die Tatzeit hat."

Albers zog behutsam eine bunte Feder aus einem Fasanenflügel heraus. Der Flügel lag seitlich neben dem Koffer. Fey starrte darauf.

„So hab ich es auch immer gemacht", grinste Albers. „Zack, zack, alles ins Schleudern gebracht."

Fey ließ sich von seinem Grinsen anstecken. Humor war jetzt die beste Medizin.

„Nie hatte ich einen so kuriosen Fall", stammelte Albers, hielt sich die Nase zu, wollte niesen und räusperte sich dann. „Staub", keuchte er und zeigte auf den Flügel. „Ich werde da an was erinnert, liebe Frau Amber."

Fey hoffte inständig, dass Albers nicht über die guten alten Zeiten plaudern wollte. Das hätte sie nicht ausgehalten – einen alten Mann, der in der Vergangenheit lebte. Obwohl seine persönliche Geschichte alles andere als langweilig war.

„1977, die RAF in Mogadischu. Da ging es um ein Prinzip, und wenn man es auf einen ganz einfachen Nenner brachte, ging es um das Gute und das Böse. Das Böse wollte etwas Gutes und das Gute war böse. Wir begannen das zu verstehen und legten uns eine Strategie zurecht, die auf einer Umpolung der Werte aufbaute. So gelang es uns, besser in die Köpfe der Terroristen hineinsehen zu können. Wir beschäftigten uns mit ihrer Denkart und kamen so zu passenden Lösungen."

Fey sah ihn überrascht an. Sie befanden sich weder im Krieg, noch hatten sie es allem Anschein nach mit einem terroristischen Anschlag zu tun. Wo waren die echten Parallelen? Sollte sie ihrem Unmut freien Lauf lassen, einfach ihren Weg gehen und Albers würde weiter Fliegen binden? Carstensen rief sie zu sich ins Büro.

„Wir haben einen Termin beim Bischof. Ich meine, Sie treffen den Bischof um acht. Der ermordete Pfarrer war ihm gut bekannt. Bischof Gauss war sehr betroffen, hat uns seine Unterstützung in jeder Beziehung zugesagt. Wir müssen diplomatisch vorgehen. Dass der Bischof sich persönlich einsetzt, wirkt sicher beruhigend auf die Bevölkerung. Um 21 Uhr habe ich einen Pressetermin. Der Druck der Medien steht mir bis zum Hals. Reporter aus Hamburg, Köln und Berlin sind unterwegs. Das Erste hat sich angekündigt, RTL ist im Anflug."

„Soll Albers mit?", fragte Fey.

„Team ist Team."

* * *

SCHOCK

Die Audienz bei Bischof Gauss hatte keine faktischen Neuigkeiten gebracht. Der ermordete Pfarrer Leonard war vom Küster der Gemeinde St. Ludgeri identifiziert worden. Er war seit den Morgenstunden vermisst worden, aber man habe sich mit Warten zufriedengegeben, weil es keine Anzeichen von einem Unglück gab. Leonard war für seinen freundlichen Umgang mit der Gemeinde beliebt, ein Pfarrer, volksnah und offen zugleich.

Carstensen las gerade in Harrys Bericht zum Mord an Pfarrer Leonard, als Fey und Albers von der Audienz zurückkamen. Die Ermittlungen zu Leonards Tod hatten bisher keine Hinweise auf eine Spur ergeben. Eine Verbindung zur Ermordeten bestand nicht. Fest stand lediglich, dass es sich bei allen drei Morden um dieselbe Tatwaffe handelte. Der Todeszeitpunkt des Pfarrers lag etwa eine halbe Stunde nach den Morden an Mutter und Kind.

„Steht was zum Anhänger in Harrys Bericht vom Tatort Baggersee?“, fragte Albers.

Carstensen nahm sich den Bericht vom Mutter-Baby-Fall vor, blätterte und zitierte:

„Ein kleiner silberner Anhänger mit Kettchen wurde eine Handbreit tief im Sand gefunden, keine verwertbaren Anhaltspunkte für eine Verbindung zu den betreffenden Personen. Kette und Anhänger waren neu, keine Spuren einer Oxidation. Sie konnten noch nicht lange im feuchten Sand gelegen haben. Ob ein Zusammenhang mit den Morden besteht, kann nicht eindeutig belegt werden. Da haben Sie's. Wieder kein Treffer“, stöhnte Carstensen und legte den Bericht auf den Schreibtisch.

Albers und Fey waren anderer Meinung.

„Wir könnten anhand von Fotos feststellen, wer den Schmuck getragen hat und woher er stammt“, schlug Fey vor. Albers hatte eine andere Idee.

„Da Kette und Anhänger tiefer im Sand gefunden wurden, hat sie dort jemand eventuell absichtlich deponiert, sonst hätte man sie oben auf gefunden. Die Mutter oder der Pfarrer hätten sie als Hinweis für die Polizei in den Sand werfen können. So war es aber nicht. Wenn das Kettchen in Zusammenhang mit den Morden steht, könnte es der Mörder dort als Teil eines Rituals begraben haben."

Carstensen blickte auf zu Fey. Wenn er ihre Zustimmung für Albers' Theorie suchte, dann vergeblich. Sie verzog keine Miene.

„Was nun?", fragte Carstensen sichtlich frustriert. Er musste vor die Presse treten. „Ich habe keine Zeit mehr. Habt ihr irgendeine klare Linie, die ich denen da draußen verkaufen kann?"

„Chef, tut mir leid. Wir müssen uns auf den Vater des Babys konzentrieren, aber solange wir ihn nicht gefunden haben, tappen wir im Dunklen. Wir haben nichts in der Hand."

Carstensen zog selbstmitleidig ab.

Albers bat Fey, sich zu setzen.

„Wir haben mehr als das, Frau Amber, aber wir glauben nicht daran", sagte er mit einem sarkastischen Unterton. Er sah sie weiter an, wartete offensichtlich auf ihre Reaktion. Fey gab sich ungerührt. Albers stand auf und stemmte beide Hände auf die Tischplatte.

„Ich will Ihnen nicht zu nahe treten, liebe Kollegin Amber, aber in diesem Fall kommen wir nur weiter, wenn wir eben nicht so tun, als hätten wir nichts in der Hand. Das knebelt uns. Faktisch treten wir auf der Stelle, gewiss, aber deswegen müssen wir uns psychologisch nicht blockieren."

Fey sah seine Logik und wusste instinktiv, wie recht er hatte, nur war da das Problem, wie Albers das praktisch umsetzen wollte.

„Sie haben einen Plan, Herr Albers? Schießen Sie los!"

Albers setzte sich wieder.

„Der Vater des Kindes muss gefunden werden. Das ist klar. Und inzwischen tun wir so, als würden wir die

Geschichte des Vaters kennen und so verfahren wir auch mit dem Mörder, egal ob er der Vater ist oder nicht."

Fey war sprachlos angesichts dieser Luftnummer.

„Herr Albers, ich kann Ihnen nicht ganz folgen."

Er klappte den Deckel seines Koffers zu und schlug die Beine übereinander.

„Ist pure Theorie, aber wenn Sie erlauben, liebe Kollegin, würde ich Ihnen gerne eine Geschichte auftischen, die zumindest aus den kuriosen Einzelheiten den Anfang eines Puzzles entwirft. Auch wenn es für meine Theorie keine hinreichenden Beweise gibt, könnten wir so tun, als entspräche sie der Realität."

Albers wartete und Fey war äußerst gespannt, obwohl ihre Skepsis bei weitem überwog.

„Ich mach dann mal."

Sie nickte halbherzig, sah aber in Albers' Augen, dass er absolut konzentriert war.

„Was halten Sie von der Idee, dass es bei dem Ritual am See um eine Taufe ging?"

Fey starrte ihn augenblicklich an, als hätte sie sich verhört. Albers fuhr fort:

„In diesem Fall wurde allerdings nicht das Baby, sondern der Mörder getauft. Der Priester und die Frau, die der Mörder als seine Mutter ansah, gehen zum Wasser. Das Baby liegt derweil im Sand. Die Mutter wehrt sich, als sie von ihrem Kind getrennt wird und zum Wasser geschleppt wird. Sie torkelt zwischen dem Mörder und dem Priester hin und her. Im knietiefen Wasser findet die Zeremonie der Taufe statt. Der Pfarrer tauft den späteren Mörder im Beisein seiner „Leihmutter". Sie kommen aus dem See heraus. Die Frau wird erschossen, dann das Baby. Die Mutter wurde in den Kopf geschossen, damit ihre Brust unversehrt blieb. Die Brust gehörte zum Ritual des Mörders. Der Mörder vergräbt das Kettchen, das er während der Taufe getragen hat. Die Leichen werden achtlos liegen gelassen. Er nimmt den Pfarrer mit und verlangt vermutlich, dass er ihm die Beichte abnimmt. Der Pfarrer wehrt sich. Der Mörder bringt den Pfarrer um, was er eventuell sowieso geplant hatte. Wie gefällt Ihnen das?"

Fey schwankte zwischen zaghaftem Glauben und völliger Absurdität. Als Albers über das Kettchen sprach, dachte sie an ihren kleinen Neffen, der heute getauft worden war und dem sie auch ein Kettchen geschenkt hatte. Die Vision eines Kindermörders stieß plötzlich so unmittelbar in ihre eigene Familie vor, dass es sie traurig berührte.

Albers wartete auf ihre Reaktion zu seiner Theorie. Sie hatte allerdings den Faden verloren und fragte aus Verlegenheit, was er schlimmstenfalls befürchte.

„Wie angedeutet, könnte es sein, dass es nicht die einzigen Morde bleiben werden."

„Was veranlasst Sie zu dieser Ansicht?"

„Wenn wir anfangen, an eine Geschichte zu glauben, müssen wir die einzelnen Elemente klar herausarbeiten. Was glauben Sie, warum der Mörder eine Mutter mit Baby ausgesucht hat?"

„Sie meinen, der Mörder hatte überhaupt keine Beziehung zu den Opfern? Er hat sie nur aus dem Grunde umgebracht, weil es sich in seiner Geschichte oder besser gesagt in seinem Wahn so abspielen musste?"

„So in etwa könnte es gewesen sein. In jedem Traum kommt der Träumer selbst in irgendeiner Form vor. In der Geschichte des Mörders kommt er selber vor. Welche Rolle hatte der Mörder am Baggersee?"

Fey widerstrebte es zunehmend, sich auf eine so unprofessionelle Denkweise einzulassen, aber Albers war mit einem Eifer dabei, der ihren inneren Protest verstummen ließ. Sie ging auf seine Frage nach der Rolle des Mörders ein.

„Nach Ihrer Version, Herr Albers, befand sich das Baby während der Taufe in sandiger Ufernähe und der Mörder war der Getaufte."

„Das macht Sinn, Frau Amber. Der Mörder trug das Kettchen und wurde getauft. Die Frau bekam die Rolle der Mutter und der Pfarrer war echt und das Baby überflüssig."

Für Fey gestaltete sich die Situation zu einer Zerreißprobe zwischen Glaubwürdigkeit und Irrelevanz. Carstensen hatte ihn nicht ganz uneigennützig geholt. Er brauchte ein schweres Geschütz in seiner Mannschaft, um sich selber abzusichern. Albers hatte ein polizeiliches Profil wie kein anderer. Aber er war in die Jahre gekommen. Nun lehnte er sich tiefer in seinen Bürostuhl und setzte ohne eine Rückmeldung von ihr seine Geschichte fort.

„Die Vorstellung mag Ihnen nicht gefallen, liebe Frau Amber, aber der Mörder hat seine Babyrolle bis ins Detail durchgespielt. Er tat, was ein Baby tut. Er trank an der Brust der Frau, nachdem er sie und das Baby erschossen hatte. Erst in den Armen seiner ›Mutter‹ war für ihn die Erfüllung perfekt. Die Brust der Frau musste unversehrt bleiben, deswegen der Schuss in den Kopf. Danach wusch er seine Spuren von ihrer Brust, knöpfte ihre Bluse zu und ließ sie und das tote Baby liegen. Er begrub das Kettchen am Ort seiner Taufe und zwang den Pfarrer, ihm zu folgen."

„Ein Wahnsinniger, wenn das stimmt", sagte sie ohne zu überlegen.

„Wohl wahr", nickte Albers, „aber ein normaler Wahnsinniger, einer, den man im täglichen Leben nicht erkennt. Ein Monster, meist grau und unscheinbar, aber manchmal schillernd bunt und barbarisch, ein Schizophrener."

Fey sah hinaus. Draußen blühte eine japanische Kirsche. Ihre rötlichen Knospen leuchteten im dämmrigen Straßenlicht. Wurde ein Monster geboren, oder wurde es gemacht?, fragte sie sich. Keine der wunderschönen Blüten wollte ein Monster werden und doch passierte es.

„Wir müssen verstehen lernen", sagte Albers.

Fey hörte ihn, aber seine Worte hallten vorbei, wie ein Ruf, den man zu hören glaubte, aber der auch nur Erinnerung sein konnte.

Albers ließ nicht locker.

„Wie ist der Mörder zum Mörder geworden? Um ihn zu finden, müssen wir seine Geschichte ergründen. Lernen, Frau Amber, wir müssen lernen, unser psychologisches Einfühlungsvermögen in detektivisches Gespür umzusetzen."

„Herr Albers, bitte! Wie soll das gehen? Wir können uns nicht einfach etwas aus den Fingern saugen. Das nimmt uns niemand ab. Hätten Sie Carstensen ihre Geschichte für die Pressekonferenz mit auf den Weg gegeben? Sie zäumen das Pferd von hinten auf. Das geht so nicht. Wollen Sie Ihre Ermittlungsarbeit auf Spekulationen gründen? Wir müssen uns an die Fakten halten. Die Presse wird uns für verrückt erklären. Ich sehe die Schlagzeilen schon vor mir: Münsters Kripo beim Kaffeesatzlesen.

Albers zog die Schultern hoch und machte keinen Hehl daraus, dass ihn Feys Kommentar nicht wirklich beeindruckte. Er war von seiner Theorie überzeugt, was ihrer Meinung nach völlig unbegründet war. Sein Konzept glich einem Luftschloss, absurd. Albers kochte sein eigenes Süppchen und ließ sich durch Fey nicht davon abhalten.

„Ich werde Ihnen ein schlagendes Argument bieten. Der Mörder hat sich eine Mutter mit Baby ausgesucht, um in die Babyrolle schlüpfen zu können. Darauf hat er unter Umständen lange gewartet. Für ihn ist nun das Eis gebrochen. Der Mörder ist ein Ersttäter, der wie ein Wahnsinniger sein Gewissen ausblenden kann. Die Morde verschafften ihm Erleichterung von seinem Leidensdruck. Er kennt keine Skrupel und wird erneut seine obszessive Fantasie befriedigen wollen. Er war das Baby. Es könnte sein, dass er als Nächstes in die Rolle eines Kindes schlüpft. Wir müssen uns unbedingt mit dem religiösen Hintergrund beschäftigen."

Fey glaubte nun endgültig, mit Albers' schräger Theorie nur wertvolle Zeit zu verlieren. Sie musste zügig das Umfeld von Frau Thomalla erkunden. Der Mörder hatte sie bestimmt gekannt. Vielleicht war er ein Stalker, der von jemandem beobachtet worden war. Vielleicht kam er aus ihrem Bekanntenkreis und hatte sich in die Frau verliebt und seine Liebe wurde nicht erwidert.

Aus dem Augenwinkel sah sie, dass Albers einen Kugelschreiber zwischen den Fingern drehte. Das tat auch Kollege Mörris, wenn er sich fieberhaft in Spekulationen verstrickt hatte. Es war eine gespannte Stille zwischen ihr und Albers entstanden. Sie wollte das Gespräch nicht einfach abreißen lassen.

„Sie haben mich mit Ihrer Theorie nicht überzeugt, Herr Albers. Würde ich darauf eingehen, suchten wir ein Phantom in einem Labyrinth aus Spekulationen. Das ist mir zu dünn und außerdem wüsste ich nicht, wie ich das in praktische Ermittlungsarbeit umsetzen sollte."

Albers hatte mit dem Kugelschreiber ein Kreuz auf einen Notizblock gezeichnet und war dabei, es auszumalen.

„Wenn ich meine Geschichte weiterdenke, wird in Kürze ein neuer Mord geschehen. Potenzielle Opfer: ein Kind, eventuell dessen Mutter. Das Ganze hat einen religiösen Bezug. Die erste Stufe ist für den Mörder erledigt. Er hatte es auf die Taufe abgesehen. Fragt sich, welche religiöse Zeremonie als Nächstes ansteht."

„Ich komme da nicht mehr mit, Herr Albers. Das ist doch ein Fass ohne Boden. Wohin soll das führen? Ich kann doch nicht alle Mütter mit kleinen Kindern vor einem tollwütigen Mörder warnen. Das ist doch lächerlich."

Albers blieb hart.

„Ich verstehe Ihren Standpunkt. Aber verstehen Sie auch meinen?"

„Tut mir leid. Wir verbauen uns durch diese Fantasiegebilde die klare Linie der polizeilichen Ermittlungsroutine."

Albers unterbrach sie.

„In diesem Fall sprechen Sie bitte nur über sich. Sie stecken mit dem Kopf im Sand, wenn Sie das meinen."

Es knisterte. Funkstille zwischen den beiden. Fey drehte sich um und ging rüber zu Carstensen. Sichtlich entschlossen kam sie kurz darauf zurück.

„Herr Albers, ich leite hier die Ermittlungen. Sie wurden mir als Ersatz für den Kollegen Mörris zur Seite gestellt." Sie schaute auf die Uhr. „Es ist jetzt 21:32 Uhr. So spät abends macht es kaum Sinn, das private und berufliche Umfeld der ermordeten Mutter und des Pfarrers zu durchleuchten. Ich schlage daher vor, dass wir uns morgen früh, gut ausgeschlafen, um sieben in der Wohnung von Frau Thomalla treffen. Um 10 Uhr erwarte ich die Eltern der Verstorbenen in der Pathologie."

Albers verzog die Mundwinkel und wandte sich seinen Utensilien zu. Fey war zornig, nahm ihre Jacke und suchte ihre kleine Handtasche, fand sie aber nicht. Sie verließ ihr Büro ohne Abschiedsgruß und ging zu Anneliese ins Zimmer, wo sie sich die Tagebücher von Frau Thomalla geben ließ, um sie zu Hause zu lesen.

* * *

NACHTS

Ein Tuch flattert im Wind. Von Ferne aus dem hölzernen Dickicht dringen Rufe nach einem Kind. Gefallene Bäume säumen den Weg zum Portal. Steinerne Köpfe, grimmig. Das Wasser im Steintrog schimmert silbrig vom Mondlicht. Kalt sein Blick. Du hast es verloren. Lauf und hol es! Das Kind! Hunde jagen am Stacheldraht entlang, Längen hinter dem Dieb. Das Kind, das Kind! Die Hunde hetzen mit letzter Kraft, jagen den dampfenden Rappen. Es ist vorbei. Der Dieb ist entkommen. Du bist verloren.

Fey blinzelte. Der Wecker zeigte Ziffer für Ziffer, dass es 2:30 Uhr war. Ihr Traum war sofort verschwunden. Bis auf die Einzelheit, dass sie das Kind war. Sie spürte dieses Kribbeln, das ihr sagte, wenn sie jetzt nicht sofort wieder einschlief, würde sie bis zum Aufstehen wach liegen. Entspannung hatte sie gelernt, damals vor Jahren, als sie die Arbeit auffraß und auch nachts nicht losließ.

Minuten später schlummerte sie zurück in ihren Traum. Ein Licht flackert auf, mehrmals, noch wütend vom abziehenden Sturm. Kannst du mich sehen in den Blitzen, mein Kind? Ich komme jetzt zu dir, und du legst dich in meine Arme. Der Tod war nicht schlimm, nicht wahr. Hat nicht weh getan. Jetzt bleib ich für immer bei dir.

Fey schlug die Augen auf und merkte, wie der Traum sich zur Unkenntlichkeit zurückzog. Noch bevor alles verschwand, realisierte sie, dass sie in den Armen ihrer Mutter gestorben war. Hellwach sah sie ins Dämmerlicht ihres Schlafzimmers und fühlte sich zum ersten Mal allein in ihrer Wohnung. Erst kurz bevor der Wecker schellte, war sie wieder eingeschlafen.

* * *

KROKODIL

Mittwoch, 7:00 Uhr. Albers war nicht zum Treffpunkt in der Wohnung von Frau Thomalla erschienen. Ob sie ihn für immer los war? Sie hatte Schlimmeres mit Kollegen erlebt. Eigentlich war sie erleichtert. Albers hatte sie zugegebenermaßen stellenweise mit seiner zirkusreifen Nummer eines fiktionalen Plans aus der Bahn geworfen. Wahrscheinlich hatte sie sich nur wegen seines Rufes auf ihn eingelassen. Sie öffnete die versiegelte Wohnungstür von Frau Thomalla und begann sich umzusehen.

Bereits nach wenigen Minuten stellte sich ein Gefühl der Bewunderung ein. Frau Thomalla hatte ein Händchen für Farben und wie man damit eine warme Atmosphäre schaffen konnte, die sehr lebendig wirkte. Sie musste ein Herbsttyp gewesen sein. Über die Wände flossen Erdfarben, goldene und fahlrote Töne schmiegten sich aneinander und bewegten das Auge, den schlanken Wellen zu folgen, bis der Blick wieder am Anfang angekommen war. Als wäre Frau Thomalla präsent und hieße sie willkommen, so angenehm einladend war der Empfang in ihrer Abwesenheit.

Fey nahm sich Zeit und ließ das Fremde auf sich wirken. Das Kinderzimmer faszinierte sie am meisten. Ihr fiel sofort auf, dass es darin keine Möbelstücke für Erwachsene gab. Auf dem Boden lagen Berber-Teppiche und Schafsfelle übereinander. Hier musste sich das Leben sozusagen im Liegen abgespielt haben. Handpuppen schauten sie still aber nicht leblos an. Sie nahm das Krokodil auf, steckte ihre Hand in die Stoffhülle am hinteren Ende und bewegte das Maul.

„Du bist nicht Frau Thomalla“, sagte das Krokodil. „Wo ist sie? Der kleine Oliver kam nicht nach Hause. Wir machen uns Sorgen. Bist du von der Polizei?“

Sie lächelte, obwohl sie die Sorgen des Krokodils verstehen konnte.

„Kannst du mir etwas über Frau Thomalla sagen?“, fragte sie und hielt die Handpuppe in Augenhöhe. „Keine Angst, ich bin eine nette Polizistin.“

„Ich kenne Frau Thomalla schon sehr lange“, sagte das Krokodil, „da hatte sie noch Korkenzieherlocken, wie das Mädchen auf dem Bild dort.“ Das Krokodil führte Fey zu einer kleinen Bildergalerie. Einige Bilder zeigten Oliver und einige das Mädchen mit den Locken. Das konnte Frau Thomalla als Kleinkind gewesen sein. Oliver sah ihr ähnlich.

Fey war aufgefallen, dass das Krokodil ziemlich verschlissen war. Es stammte vielleicht aus den Kindertagen der Mutter. Sie musste ihr Spielzeug aufbewahrt haben. Fey dachte an ihre Puppen, die im Wohnzimmer auf der Rückenlehne des Sofas saßen und regelmäßig alle vier Wochen abgestaubt wurden. Frau Thomalla musste sehr glücklich mit ihrem Baby gewesen sein.

Eine halbe Stunde später verließ sie die Wohnung. Sie war froh, dass Albers nicht gekommen war, denn von ihm hätte sie sich wahrscheinlich anhören müssen, dass sie mit ihrer Methode keinen Schritt vorangekommen war.

Es war 7:45 Uhr. Sie begann die Befragung der Nachbarn. Männerbesuche habe Frau Thomalla nicht gehabt, außer von einem, der ein paar Mal mit einem Wohnmobil in der Nähe gehalten hatte und dann über Nacht geblieben war. Elmar habe sie ihn genannt. Mehr wussten die Leute nicht.

Die Fahndung nach Elmar Ritter verlief bisher ohne Ergebnisse. Dem Medienaufruf, Ritter möge sich umgehend bei der Polizei melden, war er nicht nachgekommen.

Ein trüber Tag, es regnete seit den frühen Morgenstunden. Der Asphalt glänzte grau. So schön der Mai sich gestern präsentiert hatte, heute würde er nicht Viele auf die Straße locken, nur ein paar Radfahrer, die sich ihr Mittagessen mit einer Etappe durch die grünen Auen des Münsterlandes verdienen wollten.

10 Uhr. Ein flaues Gefühl im Magen begleitete sie, als sich die Schwingtür zur Pathologie automatisch vor ihr öffnete und ihr der bekannte Geruch von Leichenhygiene in die Nase stieß. Wenn es bittere Stunden in ihrem Beruf gab, dann

waren es die, in denen sie die Trauer der Angehörigen miterlebte. Sie hatte ein Seminar besucht, in dem diese Situation thematisiert worden war. Eine Pflichtübung bestand darin, sich vor der Begegnung über die Endgültigkeit des Todes klar zu werden. Man hatte es mit Tatsachen zu tun. Die Gefühle der Angehörigen waren zu achten, aber für einen Polizisten stand der Selbstschutz an erster Stelle. Es wurde betont, dass das nicht zu bedeuten hätte, dem Geschehen die kalte Schulter zu zeigen, sondern sich mit dem Blick auf die Tatsachen von einer persönlichen Betroffenheit abzulenken.

In der Praxis gelang ihr diese Weisung genau bis zu dem Moment, wo sie die Schwingtür passierte. Danach bestimmten der Geruch, der nahende Blick auf die Leiche und die verängstigten und besorgten Gesichter der Angehörigen ihre Gefühle. Fey hatte versucht, sich gegen ihre emotionale Anteilnahme zu wehren, ließ es aber irgendwann sein und gestand sich lieber diese Schwäche ein.

In der Halle vor dem Raum mit den Kühlfächern und den Seziertischen wartete ein älteres Ehepaar. Die Frau hatte ihren Kopf an die Schulter ihres Mannes gelehnt, rückte dann aber von ihm ab, als Fey vor ihnen stehen blieb und sie begrüßte. Nachdem sich die beiden ausgewiesen hatten, gingen sie gemeinsam durch eine zweite Schwingtür, die sich ebenfalls automatisch öffnete. Die Pathologin, Dr. Degenhardt, stellte sich vor und führte die Personen an einen Tisch, auf dem die Leiche der jungen Frau lag. Sie war mit einem weißen Tuch zugedeckt. Daneben befand sich ein weiterer Tisch, der vergleichsweise groß wirkte, gemessen an dem kleinen Körper des Babys, das dort unter dem Tuch lag. Fey musste sich beherrschen. Das ermordete Kind ließ ihr keine Ruhe, zog ihren Blick immer wieder auf die Umrisse, die das Tuch von der Kinderleiche formte. Erinnerungen an ihren Traum streiften ihr Bewusstsein.

Die Frau ließ ihren Mann los und hielt sich beide Hände vor den Mund, als wolle sie das Ja nie sagen müssen, das sie sich in einigen Augenblicken zwanghaft entreißen würde. Der Mann blieb hinter ihr zurück, als Dr. Degenhardt das Tuch zur Seite nahm und das Gesicht seiner Tochter freilegte.

Fey wollte die Reaktion der Frau nicht sehen, schaute aber trotzdem hin. Der Anblick weckte Bilder der steinernen Gesichter ihres Traumes zurück in ihr Bewusstsein. Noch vor Sekunden hätte sie keine konkrete Erinnerung an die Details ihres Traumes gehabt, aber nun war da der Tod, der sich im Angesicht der Mutter des Opfers spiegelte. Fey ging die Szene zu nah. Was hatte sie damit zu tun? Als gehörte sie zur Familie. Außerdem hatte sie kein Kind, also konnte sie auch keins verlieren. Aber steckte darin nicht gerade ihre Verbindung zu diesem Fall? Hatte sie vielleicht doch ein Kind verloren, eben das, das sie nicht bekommen hatte, aber hätte gekommen können? Es waren nicht die Männer in ihrem Leben, denen sie die Schuld zuschieben konnte. Sie hatte sich herausgewunden aus der Verantwortung für eine Familie. Sie machte ein paar Schritte und stützte die Frau neben ihr. Der Mann nahm Abschied von seiner Tochter. Dr. Degenhardt schaute Fey an, nickte ihr zu und wies auf das Kind.

„Ich kann Ihnen leider nicht crsparen", sagte Fey, „auch das Kind Ihrer Tochter zu identifizieren. Wenn einer von Ihnen bitte hier herüberkommt."

Der Mann wandte sich ab. Fey sah, wie seine Schultern zuckten und er zu schluchzen begann. Seine Frau drehte sich zum Tisch hin. Dr. Degenhardt hob das Tuch. Die Frau knickte ein. Fey konnte sie noch im Fallen festhalten. Sie führte die Frau zu einem Stuhl, wo sie sich setzte. Der Mann ging hinaus. Fey sah ihm nach. Ihr Blick fiel plötzlich auf das Kind, das dort auf dem kalten Edelstahltisch lag. Dann brach es aus ihr heraus. Sie ging zum Tisch, ließ ihren Tränen freien Lauf und deckte das Kind zu. Dann bot sie der Frau ihren Arm an und geleitete sie aus dem Raum.

* * *

DIE MUTTER

Fey verabschiedete sich von Dr. Degenhardt und eilte in den angrenzenden Flur, um den Angehörigen der Verstorbenen noch einige Fragen zu stellen.

Aus heiterem Himmel schoss ihr das Kuriose, das Albers in diesem Fall so sehr betonte, durch den Kopf. Noch nie hatte sie einen solchen Gefühlsausbruch in ihrer beruflichen Karriere erlebt wie gerade eben. Das war auch kurios. Da gab es nichts zu feilschen. Die Morde an Mutter und Kind betrafen alle Menschen und der am Pfarrer wahrscheinlich auch. Lag da eventuell ein Motiv? Dann wäre sie wieder nah bei Albers und seiner Geschichte, der Geschichte des Mörders und seines gestörten Verhältnisses zur Religion, zur Liebe, zum Guten.

Herr Thomalla wandte sich ab, als er Fey durch die Tür kommen sah. Frau Thomalla saß auf einer Bank und zerknüllte ihr Taschentuch in den Händen. Fey setzte sich neben sie und legte ihre Hand auf den Arm der Frau.

„Es werden viele Fragen auf Sie zukommen, Fragen, für die Sie selbst Antworten finden müssen. Es ist bestimmt nicht einfach für Sie, dass Ihre Tochter und Ihr Enkelkind ermordet wurden. Für die Polizei ist es allerdings sehr wichtig, schnell relevante Informationen zu bekommen. Ich bitte Sie daher, mir jetzt etwas über den Vater des Kindes zu sagen. Sein Name ist Elmar Ritter.“

Frau Thomalla wischte sich eine Träne von der Wange. Sie sah rüber zu ihrem Mann, der vor einer hohen Wand stand, an der sich oben ein kleines Lüftungsfenster befand.

„Ich habe ihn noch nie so gesehen“, seufzte Frau Thomalla und deutete auf ihren Mann. „Ich mache mir Sorgen um ihn. Es wird ihm das Herz brechen. Wir werden nie mehr zurück können in unser zufriedenes Leben.“

Fey wartete ab. Die alte Dame würde den Zeitpunkt alleine finden, um auf ihre Frage zu antworten.

„Meine Tochter sprach einige Male von ihm, hielt es aber für besser, ihn uns nicht vorzustellen. Er sollte nicht zur Familie gehören, gab sie als Begründung an. Er hat sie im Krankenhaus nach der Geburt besucht. Dort haben wir ihn getroffen. Er machte einen guten Eindruck. Hatte längeres Haar als auf dem Bild, das sie im Fernsehen zeigen."

„Gab es Ärger zwischen den beiden?"

„Nicht dass ich wüsste."

„Könnte er der Mörder ihrer Tochter gewesen sein?"

Frau Thomalla sah Fey entsetzt an.

„Nein, dieser Elmar ist kein Wahnsinniger. Das kann ich Ihnen garantieren."

„Was macht Sie da so sicher?"

„Ganz einfach, sonst hätte meine Tochter ihn nicht als Vater für ihr Kind ausgesucht."

Das war ein überzeugendes Argument. Diese Aussage entlastete den Mann, auch wenn es nur die Meinung einer schmerzerfüllten Frau war.

„Sagen Sie mir bitte, warum Ihre Tochter keinen miterziehenden Vater wollte?"

„Das weiß ich nicht. Ich vermute, dass sie Streit aus dem Weg gehen wollte. Karin war ein Mensch, der Harmonie über alles liebte. Sie war ein herzensgutes Mädchen, gab unentgeltlich Englischunterricht in Kindergärten, spielerisch, verstehen Sie? Sie sang und malte, und sprach Englisch. Sie wollte immer helfen. Als sie die Soldaten unterrichtete, sagte sie, dass das ihr Beitrag zur Völkerverständigung sei. Karin war ein von Grund auf lieber Mensch."

Frau Thomalla putzte sich die Nase.

„Tut mir leid, aber mein Mann und ich möchten jetzt gehen."

Sie stand auf und fasste ihren Mann am Arm. Sie verließen die Pathologie durch die automatische Schwingtür.

* * *

TEAMBILDUNG

Carstensens Nummer erschien auf dem Display ihres Handys. Er brauchte gute Nachrichten. Die Presse würde ihm gnadenlos auf die Finger klopfen.

Fey fuhr durch die Stadt. Es war 11:00 Uhr. Autos standen auf Gehsteigen und sogar auf Fahrradwegen. Sehr unorthodox für Münsteraner. Bis draußen vors Hauptportal der St. Ludgeri-Kirche reichte der Pulk der Leute. Auch im Dom sollte heute eine Messe für den Pfarrer und die beiden anderen Ermordeten gehalten werden. Sie fuhr zum Dom, in dem Bischof Gauss die Messe hielt. Der Gesang der Gläubigen klang durch die dicken Mauern des Domes hinaus zu ihr. Sie lauschte ergriffen. Es mussten gut 1000 Menschen sein, die dort versammelt waren. War das nicht auch kurios? Derart überfüllte Kirchen. Wieder dachte sie an Albers und dass er ihr nun eigentlich fehlte. Sie rief Carstensen an, hatte ihm aber nichts Neues zu bieten. Im Gegenteil, der einzige Verdächtige wurde von Frau Thomallas Mutter als harmlos bezeichnet.

Als sie auf den Vorhof des Präsidiums fuhr, sah sie eine Gruppe von Reportern, die sich um Carstensen drängten. Sie parkte ihren Wagen in der Nähe und drehte das Fenster herunter.

„Herr Carstensen, wie stehen die Ermittlungen?“, „Haben Sie einen Hauptverdächtigen?“, „Was können Sie uns zu den Opfern sagen?“, „Stimmt es, dass es sich um einen Sektenmord handelt?“, „Kommen Extremisten infrage?“

Carstensen tat souverän.

„Ich kann Ihnen versichern, der Fall hat höchste Priorität. Wir kommen mit den Ermittlungen gut voran. Es ist nur eine Frage der Zeit.“

„Glauben Sie, die Öffentlichkeit ist sicher? Die Schwächsten der Gesellschaft wurden getroffen. Wer ein Kind umbringt, ist zu allem fähig“, „Halten Sie eine Warnung an die Bevölkerung für ratsam?“

Carstensen zögerte. „Keine Hysterie, meine Damen und Herren. Lassen Sie die Polizei ihre Arbeit tun. Ich bin sicher, Ihnen morgen eine positive Nachricht mitteilen zu können." Er wimmelte die Reporter ab und ging fluchtartig in sein Büro, wo der Bürgermeister, der Stadtdirektor und Polizeipräsident Ackermann auf ihn warteten. Fey wollte an Carstensens Büro vorbeihuschen, aber er rief sie herein.

„Darf ich kurz vorstellen. Frau Amber, leitende Hauptkommissarin."

Fey wusste nicht, was Carstensen bezweckte. Ackermann ergriff das Wort.

„Frau Amber, wir sitzen alle in einem Boot. Wir haben es mit einem Monster zu tun, das es auf die schützenswertesten Mitglieder unserer Gesellschaft abgesehen hat. Welche Strategie verfolgen Sie?"

Fey sah Carstensen an. Das war eigentlich eine Frage an den Chef der Abteilung, nicht für sie, jedenfalls nicht in dieser Runde. Hier ging augenscheinlich bereits die Angst um. Der Polizeipräsident wusste, dass sie ihre berufliche Diskretion nicht verletzen durfte, dennoch bat er sie um eine Stellungnahme vor der öffentlichen Hand. Das war nicht okay. Sie war entschlossen, Carstensen um eine kurze Unterredung unter vier Augen zu bitten, da meldete sich ihr Telefon. Sie entschuldigte sich und ging in ihr Büro.

„Frau Amber, wie geht es Ihnen? Möchten Sie, dass ich wiederkomme?"

Albers hätte nichts Schöneres fragen können. Sie jubelte und blickte auf Mörris' Schreibtisch. Der Koffer mit den Utensilien zum Basteln der künstlichen Fliegen war tatsächlich nicht mehr dort. Albers meinte es also ernst. Er hatte bereits gepackt und gab ihr nun eine letzte Chance.

„Ganz, wie Sie es für richtig halten", schmeichelte sie. „Wenn Sie unter meiner Leitung eine kompromissbereite Position einnehmen, könnte ich mich sogar darüber freuen."

Sie pokerte und das machte ihr gehörig viel Herzklopfen.

„Na, dann treffen wir uns doch im Drübbelken."

Fey war konsterniert. Das war nicht sein Ernst, sich in einer Kneipe zu treffen.

„Geht es auch woanders?“

„Bei mir zu Hause, zum Brunch?“

Fey nahm das Telefon vom Ohr und schaute mit großen Augen aus dem Fenster. Sie wollte mit Albers nicht privat werden. Was zum Teufel hatte er vor? Sie holte tief Luft.

„Okay, ich komme in einer halben Stunde.“

Sie rief zwei Ermittlungsbeamte und erteilte ihnen die Aufgabe, das berufliche Umfeld der Ermordeten zu untersuchen. Ebenfalls sollten sie Freunde und Bekannte des Pfarrers unter die Lupe nehmen. Hatte der Pfarrer wirklich eine saubere Weste? Vielleicht war er aber auch nur zum falschen Zeitpunkt am falschen Ort gewesen.

Sie ging zu Anneliese ins Büro. Von dort konnte Carstensen sie nicht durch die große Scheibe sehen. Sie verschwand im Treppenhaus und stieg in ihren Wagen.

* * *

BEAUJOLAIS

Albers qualmte einen würzigen Zigarillo, als er Fey die Tür öffnete. Das war schon mal nicht sehr charmant, aber eben männlich. Er führte sie ins Wohnzimmer. Sie setzte sich in einen Ohrensessel aus den fünfziger Jahren. Albers lächelte. Es freute ihn anscheinend, dass sie von dort seine Trophäensammlung am besten sehen konnte. An der Wand hingen gläserne Schaukästen mit ausgestopften Lachsen und Forellen, die er in Irland und Kanada gefangen hatte. Die bunt leuchtenden Farben eines Saiblings mit dem schönen Namen Brook Charr aus kanadischem Wildwasser fesselten ihre Aufmerksamkeit. Sie hätte nicht gedacht, dass es solche Fische überhaupt gab.

Albers schmunzelte genüsslich. Es reichte ihm, ihr Interesse für einen Augenblick auf seinen ganzen Stolz gebündelt zu haben. Er ging in die Küche. Kurz darauf hörte sie das typische Plopp eines Korkens, wenn er aus einer Weinflasche gezogen wird. Ein Arbeitstreffen mit einem Glas Wein. Das war nicht abgemacht, aber gleich protestieren wollte sie auch nicht.

Albers kehrte zurück und stellte ihr ein Weinglas auf den Beistelltisch. Das Glas glänzte im Licht der Deckenlampe, als wäre es zuvor ausgiebig poliert worden. Er goss beiden ein, setzte sich aufs Sofa, probierte vom Wein und prostete ihr zu.

„Ein edler Tropfen. Ich fahre im Herbst nach Le Village Chavannes, übernachte ein paar Tage in der Nähe des Weinguts Pochon und decke mich dort für den Rest des Jahres mit dieser Medizin ein. Sie hilft über die langen Winterabende. Bitte, schauen Sie sich nur diese Farbe an."

Trotz ihrer Bedenken fühlte sie sich nun in seiner Nähe entspannter als sonst, zumindest lenkte er sie von ihren rotierenden Gedanken über den Fall ab. Vielleicht verstand sie seine Denkart näher, wenn sie ihn besser kennenlernte.

Sie sah sich um. Neben ihm auf dem Sofa lagen Bücher und Angelutensilien, daneben stand ein Korb mit Bügelwäsche. Ob er eine Haushälterin hatte?

„Prost“, salutierte Albers erneut und trank. „Auf eine geniale Idee!“ Er ließ den Wein genüsslich durch seine Kehle rinnen. „Wissen Sie, Frau Amber, wenn Enten Stress haben, dann schütteln sie sich. Auf diese Weise lösen sie den Stress aus ihrem Körper und können zur Normalität zurückkehren. Sie schütteln sich frei.“

„Sie erwarten doch wohl nicht, dass ich mich schüttel?“

„Nicht wirklich.“ Albers blinzelte ihr zu. „Ich denke, dass wir uns selber boykottieren.“

„Noch kann ich Ihnen folgen, aber wohin soll das führen?“

„Fakten und Geschichten passend machen! Der Mörder kannte die Frau und den Pfarrer. Er ist das Bindglied. Welcher Mann kannte die beiden? Welche Möglichkeiten gibt es, beide kennenzulernen. Wo? Wann? Wie?“

Fey erinnerte sich an die Aussage von der Mutter der Ermordeten.

„Frau Thomalla besuchte neben ihrer Arbeit einen Kindergarten, in dem sie mit den Kleinen spielerischen Umgang mit der englischen Sprache übte. Dort könnte sie den Pfarrer getroffen haben und vielleicht sogar den Mörder.“

„Sollte das der Fall sein, wird es sich um einen katholisch geführten Kindergarten handeln“, meinte Albers.

„Wieso beschränken Sie sich auf katholische Einrichtungen?“

„Es handelte sich um einen katholischen Pfarrer.“

„Oh, Entschuldigung“, gestand Fey, „das hatte ich außer Acht gelassen.“

„Und jetzt kommen wir zur Geschichte“, grinste Albers. „Das Katholische an sich hat eine besondere Bedeutung. Ich glaube, dass wir einen katholischen Mann suchen.“

„Sie meinen einen Mann mit katholischer Vergangenheit, der sich neu taufen ließ?“

Albers setzte ihren Gedanken fort.

„Vielleicht wollte er durch die erneute Taufe ein Kapitel seines Lebens vergessen machen, noch mal ganz von vorne anfangen, wobei das Wahnsinnige darin besteht, dass er mordet, ohne sich sündig zu fühlen. Für ihn haben sich die Wertevorstellungen verschoben. Sein Selbstwertgefühl kehrte sich vom Guten zum Bösen, aber nur aus unserer Perspektive. Für ihn wurde das Böse zum Guten. Er selbst sieht sich als guten Menschen."

„Und wie passt das zu Ihrer Befürchtung, es werde weitere Morde geben?"

„Der Taufe folgen weitere Sakramente: Kommunion, Firmung, Ehe. Nur der Mörder kennt seine Geschichte. Falls es die Geschichte so will, käme als Nächstes die Kommunion und dann die Firmung. Erstkommunionkinder sind in der Regel 9 bis 10 Jahre alt und das Fest findet meistens im Mai statt, also in diesem Monat. Dann kommt die Firmung."

Fey war sich nicht sicher, ob Albers noch bei ihrer Frage war.

„Haben Sie den Faden verloren, Herr Albers? Wieso denken Sie, dass es zu weiteren Taten kommen wird?"

„Der Mörder wartete, bis Frau Thomalla schwanger wurde. Als das Baby da war, passte dieses Puzzlestück in seine Geschichte. Ich behaupte, dass Frau Thomalla noch am Leben wäre, wenn sie nicht schwanger geworden oder evangelisch wäre. Wenn wir an unsere Geschichte über den Mörder glauben, müssen wir uns auf weitere Sakramente konzentrieren, zum Beispiel auf die Firmung und die Kommunion. Da schlägt der Täter erneut zu. Es wird nicht bei einem einzigen Kirchenritual bleiben. Ich glaube, dass es die Firmung sein wird, auf die er sich als nächstes vorbereitet."

„Und warum ausgerechnet die Firmung? Die Erstkommunion käme zeitlich nach der Taufe dran."

„Er muss sich nicht an die Reihenfolge halten. Er hat auf die Geburt des Babys gewartet und hat dann bei der erstbesten Gelegenheit zugeschlagen. Ich denke, dass bei ihm nun ein Film abläuft, auf den er sich lange vorbereitet hat. Auf die Erstkommunion müsste er bis Sonntag warten. Die Firmung findet in unterschiedlichen Gemeinden zu unterschiedlichen Zeiten statt. Da hat er öfter Zugriff. Es geht ihm um das katholische Ritual, ungeachtet der Reihenfolge. Ich glaube, dass er seit der ersten Tat gehörig unter Druck steht. Seine Wiedertaufe allein reicht ihm nicht, außerdem weiß er, dass die Polizei ihm auf die Schliche kommen könnte. Er will die Sakramente, die jeder Katholik von der Kirche empfängt, damit er sich komplett fühlt und das will er schnell und rücksichtslos."

„Das werde ich meinem Chef nicht verkaufen können. Mir selbst fällt es schwer, Ihnen zu glauben."

„Ich kann glauben, wissen müssen Sie. Der Täter kommt höchstwahrscheinlich aus der münsteraner Gegend. Es sieht so aus, als hätte er sich an seinen vier Tatorten sehr sicher gefühlt."

„Wieso vier?"

„Er hat Frau und Kind von zu Hause oder von woanders entführt. Er hat den Pfarrer aus dem Pfarrhaus oder sonst woher entführt. Das wären zwei Tatorte, die bisher untergegangen sind, weil alle Augen auf die Morde gerichtet sind. Der Täter kannte den Baggersee und die bäuerliche Gegend, wo der Pfarrer gefunden wurde. Das wären die beiden anderen Tatorte. Wir suchen jemanden, der sich in der Gegend gut auskennt. Passt das zum Vater des Kindes?"

„Er stammt nicht aus Münster, soll in einem Wohnmobil unterwegs sein. So ein Fahrzeug wäre aufgefallen. Ich würde lieber Ihre Meinung zu den Buchstaben vL wissen."

„Es könnte sich um die Initialen des Mörders handeln oder um ein Synonym. Wir haben es mit einem Schizophrenen zu tun. Der mag sich für jemand anderen halten, eben für vL."

Je mehr sie sich auf Albers einließ, desto konkreter wurden bestimmte Aspekte, auch wenn die nur fiktiv in die Luft projiziert waren. Sie hatte akzeptiert, dass Albers anders als sie dachte und das stimmte sie zuversichtlich. Er glaubte und sie musste wissen. Vielleicht war das eine fruchtbare Kombination.

Auf dem Rückweg zum Präsidium wollte sie an Frau Thomallas Wohnung vorbeifahren. Es gab keine konkrete Veranlassung, nur ein Bauchgefühl. Sie bog in die Warendorfer Straße ein und erschrak. Hunderte Menschen standen vor dem Haus, in dem Frau Thomalla und ihr Baby gelebt hatten. Manche legten Blumen nieder oder zündeten Kerzen an.

Einige kamen mit ihren Kindern. Grüppchen hatten sich gebildet. Sie beobachtete, wie die Leute miteinander sprachen, ernste Gesichter, Mütter, die ihre Kinder an der Hand hielten. Einige Bürger sprachen mit den umherstehenden Reportern.

Die Anteilnahme in der Bevölkerung überraschte sie nicht. Sie selbst spürte, wie sie der Fall aufwühlte. Auch die Protestwelle, die durch die Bevölkerung Münsters lief und das sonst so friedliche Klima der Stadt beeinträchtigte, passte zu diesem Fall. Er löste Gefühle aus, die die Öffentlichkeit solidarisierten. Betroffen fuhr sie weiter, öffnete das Seitenfenster ihres Wagens und nahm es hin, dass sie keinen klaren Gedanken fassen konnte.

* * *

FOLTER

Frau Bogner arbeitete im Schichtdienst auf der Intensivstation des Clemenshospitals. Diese Woche hatte sie Spätschicht. Ihr Sohn Benjamin nahm am Firmunterricht teil.

Im Pfarrhaus der Gemeinde St. Clemens hatte Pfarrer Buttgereit für seine acht Schützlinge die Stühle um den großen Bürotisch arrangiert und die kleinen Büchlein zur Vorbereitung auf das Firmsakrament auf die Plätze gelegt. Pfarrer Buttgereit machte diese Arbeit ehrenamtlich. Er war bereits lange im Ruhestand, aber weil er den Kontakt zur jungen Generation so erfrischend fand, opferte er seine Freizeit für die religiöse Erziehung der Kinder.

Benjamin war Einzelkind und seine Mutter war alleinerziehend. An diesem Tag hatten beide gemeinsam zu Mittag gegessen. Weil Frau Bogner ein schlechtes Gewissen hatte, nicht genügend Zeit für ihren Sohn zu haben, steckte sie ihm zu ihrer Entlastung jedes Mal eine Tüte Haribo Colorado in die Jackentasche, bevor er zum Firmunterricht ging.

Zum Pfarrhaus waren es nur wenige Gehminuten. Frau Bogner schickte Benjamin los und sie fuhr zur Arbeit. Benjamin griff in seine Jackentasche und steckte sich gleich drei Haribos in den Mund. Er schaute extra nicht hin, was er da erwischt hatte. Es machte ihm Spaß, die einzelnen Bonbons am Geschmack zu erkennen. War Lakritz dabei, Weingummi oder Himbeergelee mit Zuckerperlen?

Ein kleiner Welpe lief vor ihm über die Straße und schnupperte aufgeregt am hohen Gras, das ein Maisfeld umsäumte.

„Kannst du mir helfen, den kleinen Lümmel wieder einzufangen?", fragte ein Mann, der hinter einem Lieferwagen hervortrat. „Ich habe Angst, er läuft einfach auf die Straße und es kommt ein Auto."

Der Mann hatte offensichtlich eine Gehbehinderung. Er hinkte.

„Kannst du zu ihm laufen und ihn auf den Arm nehmen?“, rief der Mann. Benjamin freute sich über den drolligen Welpen, der wie ein Frosch im hohen Gras umhersprang. Er lief auf die andere Straßenseite und sofort trollte der tapsige Welpe zu ihm herüber. Es war kein Problem, ihn auf den Arm zu nehmen und zum Wagen des behinderten Mannes zu tragen.

„Das hast du gut gemacht“, lobte der.

Der Mann öffnete die hintere Klapptür des Lieferwagens, sah sich um, ergriff Benjamin und warf ihn in den Laderaum. Er sprang hinterher, drückte ihn zu Boden, sodass der Junge vor Schmerzen schrie, band ihm ein Tuch vor den Mund und fesselte seine Hände auf dem Rücken. Der Welpe lief fiepend umher. Der Mann stieg in die Fahrerkabine und fuhr davon.

Frau Bogner ging gerade durch das Hauptportal des Krankenhauses, als ihr Handy klingelte. Es meldete sich ein Mann, der sich als Geistlicher ausgab, und Pfarrer Buttgereit heute vertreten würde. Er bat sie, Benjamin vom Unterricht abzuholen, da ihm schlecht geworden sei. Der Junge klage über Magenschmerzen und frage nach seiner Mutter. Frau Bogner lief zurück zu ihrem Wagen, fuhr los und telefonierte mit der Intensivstation, um ihre Verspätung anzukündigen.

Der Firmunterricht hatte bereits begonnen, als Pfarrer Buttgereit verwundert die Tür öffnete und Benjamins Mutter begrüßte.

„Was kann ich für Sie tun, Frau Bogner?“

„Ich bekam einen Anruf, dass es Benjamin nicht gut gehe. Ich möchte ihn mit nach Hause nehmen.“

Im Pfarrbüro klingelte das Telefon und gleichzeitig läutete Frau Bogners Handy. Pfarrer Buttgereit ging ins Pfarrbüro. Frau Bogner nahm ihr Gespräch an, während sie ins Unterrichtszimmer ging. Dort sah sie in die Runde der Firmschüler und dann pulsierte ihr Herz wie verrückt. Benjamin war nicht da und eine unruhige, fast bebende Männerstimme befahl ihr am Handy, gut zuzuhören:

„Ich habe Benjamin in meiner Gewalt. Gehen Sie zu Pfarrer Buttgereit. Er steht mit mir in Verbindung. Wenn Sie meinen Anweisungen nicht genau Folge leisten, ist Benjamin tot. Wagen Sie es nicht, mich zu täuschen. Gehen Sie jetzt zu Pfarrer Buttgereit ins Büro."

Pfarrer Buttgereit und Frau Bogner begegneten sich im Türrahmen und sahen sich entsetzt an. Frau Bogner zog Buttgereit am Ärmel zurück ins Pfarrbüro und sprach in ihr Handy.

„Wir tun alles, was Sie wollen. Wo ist mein Sohn?"

Sie hörte den Mann atmen. Seine bebende Stimme elektrisierte sie, flößte ihr Furcht ein, eine Furcht, die sie überwältigte, aber nicht lähmte.

„Frau Bogner, schicken Sie den Pfarrer ins Nebenzimmer zu den Kindern. Dort soll er ihnen sagen, dass sie die Verse auf Seite 12 der Firmungsfibel auswendig zu lernen haben und zwar jeder zwei Zeilen. Erfüllen die Kinder ihre Aufgabe nicht, schieße ich Benjamin zum Krüppel. Geben Sie dem Pfarrer Ihr Handy. Ich möchte jedes seiner Worte hören. Frau Bogner, Sie schalten den PC an und skypen mit folgender Adresse."

Der Mann gab Frau Bogner die Daten durch und Buttgereit ging mit bleichem Gesicht zu den Kindern. Sie schaltete den Laptop im Pfarrbüro ein und stellte die Verbindung her.

„Darf ich Benjamin sehen?", fragte sie zitternd ins Mikro des Computers. Sie erkannte dunkle Umrisse einer Gestalt, die immer deutlicher wurden. Durch dünne, waagerechte Schlitze strömte Tageslicht in einen ansonst finsteren Raum. Sie erschrak. Benjamin saß auf einer Bank und trug ein Messdienergewand. Sie nahm die Hände vor den Mund. Ihr Junge zitterte genau wie sie. Dann streckte sie instinktiv ihren Arm nach ihm aus.

„Benjamin, alles wird gut. Wir helfen dir."

Das Bild erlosch. Frau Bogner stützte sich am Schreibtisch ab. Buttgereit kam zurück. Der Entführer meldete sich wieder. Beide legten ihr Ohr ans Handy.

„Frau Bogner, Sie und der Pfarrer gehen jetzt ins Sprechzimmer, wo die Orgel steht, und bringen Sie den Laptop dort in Position, damit ich alles sehen kann. Pfarrer Buttgereit, machen Sie alles klar für die Firmung! Ziehen Sie Ihr Messgewand an!" Die Stimme des Mannes klang triumphierend.

„Ich werde gefirmt. Frau Bogner, Sie werden meine Mutter sein.“

Frau Bogner suchte Halt. Ihr Sohn befand sich in der Gewalt eines Psychopathen. Sie atmete schwer. Der dunkle Bildschirm flößte ihr unerträgliche Angst ein, ein finsterer Vorbote für das Schlimmste, was passieren könnte. Der Mann gab ihr Instruktionen, die Kamera auszurichten. Sie konnte es kaum aushalten, fürchtete, den Laptop fallen zu lassen, und alles wäre verloren.

Sie sah durch den geöffneten Türspalt, wie Buttgereit sich hektisch das Messgewand überwarf und dann an die Zimmerorgel setzte. Er drehte sich hilfesuchend nach ihr um und begann zu spielen. Sie hielt krampfhaft das Handy ans Ohr und hörte den Mann sprechen:

„Frau Bogner, holen Sie jetzt die Kinder! Sie sollen ihre Verse vortragen und dann gehen! Sie haben genau 12 Sekunden, dann sind Sie zurück am Bildschirm oder ich schieße auf Ihren Sohn!“

Die Kinder kamen herein. Frau Bogner winkte sie zu sich und postierte sie vor den Computerbildschirm.

„Wir machen einen Videoclip von euch“, sagte sie mit krampfhaftem Lächeln. Jeder bekommt später eine Kopie. Ihr macht das bestimmt ganz toll.“

Die Kinder folgten gehorsam und trugen ihre Verse vor, während Buttgereit leise auf der Orgel spielte. Danach wurden die Kinder nach Hause geschickt.

„Buttgereit, sprechen Sie! Und Sie, Frau Bogner, knien Sie sich hin und falten Sie die Hände!“

Dem Pfarrer standen Schweißperlen auf der Stirn. Einige Tropfen rannen seinen Hals hinunter und verloren sich in seinem Kragen. Buttgereit begann kleinlaut.

„Kraft meines Amtes bestärken wir heute die gemeinsamen Bestrebungen der Kirche und ihrer getauften Gläubigen, in Wort und Tat für den christlichen Glauben einzustehen. Möge der heilige Geist dich leiten, ein würdiger Streiter im Namen Christi zu sein. Lasset uns nun beten.“

Buttgereit wurde von einer Computerstimme unterbrochen.

„Sie sollen mich ansehen! Sehen Sie auf den Bildschirm, wenn Sie sprechen! Nochmal das Ganze!“

Der Pfarrer wiederholte seine Ansprache. Mittendrin unterbrach ihn der Mann erneut.

„Lauter, und mit Stimme! Das klingt jämmerlich.“

Diesmal konnte der Pfarrer seinen Firmling zufriedenstellen. Buttgereit sprach ein Gebet und wandte sich dazu an das Kreuz, das über der Orgel hing. Danach sah er hilflos auf den Bildschirm des Laptops.

„Legen Sie Frau Bogner die Hände statt meiner auf“, klang es gebieterisch.

Buttgereit folgte der Anweisung, breitete beide Hände über ihren Kopf aus und bat den heiligen Geist um die Niederkunft. Danach legte er ihr seine rechte Hand auf und zeichnete ihr mit Salböl ein Kreuz auf die Stirn. Buttgereit war einer von der alten Schule. Es war ihm noch zur Gewohnheit, dem Firmling einen Backenstreich zu geben. Die Geste diente dazu, die Ritterlichkeit des Gefirmten zu unterstreichen, damit er für seinen Glauben einstehe.

„Du hast es recht gemacht, Alter“, dröhnte die Stimme des Entführers. „Darauf habe ich lange gewartet. Nach alter Tradition, das tut gut. Frei von Schuld, neu geboren. Rein wie ein Lamm. Die Kirche hat einen neuen Gefolgsmann. Gib mir einen Namen! Wie soll ich heißen, im Namen der Kirche?“

Buttgereit suchte händeringend eine Lösung. Frau Bogner schrieb etwas auf Papier und zeigte es dem Pfarrer.

„Wäre Ihnen Johannes recht?“, bibberte der Pfarrer.

„Damit haben Sie dem jungen Messdiener neben mir vielleicht das Leben gerettet. Johannes! Ja, das ist ein würdiger Name. Nun lasst uns fortfahren. Gehen Sie ins Pfarrbüro. Dort finden Sie einen kleinen braunen Umschlag mit einem Viereck darauf. Er liegt in dem Korb für die Spenden. Bringen Sie ihn her! Beeilen Sie sich! Nicht länger als zehn Sekunden, sonst fließt Blut.“

Buttgereit eilte ins Parrbüro und kam keuchend mit einem Umschlag in den Händen zurück.

„So ist es gut“, klang es aus dem kleinen Lautsprecher des Computers. „Öffnen Sie ihn und legen Sie jeweils eine Kapsel für sich und eine für Frau Bogner auf den Tisch!“

Buttgereit folgte der Anweisung. Frau Bogner schaute entsetzt auf den Bildschirm. Das Bild flimmerte. Dann wurde es wieder deutlich. Sie sah ihren Sohn, dem ein Strick um den Hals gelegt war. Über zwei Rollen, die von der Decke hingen, war der Strick mit einem großen Plastikfass verbunden, das hoch an der Decke hing und in dem ein Wasserschlauch steckte. Das Gewicht des Fasses zog bereits am Kopf des gefesselten Jungen. Sein Gesicht zeigte Todesangst. Frau Bogner schrie auf.

„Bitte lassen Sie meinen Sohn frei! Er hat Ihnen ...“

„Halten Sie sich an meine Instruktionen!“, tönte es herrisch, „dann geht alles gut. Es sind nur Schlaftabletten. Jeder von Ihnen nimmt nun eine der weißen Pillen ein, ansonsten stirbt der Junge. Buttgereit, Sie fangen an. Ich will es genau sehen. Mund auf!“

Buttgereit schaute entkräftet auf die Frau neben sich.

„Bitte, tun Sie es meinem Sohn zuliebe. Der Mann hat gesagt, dass nichts passiert. Bitte!“

Buttgereit steckte die kleine weiße Kapsel in den Mund, schluckte, hustete und schaute sich nach einem Glas Wasser um. Frau Bogner eilte in den Nebenraum und kam mit einem Glas Limonade, die für die Kinder gedacht war, zurück. Sie schaute auf den Bildschirm, der nur unheilvolle Schattierungen anzeigte.

„Nun Sie, Frau Bogner! Nehmen Sie die Kapsel ein!“

Als Krankenschwester kannte sie Situationen, in denen Patienten ihre Pillen nicht nehmen wollten, aber so getan hatten, als schluckten sie sie. Am unauffälligsten fand sie die Methode von Patienten in der Psychiatrie: einfach unter die Zunge stecken. Kampflos wollte sie ihren Sohn nicht aufgeben. Sie riskierte es.

Buttgereits Kopf sank langsam auf die Tischplatte. Sofort war ihr klar, dass es sich bei der Pille nicht um eine Schlaftablette handeln konnte. Dieser Schlaf kam viel zu massiv. Sie musste jetzt zu jedem Mittel greifen, um zu verhindern, die Pille zu schlucken. Der Mann wusste garantiert von ihrer Position als Krankenschwester.

„Frau Bogner, kommen Sie näher an den Bildschirm und zeigen Sie mir Ihren geöffneten Mund." Sie blickte auf den Bildschirm, der kurz aufflackerte und dabei in groben Umrissen ihren Sohn zeigte, der ein straffes Seil um den Hals hatte. Ob seine Füße noch auf dem Boden standen, konnte sie nicht erkennen.

„Und nun möchte ich sehen, was Sie unter der Zunge haben."

Etwas hatte zuvor ihre Aufmerksamkeit erregt und zwar genau in dem Moment, als der Entführer den Pfarrer aufforderte, eine der weißen Kapseln zu schlucken. Wie es auch immer kam, aber ihrer Wahrnehmung war nicht entgangen, dass auf dem Tisch eine kleine Plastikdose mit weißen tic-tac-Pfefferminzbonbons lag, die wohl eines der Kinder vergessen hatte. Sie bewegte sich an der Tischkante vorbei, nahm die tic-tac- Dose, öffnete den Verschluss und ließ ein Bonbon in ihre Handfläche kullern. Ihr Herz pochte wie verrückt.

Sie öffnete ihren Mund in Richtung Kamera, aber der Mann schrie verärgert, dass sie sich vorbeugen solle, damit er besser sehen könne. Jetzt musste alles sehr unauffällig und schnell gehen. Sie öffnete ihren Mund erneut und zeigte ihm die Kapsel, die auf ihrer Zunge lag.

„Schlucken, und zwar sofort!", brauste der Mann auf.

„Ich kann nicht", traute sich Frau Bogner zu sagen und nahm die Tablette aus ihrem Mund. Der Bildschirm wurde heller, flimmerte. Dann sah sie ihren Sohn, dessen Kopf schräg in der Seilschlinge hing und der sie mit schmerzverzerrtem Gesicht ansah.

Der Mann musste wenige Sekunden mit der Neueinstellung seines Laptops beschäftigt gewesen sein. Sie tauschte die Pillen aus.

„Bitte, ich tue, was Sie verlangen", flehte sie dann.

Frau Bogner steckte sichtbar die tic-tac-Kapsel in den Mund und schluckte sie herunter. Der Mann ließ sie den Mund öffnen und schaute unter ihre Zunge. Eine Minute später sank sie auf einen Stuhl, ihre Arme fielen bald links und rechts über die Stuhllehne. Der Bildschirm verdunkelte sich. Frau Bogner wartete eine weitere Minute und rief dann die 110.

* * *

DIE CHINESISCHE METHODE

Carstensen stand kurz vor einem Nervenzusammenbruch. Der neue Fall mit religiösem Hintergrund und einem Kind als Opfer sprengte alle Befürchtungen. Niemand hatte den Veteranen Albers ernst genommen. Fey hatte ihrem Chef in abgemilderter Form von den Ideen ihres Partners erzählt, aber sie hatte dafür von Carstensen nur eine abfällige Handbewegung geerntet.

Fey jagte in ihrem Wagen stadtauswärts über die Hammer Straße Richtung Pfarrheim. Gleichzeitig sprach sie mit der Mutter von Benjamin.

„Was haben Sie auf dem Bildschirm gesehen, das uns verrät, wo sich Benjamin befindet? Jedes Detail ist wichtig."

„Es war schummrig schwarz in dem Raum. Benjamin saß auf einer Bank, einer langen Bank."

„Gibt es irgendeinen anderen Hinweis auf den Ort oder das Gebäude?"

„Da war nichts, außer ein paar länglichen Schlitzen. Da kam Licht durch, Tageslicht."

„Wie klang die Stimme des Mannes?"

„Ganz unterschiedlich. Bisschen hohl wie in einem leeren Raum. Er war gebieterisch und dann wieder zornig und, wie soll ich sagen, da war sowas wie Lust oder Wonne."

Frau Bogner brach in Tränen aus.

„Hören Sie, ich werde mich mit meinem Kollegen beraten. Wenn Ihnen noch etwas einfällt, dann rufen Sie mich an." Fey legte auf und rief Albers an. Sie erklärte ihm die groben Umstände des Verbrechens. Albers ging zu seinem Wagen und blieb mit Fey in Kontakt.

„Er wird Fehler gemacht haben", sagte er.

„Hoffentlich lebt der Junge noch." Das war Feys größte Sorge.

„Was hat die Frau auf dem Bildschirm gesehen?"

„Tageslicht fiel durch horizontale Spalte ein. Der Junge

saß auf einer langen Bank und die Stimme des Täters klang hohl wie in einem leeren Raum."

Albers reagierte nicht.

„Hallo Hanno, bist du noch dran?"

„Ich überlege. Zu meiner Zeit trafen wir Pfadfinder uns in einer Blockhütte im Wald und verbrachten dort die Wochenenden mit Lagerfeuer, Baumbuden und Nachtgängen. Gehört zur Pfarrgemeinde vielleicht ein Gelände im Grünen, für die Jugend zum Beispiel, eine Art Freizeittreff?"

Fey rief Frau Bogner an.

„Gibt es einen Jugendtreffpunkt der Pfarrgemeinde, vielleicht eine Blockhütte oder ein Sportplatz mit Kabinen?"

Frau Bogner wusste von einem Gebäude in der Nähe des Dortmund-Ems-Kanals, wo sich die Firmlinge kennenlernten. Fey gab den Standort an Albers durch. Er befand sich auf der Westfalenstraße nahe Hiltrup und würde früher da sein. Es handelte sich um ein eingezäuntes Gelände mit einem Freizeitkomplex und einem Mehrzweckhaus. Das Gelände wurde nur am Wochenende geöffnet, da der Bedarf seit Jahren rückläufig war.

Albers jagte mit 140 über den kleinen asphaltierten Feldweg und stoppte mit blockierten Reifen vor dem Zaun des Geländes. Er riss die Wagentür auf und rannte auf die Tür im Zaun zu. Die war verschlossen. Er fluchte, lief zu seinem Wagen, fuhr ihn direkt an den Zaun, stieg aufs Dach und kletterte mit Mühe auf der anderen Seite wieder herunter. Außer Atem lief er zur Eingangstür des Mehrzweckhauses. Während der Fahrt hatte er seine Dienstwaffe schussbereit gemacht und trug sie nun im Hosenbund. Er stieß mit dem Fuß vor die verschlossene Tür. Früher hatte er so manche Tür mit einem Schulterschlag gesprengt. Heute hätte er zwei Zentner zu bieten, die sollten eigentlich reichen, aber er zog es vor, mit einem Schuss aus seiner Pistole das Schloss zu zertrümmern. Er wusste, was ihn erwartete. Der Täter war mit Sicherheit nicht mehr da, falls es sich überhaupt um den Tatort handelte. Eilig riss er mehrere Türen auf, sah in verdunkelte Räume. Die Rollläden waren heruntergelassen. Er versuchte, Licht zu machen, aber die Hauptsicherung musste abgeschaltet worden sein. Dann hörte er das leise Plätschern von Wasser ähnlich einem Springbrunnen. Er folgte seinem Gehör, trat in einen weiteren Raum und tastete sich zu den Rollläden vor. Er zog an dem Band. Licht strömte ein. Der Junge stand schwankend auf seinen Zehenspitzen. Das Fass hing noch an der Decke. Albers hievte den Jungen mit aller Kraft nach oben. Das Fass schepperte auf den Boden. Mit Mühe löste er die Schlinge um den Hals. Das Fass kippte um, Wasser ergoss sich über die Fliesen. Die Augen des Jungen waren rot unterlaufen, sein Gesicht blau angeschwollen, sein Körper leblos. Albers legte ihn auf die Bank und stützte seinen Kopf.

Aus dem Schlauch kroch ein dünner Strahl Wasser. Ein langsamer Tod. Er sprach den Jungen an. Er zeigte keine Reaktion.

Fey stürzte herein. Albers fühlte den Puls des Jungen. „Ist er okay?", fragte sie. Albers zuckte mit den Schultern. Sie rief den Rettungsdienst und wandte sich dann dem Jungen zu.

„Ihn hat's böse erwischt", stöhnte Albers.

„Halt ihn ruhig! Seine Halswirbel!", mahnte Fey.

Sie unterrichtete die Mutter und kümmerte sich dann um den Jungen, während Albers sich umsah. Er zog alle Rollläden hoch. Sie befanden sich in einem Umkleideraum. Der Laptop war weg. Auf den ersten Blick keine auffälligen Spuren. Draußen sah Albers einen Basketballplatz und Fitnessgeräte. „Woher mag das Fass kommen?", murmelte er laut vor sich hin. „Und der Schlauch? Da könnte Harry fündig werden." Fey hielt den Jungen in ihren Armen. Sein Herz raste, seine Atmung war flach und schnell. Sie fürchtete, er könne jeden Moment in ihren Armen sterben. Albers sah ihre Not. „Sprich ihn an! Laut! Kneif ihn vorne zwischen die Nasenflügel." Fey strich sich eine Strähne aus dem Gesicht und sah fragend zu Albers auf. „Ja, mit Daumen und Zeigefinger feste in den Nasenstamm kneifen und ihn dabei ansprechen. Das ist eine alte chinesische Methode." Fey sprach auf den Jungen ein, rief seinen Namen. Albers kam herbei, aber bevor der vielleicht zu grob mit dem Jungen umgehen würde, griff sie mit ihren spitzen Fingernägeln vorn in die Nasenflügel und kniff einige Male kurz zu. Der Kopf des Jungen zuckte nach hinten. Fey schrie „Benjamin“. Seine Wimpern zitterten. Es schien, als käme er zu Bewusstsein. Inzwischen war die Ambulanz eingetroffen. Albers eilte nach draußen, um den Notarzt zu informieren und ihm den Weg zu zeigen.

Fey atmete tief durch, als der Junge auf der Pritsche lag und der Arzt signalisierte, dass er außer Lebensgefahr war. Sie blieb noch einen Moment draußen stehen und sah dem abfahrenden Krankenwagen nach. Sie hatten das Kind gerettet und das ging ganz allein auf Albers‘ Kappe. Das Erstaunliche an der Sache war, dass er so fest an sich und seine Idee geglaubt hatte. Als sie in den Umkleideraum zurückging, sah sie einen zufriedenen Kollegen. So ein Gesicht machte er bestimmt, wenn er eine besonders kunstvolle Fliege gebunden hatte, eine für einen Brook Charr.

„Ach, übrigens“, sagte Fey, „tut mir leid, ich war nicht sehr höflich in der Hektik, habe Sie einfach Hanno genannt.“

Albers schmunzelte.

„Wir sind ein Team. Das ist ein Du wert, findest du nicht?“

Fey spürte, wie ihre Wangen rot wurden, was ihr schon ewig nicht mehr passiert war.

„Okay, bleiben wir beim Du.“

* * *

K

„Wir haben einen Augenzeugen“, sagte Fey, als sie im Umkleideraum umherging. „Falls der Täter nicht maskiert war, hat der Junge ihn gesehen.“

Albers rümpfte die Nase. Fey setzte ihren Gedanken fort.

„Sobald der Täter erfährt, dass der Junge lebt, wird er ihn töten wollen. Denk an seine Absicht. Der Junge sollte qualvoll sterben. Der Mann ist ein Killer ohne Gefühl. Das Wasser floss sehr langsam aus dem Schlauch. Das heißt, dass der Junge ganz allmählich erstickt wäre. Das ist Folter wie im Mittelalter.“

„Der Junge war dem Mörder egal. Ihm ging es um die Mutter. Für seine Firmung brauchte er eine „Mutter“. Benjamin war lediglich Mittel zum Zweck. Seine Entführung machte die Mutter gefügig.“

„Aber warum wollte er den Jungen umbringen?“

„Das hat einen Grund, den ich nicht kenne. Aber ich bin mir sicher, dass es der gleiche Grund ist, für den das Baby sterben musste. Ganz weit hergeholt, könnten beide Kinder eine Art Opfergabe darstellen. Aber dafür würde ich meine Hand nicht ins Feuer legen.“

„Was ist mit der Firmung? Vielleicht kommen wir über deren Bedeutung auf den Grund für die Taten.“

Albers erinnerte sich. „Ich wurde mit zwölf gefirmt. Mit der Handauflegung und der Salbung wird die Taufe endgültig besiegelt. Dann ist man ein Streiter Gottes, ein echter Anhänger der katholischen Kirche.“

„Einverstanden. Der Mörder hat ein spezielles Verhältnis zur Kirche. Ich könnte mir vorstellen, dass er in seinem Leben bereits getauft und gefirmt wurde und mit der Wiederholung einen Neuanfang sucht, so etwas wie spirituelle Erleuchtung. Werben nicht die Sekten mit genau diesem Schema und betreiben tatsächlich Gehirnwäsche?“

„Möglich, aber der Grund für die Mordabsichten an

den Kindern könnte auch bedeuten, dass er selber als Kind durch die Kirche in Sünde gestoßen wurde. Denk an die Skandale der letzten Jahre. Er tötet das Baby, das in seiner Welt eigentlich er ist. Er fühlt sich schmutzig, unrein, vergewaltigt und will sich von diesem Makel durch die Morde an dem Baby und an Benjamin befreien."

Fey resignierte.

„Lass uns den Tatort untersuchen. Wir denken darüber an anderer Stelle weiter. Einverstanden? Das geht mir alles zu weit. Ich muss jetzt was Handfestes tun."

Albers lächelte zufrieden. „Hätte nicht gedacht, dass du der Geschichte überhaupt so viel Beachtung schenkst. Der Täter kannte sich hier auf dem Gelände aus. Ich glaube, wir überlassen besser Harry den Tatort."

Sie wollten gerade gehen, da warf Fey einen Blick zurück in die Umkleidekabine. Das Fass hatte hoch über dem Boden gehangen, hatte Albers gesagt, als er den Jungen befreite. Wäre das Fass vollgelaufen, hätte es den Jungen an die Decke gezogen. Sie schaute hoch. Da baumelte etwas Unscheinbares. Sie rief Albers zurück.

„Heb mich hoch! Da hängt was, das würde ich mir gerne näher ansehen."

Albers fasste sich an den Rücken.

„Ich bin nicht mehr der Jüngste."

„Aber ein Kavalier. Du willst mir doch nicht sagen, dass ich zu schwer bin."

Albers knurrte und umfasste ihre Hüften.

„Bei drei", kommandierte sie.

Es gelang ihnen, das Objekt von der Decke zu holen. Fey legte es in ihre Hand und hielt es ins Licht. Albers sah näher hin, ein kleines Schmuckstück.

„Willst du es nicht aufmachen?", fragte er und griff danach. Er wollte den winzigen Verschluss des silbernen Anhängers öffnen, scheiterte aber mit seinen groben Fingern. Fey übernahm die Sache und sagte vorausahnend: „Es wird sich ein Buchstabe darin befinden." Albers setzte seine Brille auf und schaute in das kleine rechteckige Kästchen aus silbernem Drahtgeflecht. „Ein K, wenn ich mich nicht täusche. Woher wusstest du das mit dem Buchstaben?" Fey wollte antworten, aber Albers fiel ihr ins Wort. „Ah, das Kettchen mit Anhänger vom ersten Fall und nun ein ähnlicher Anhänger hier. Da ein vL und jetzt ein K."

„Da fällt bei mir spontan kein Groschen", sagte Fey.

„Nettes Puzzlestück", freute sich Albers.

Sie sahen sich an und dann verzog er plötzlich das Gesicht. Fey schaute nach oben.

„Muss das sein?"

„Du wirst mich schön hochheben und ich hänge für Harry das Kettchen wieder an die Decke. Wir sollten am Tatort nichts verändern. Vielleicht fällt Harry ein guter Gedanke dazu ein."

Albers fügte sich und rieb danach seine untere Rückenpartie. Er stöhnte. Fey klopfte ihm auf die Schulter und plötzlich schienen sich die Rückenschmerzen in Luft aufgelöst zu haben.

„Was schlägt der große Meister jetzt vor?"

„Lass uns die Strecke vom Zuhause des Jungen bis zum Pfarrhaus abgehen. Dort wurde er entführt."

* * *

DER SPRACHLOSE ZEUGE

In einer Hauseinfahrt spielten Kinder mit einem kleinen Hund. Als Albers und Fey stehen blieben, um dem Treiben der Kinder zuzusehen, kam eine Frau an die Tür und ging sogleich auf sie zu. In ihrem Arm trug sie einen Welpen.

„Ach, sind Sie die Besitzer dieses Hundes? Ich habe schon überall herumtelefoniert. Keiner aus der Nachbarschaft kennt das Tier."

„Nein, da muss ich Sie enttäuschen", entgegnete Fey. „Haben Sie schon beim Ordnungsamt angerufen, beim städtischen Bauhof oder beim Tierheim? Dort werden vermisste Tiere gehalten, bis sie ihr Besitzer abholt."

„Fehlanzeige! Dort wurde kein Welpe als vermisst angezeigt. Was mach ich denn nun?"

„Wann sind Sie auf den Hund aufmerksam geworden?", fragte Albers.

„So etwa vor einer Stunde."

Fey und Albers sahen sich an. Der Zeitpunkt könnte passen und ein Welpe als Lockvogel für einen zwölfjährigen Jungen kam erst recht infrage.

„Ist Ihnen sonst noch etwas aufgefallen?", fragte Fey. „Vielleicht ein Lieferwagen, ein Auto mit verdunkelten Scheiben?"

Die Frau sah von Fey zu Albers und dann wieder zu Fey.

„Wie kommen Sie jetzt auf diese Frage? Mit wem, bitte, spreche ich?"

„Wir sind von der Polizei", sagte Fey betont freundlich und präsentierte ihren Ausweis.

Die Frau trat einen Schritt zurück und fragte verstört: „Was? Ich meine, um was geht es denn?"

Albers beantwortete die Frage.

„Um Kindesentführung. Es wurde hier in der Nähe ein Junge entführt. Wir brauchen jeden winzigen Anhaltspunkt. Denken Sie bitte nach!"

Die Frau rief ihre Kinder zu sich und befahl ihnen, ins Haus zu gehen. Der Welpe sprang hinterher, hatte aber Mühe mit den Treppenstufen.

„Ich möchte Sie beruhigen", sagte Fey mit einem vorwurfsvollen Blick auf Albers. „Der entführte Junge ist bereits wieder in sicheren Händen. Machen Sie sich keine Sorgen. Wir möchten Sie trotzdem bitten, uns zu sagen, ob Ihnen etwas aufgefallen ist."

Die Frau blickte besorgt zum Eingang ihres Hauses.

„Nein, beim besten Willen, ich habe nichts bemerkt."

„Würde es Ihnen etwas ausmachen, Ihre Kinder zu befragen?", schob Albers nach.

Die Frau wusste nicht, wie sie auf diese Frage reagieren sollte. Fey sah die Angst der Mutter und beließ es dabei. Sie würden sie später befragen. Der Welpe trug kein Halsband, konnte aber einen Chip unter seiner Haut implantiert haben. Darum sollte Harry sich kümmern. Die Frau war so freundlich, den Welpen bei sich aufzunehmen, bis sich die Polizei melden würde.

Wenig später erhielt Fey einen Anruf von Carstensen. Er bat um sofortiges Erscheinen im Präsidium.

* * *

MACHTSPIRALE

Albers und Fey waren getrennt zum Präsidium gefahren. Die Tür zu Carstensens Büro stand offen. Sie trafen gemeinsam ein und waren überrascht, wem sie dort begegneten. Carstensen stellte vor: „Oberkommissar Castorf vom LKA in Düsseldorf und sein Kollege Ströbl. Der Innenminister besteht auf einer Beteiligung des LKA an den Ermittlungen. Die Situation droht uns aus dem Ruder zu laufen“, sagte Carstensen und wischte sich den Schweiß von der Stirn.

Die münsteraner Fälle weiteten sich zu einer nationalen Katastrophe aus. Es herrschte Endzeitstimmung im Büro, denn von den Mordanschlägen auf den Firmling Benjamin, seine Mutter und Pfarrer Buttgereit gab es noch keine Presseveröffentlichungen. Die Empörung in der Bevölkerung könnte sich in Panik umwandeln. Das musste unter allen Umständen vermieden werden.

Es gab keine nennenswerten Fortschritte auf der Suche nach dem Mörder, aber Fey und Albers hatten dem Jungen das Leben gerettet. Darüber fiel allerdings kein Wort, stattdessen wurden ihnen zwei neue Leute vor die Nase gesetzt, die ihre bisherigen Handlungsmotive mit Sicherheit nicht nachvollziehen konnten. Fey hatte großes Vertrauen in Albers gewonnen. Er hatte ein Verhältnis zu ihr aufgebaut, wie es Mörris in Jahren nicht geschafft hatte. Sie erkundigte sich bei Carstensen nach dem Befinden von Pfarrer Buttgereit, der nach Ihrem Kenntnisstand noch auf der Intensivstation lag.

Carstensen ging nicht auf ihre Frage ein. Sie beließ es vorerst dabei. Ihr Chef war offensichtlich überfordert, angesichts des hohen Besuchs. Er gab Castorf das Wort, der sich gleich an Albers wandte.

„Es freut mich, Sie kennenzulernen, Herr Albers. Einen Mann wie Sie trifft man nicht alle Tage.“ Fey witterte einen Hauch von feiner Ironie. Der glatzköpfig rasierte Ströbl nickte eine Begrüßung herüber.

Sie war sauer, von Carstensen keine Antwort auf ihre Erkundigung zum Befinden des Pfarrers bekommen zu haben und nutzte die Gelegenheit, sich kurz nach Anneliese ins Nebenzimmer zu verdrücken. Sie telefonierte mit der Intensivstation des Krankenhauses, in das der Pfarrer eingeliefert worden war. Buttgereit lag im Koma. Es hieß, er habe eine tödliche Substanz geschluckt. Spuren einer Probe seien unterwegs zur Analyse. Der Mörder hatte sein Ziel verfehlt. Die Opfer lebten. Nach Albers Theorie ging es nicht um eine persönliche Sache zwischen Opfer und Täter. Der Täter handelte obsessiv. Auch wenn ihm die letzten Mordanschläge nicht gelungen waren, hatte der Täter zumindest ein Teilziel erreicht. Er war gefirmt worden. Das zählte für ihn wohl am meisten.

Fey war froh, einige Minuten nicht mit den arroganten Kollegen vom LKA die stickige Luft im Büro ihres Chefs teilen zu müssen und wollte sich einen Kaffee aus dem Automaten holen.

Derweil fragte Carstensen, wo denn Fey abbliebe und schickte Albers los, sie zu suchen.

Ihr Kaffee tropfte gerade in einen Becher. „Carstensen will seinen Marschbefehl bekannt geben. Du sollst kommen."

Fey verdrehte die Augen.

„Nett", sagte Albers und nahm ihr den Kaffeebecher aus der Hand.

„Was? Nett?", fragte sie.

„Dein Augenrollen. Das erinnert mich an ein Mädchen aus meiner Jugendzeit. Die war auch so schön temperamentvoll."

Sie hatte keine Lust auf seine Anspielung. Und warum hatte sie Albers ihren Kaffeebecher gegeben?

„Geh lieber, die warten", sagte Albers lässig.

„Und du?", fragte sie verärgert.

„Ich trinke deinen Kaffee. Auf mich können die verzichten, oder besser gesagt: Ich gönn mir eine Kaffeepause."

Albers hatte anscheinend Narrenfreiheit. Sie warf ihm ein genervtes Lächeln über ihre Schulter zu, als sie sich umdrehte und ging.

„Anordnung aus dem Innenministerium", dröhnte Carstensen. „Castorf leitet ab jetzt die Ermittlungen. Ich brauche Ihnen nicht zu sagen, was morgen los ist. Der öffentliche Druck wird durch die Medien hochgepeitscht. Ich erwarte konkrete Schritte. In fünf Minuten findet eine Besprechung statt. In der stellen Sie, Frau Amber, die Fälle vor und geben alle relevanten Untersuchungsergebnisse bekannt. Wo ist Albers?"

„Kaffeepause", sagte Fey, als wäre das normal. Carstensen riss die Augen auf und Castorf grinste spöttisch.

„Sagen Sie Albers, er soll uns gleich seine persönliche Interpretation der Situation darstellen", befahl Carstensen mit einem scharfen Blick. „Jede Perspektive kann helfen. Frau Amber, bereiten Sie sich vor! Ich muss kurz mit Castorf sprechen. Wir sehen uns in vier Minuten."

Fey und Albers trafen sich in ihrem Büro.

„Jetzt wäre eine Gardine genau das Richtige", scherzte Albers. „Dann könnten wir uns zugrinsen und uns entspannen. Fey blieb reglos sitzen. Albers nickte und sagte bedauernd:

„Ist dein erstes Mal, dass sie dir jemanden vor die Nase setzen, nicht wahr?"

„Bulldoggen wie Castorf bellen lauter. Darin besteht sein ganzes Können. Warum hat Carstensen ihn und seinen Terrier Ströbl nicht sofort geholt?"

„Du hast Wut im Bauch. Beruhige dich! Wir müssen los. Lass dir nichts anmerken! Meine Idee vom Kuriosen verklicker ich denen selbst. Damit hast du nichts zu tun."

Albers legte seine Hand auf ihre Schulter und begleitete sie in den Flur.

„Du kennst das doch. Die Emotionen einer Polizistin werden ihr als Schwäche ausgelegt. Zeig ihnen die kalte Schulter. Du bist die beste Polizistin, die ich kenne."

Auch wenn sie Albers' Kompliment als väterliche Schmeichelei auslegte, freute sie sich darüber. Sie gingen zusammen in den Konferenzraum. Weitere Beamte aus anderen Städten waren nach Münster einberufen worden, um die Sonderkommission zu verstärken. Fey Amber präsentierte einen kurzen Abriss der beiden Fälle.

Castorf unterbrach sie einige Male. Er wollte wissen, ob eine Stimmenanalyse des Täters in Auftrag gegeben wurde, ein Gespräch mit dem potenziellen Psychiater des Jungen anberaumt war und ob die Sekretärin des Pfarrbüros schon interviewt worden sei. Sie müsse den Mann gesehen haben, als er die Pillen dort deponierte. Fey hatte sich in den letzten Stunden sehr auf Albers eingestellt und viel Zeit war durch die Rettung des Jungen draufgegangen. Die Routinearbeit hatte sie vernachlässigt und konnte auf Castorfs Fragen nur dürftig antworten.

Castorf hatte es geschafft, seine Anwesenheit als unerlässlich darzustellen und ihre Ermittlungstätigkeit herabzuwürdigen. Sie hasste diesen LKA-Großkotz.

Albers war dran. Er nahm kein Blatt vor den Mund. Seine Ausführungen über die integrative Täteridentifikation, wie er sich ausdrückte, und seine Theorie zum Motiv des Täters rührten Castorf zum Gähnen und Ströbl sah gelangweilt aus dem Fenster. Albers warnte davor, sich von der normalen Routine zu streng leiten zu lassen.

Vor zwei Tagen hätte Fey Albers kein Wort davon abgekauft, jetzt verstand sie seine Denkweise und wusste instinktiv, dass er der klügste Kopf in dieser Runde war.

Carstensen hatte das letzte Wort. Alles, was ihm einfiel, war die Warnung, nur kein Sterbenswort an die Presse fallen zu lassen.

* * *

PRESSEWIRBEL

Donnerstagmorgen. Eine Welle des Aufschreis schwappte durch die Bevölkerung, die es so noch nie gegeben hatte. Besonders junge Eltern machten ihren Sorgen Luft und behielten ihre Kinder zu Hause. Der Schulweg sei nicht mehr sicher. Etliche Schulleiter hatten bei der Polizei um Schutz auf dem Schulweg gebeten. In den Klassen der Mittelstufe seien nur die Hälfte der Schüler erschienen, erfuhr Fey von Anneliese, die sich seit früh morgens mit verängstigten Anrufern herumplagte.

Fey bot Anneliese eine Pause an und übernahm das Telefon. Sie wollte wissen, was da draußen los war. Ein Schulleiter stellte sich vor.

„Die Eltern unserer Schüler suchen verzweifelt nach einer Lösung. Ich habe hier mindestens 50 aufgebrachte Väter und Mütter, die sich nicht mit erhöhter Polizeipräsenz abspeisen lassen. Was kann ich tun? Sind die Kinder sicher? Sind Sie überhaupt mit dem Fall vertraut?"

„Es tut mir leid, Ihnen keine bessere Lösung anbieten zu können, als dass die Eltern doch bitte ihre Kinder persönlich zur Schule bringen sollten."

Der Schulleiter verstummte einen Moment.

„Ist das ihr Ernst? Das ist ja wie im Krieg."

Fey wusste sich nicht anders zu helfen, als dem Schulleiter diese Empfehlung tatsächlich für die nächsten Tage anzuraten. Sie bekam eine Vorstellung von der Not der öffentlichen Organe.

Carstensens Büro füllte sich. Wo blieb Albers? Er würde sie doch nicht im Stich lassen. Castorf und Ströbl verhielten sich wie Fremdkörper, kein Blick, kein freundliches Wort. Castorf informierte die Truppe, dass der vermeintliche Vater des ermordeten Babys in den frühen Morgenstunden gefasst wurde. Er sei auf dem Weg ins Präsidium.

Fey wurde zunehmend nervöser, weil Albers sich nicht blicken ließ. Sie sah auf ihr Handy, eine Nachricht von ihm: *Ruf mich an.*

Fey ging in den Flur.

„Hanno, was machst du?"

„Ich bin auf dem Weg ins Krankenhaus, will mit der Mutter des entführten Jungen sprechen."

„Das ist Ströbls Aufgabe, Mann. Hast du gestern nicht zugehört? Die werden dich vierteilen."

„Okay, reg dich ab."

„Mensch, Hanno, das gibt Ärger."

„Ein Versehen, nichts weiter. Kann nur dem alten Albers passieren."

Fey schüttelte den Kopf und blickte zur Tür, ob sie jemand beobachtete.

„Na, kullerst du wieder mit den Augen?", scherzte Albers.

Fey glaubte es nicht. Flirtete er mit ihr?

„Hanno, wie willst du deine Informationen dem Team mitteilen?"

„Gar nicht. Ich sammle nur Details für meine Geschichte. Das interessiert niemanden, außer meine liebe Kollegin, hoffe ich."

„Du meinst ernsthaft, dass wir ein zweites Gleis fahren sollten, von dem die anderen nichts wissen?"

„Wenn wir unsere Teamarbeit ordentlich erledigen, spricht nichts dagegen, zweigleisig zu arbeiten. Wir spinnen an unserer Geschichte weiter. Ich finde, wir haben einen guten Start hingelegt, du und ich."

Das klang sehr familiär, fast mafiös.

„Ich lass das auf mich zukommen."

„Wünsch mir Glück!", sagte Albers und legte auf.

Sie kannten sich erst 48 Stunden, duzten sich und arbeiteten gemeinsam an einer Undercover-Aktion. Fey ging zurück zum Team. Carstensen sprach sie sofort an.

„Castorf übernimmt die Befragung des Vaters. Er möchte, dass Sie ihn zwischendurch ablösen. Der Mann soll nach unserem Stand der Dinge nur für die Zeugung des Kindes zuständig gewesen sein. Es gibt keine Anhaltspunkte für eine aktive Beziehung zu den Opfern. Frau Amber, vielleicht können Sie als Frau die einfühlsame Nummer spielen."

Fey dachte: „Arschloch", und versuchte, sich nichts anmerken zu lassen.

Castorf übernahm.

„Wir dürfen nicht ausschließen, dass wir es eventuell mit einem terroristischen Hintergrund zu tun haben. Einiges deutet darauf hin, dass es sich hier um einen Angriff auf die öffentliche Ordnung handelt. In Düsseldorf geht man nicht mehr von einem Einzeltäter aus. Wir müssen unsere Perspektive auf anarchistische Kräfte erweitern."

Fey dachte sofort: „Falsche Richtung!" Castorf war ein scharfer Hund, der nur die staatliche Schule kannte. Er würde sie und Albers belächeln. Vielleicht gerade deswegen fühlte sie nun die Versuchung, Castorf auf die Füße zu treten.

„Wenn das so ist, wäre Albers doch die beste Nummer. Der kennt sich aus mit Terroristen."

Castorf winkte ab.

„Hören Sie, Frau Amber, der Albers, das war einmal. Der ist heute ein Fehlgriff. Sie werden mir beipflichten, dass seine Version des Täterprofils auf der gestrigen Sitzung ein ziemlicher Hokuspokus war. Wir nehmen ihn trotzdem mit ins Boot, schon allein wegen der Pressewirksamkeit. Der Name zieht immer noch bei der älteren Generation. Düsseldorf gibt uns alles, was wir wollen."

Castorf hatte einen Auftrag für Fey.

„Frau Thomalla hat einige Monate Englischkurse für deutsche Offiziere in Frankfurt erteilt. Ich möchte, dass Sie sich mit den entsprechenden Teilnehmern in Verbindung setzen, sofern sie erreichbar sind. Einige werden in Afghanistan sein. Die können wir vorerst ausklammern. Einige werden hier stationiert sein oder ihren Dienst quittiert haben. Beginnen Sie mit denen, die wieder ein ziviles Leben führen."

Fey sah gleich ein Problem.

„Die Teilnehmerlisten, falls es die noch gibt, liegen beim Verteidigungsministerium. Die werden nicht ohne Weiteres Daten über ihre Offiziere herausrücken. Sie kennen das. Keiner hat angeblich die Befugnis, diese Informationen zu erteilen."

„Ich habe bereits mit dem zuständigen Dezernenten im Verteidigungsministerium gesprochen. Berufen Sie sich auf mich.“ Castorf war ein arroganter Widerling. Er machte seine Sache gut, aber wie er mit ihr umsprang, das gefiel ihr nicht.

Sie ging in ihr Büro. Aus den Akten erfuhr sie, dass Frau Thomalla von Mai 2011 bis Dezember 2012 in Frankfurt gelebt und unterrichtet hatte. Die Kurse fürs Militär dauerten jeweils zwei Wochen. Es dürften ungefähr 200 Offiziere an den Kursen teilgenommen haben. Würde sie jemanden unter ihnen finden, der aus Münster stammte oder aus der Gegend war, wäre das Team einen großen Schritt vorangekommen.

Sie hängte sich ans Telefon und suchte die zuständigen Gesprächspartner im Verteidigungsministerium. Als sie kurze Zeit später aufsah, traten zwei Herren bei Carstensen ins Zimmer. Sie kannte die Personen nicht. Einer warf seinen Mantel über die Stuhllehne und der andere redete auf Carstensen ein, als steckte diesmal er in der Klemme.

Sie warf ein Achselzucken zu Anneliese ins Nebenzimmer. Die schrieb daraufhin etwas auf einen Block und hielt ihn hoch. BKA!

Fey ging zu Anneliese ins Büro. „Was wollen die denn hier?“

Anneliese sah das ganz pragmatisch. „Wenn du dir die halbstündlichen Nachrichten anhören würdest, hättest du mitbekommen, dass in Münster und Umgebung die Bevölkerung Kopf steht. Autokorsos fahren durch die Innenstadt. Vor dem Rathaus stehen Hunderte aufgebrachter Eltern. Die Schulleiter haben für diese Woche den Unterricht ausgesetzt. Im Bildungsministerium herrscht blanke Hilflosigkeit. Die können sich nicht auf eine gemeinsame Vorgehensweise einigen. Und immer wieder heißt es, dass die Polizei versage.“ Anneliese schaute sie fragend an. „Tappt ihr wirklich so im Dunklen?“

Fey schwieg mit einem Ausdruck des Bedauerns.

„Meinst du, dass die vom BKA hier was machen können?“

„Die suchen nach Terroristen, linken oder rechten Zellen. Seit dem NSU-Skandal sind die sehr nervös. Die Morde an den ausländischen Mitbürgern wurden von einer kriminellen

Bande begangen. Die Motive sind identisch mit denen terroristischer Vereinigungen."

Anneliese hielt ihre Hand vor den Mund. „Mir wird schwindelig, wenn ich daran denke, wie sowas in unserem Münster passieren kann."

„Das BKA darf sich keine Fehler mehr erlauben, sonst rollen da Köpfe, einschließlich der des Innenministers. Jeder ungewöhnliche Mordfall wird von denen auf terroristische Hintergründe untersucht. Vom Ausmaß dessen, was der Mörder in der Öffentlichkeit anrichtet, kann man ihnen ihre Präsenz nicht verdenken."

Anneliese tat heimlich.

„Ich sag dir etwas im Vertrauen. Meine Schwester ruft mich dauernd an. Ich soll ihr was zum Fall sagen. Ich krieg ja nicht alles mit, aber wenn das so weiter geht ... Meine Schwester meint, dass da ein Monster frei herumläuft. Ich lasse mich ab heute von meinem Freund abholen. Die Busstation, wo ich aussteige, ist mir zu unsicher."

War das die Absicht des Täters? Wollte er genau dieses Aufsehen? Wollte er die Aufmerksamkeit, die ihm sein Leben lang versagt geblieben war? Das erinnerte Fey an pubertierende Teenager, die durch ihr provozierendes Verhalten auf sich aufmerksam machten. Oder glaubte der Mann, eine missionarische Botschaft zu haben wie die fanatischen Extremisten, oder ging es ihm ganz primitiv nur um die Befriedigung seines Egos?

Albers hätte bestimmt Antworten zu diesen Fragen parat. Fey erhielt einen Anruf. Sein Name erschien. Wenn man vom Teufel sprach.

„Hallo Fey, ich habe dann doch gewartet, bis Ströbl die Frau Bogner befragt hat und habe erst danach mit ihr gesprochen. Ihr Sohn kann noch nicht sprechen, aber er hat etwas aufgeschrieben."

Fey war ungeduldig, denn ihre Telefonate mit dem Verteidigungsministerium waren bisher erfolglos geblieben.

„Hanno, hast du was Neues? Dann spuck's aus."

„Langsam, junge Frau! Die Mutter Benjamins sagte, dass ihr Sohn den Entführer gezeichnet habe und auch das Wort

Krieg aufgeschrieben habe. Der Täter war vermummt. Ströbl hat die Zeichnung mitgenommen."

„Entschuldige Hanno, aber damit kann ich jetzt nichts anfangen."

„Krieg! Fey, das bedeutet, dass Töten eine Frage des Befehls ist. Der Täter bekommt innere Marschbefehle. Es geht nicht um bestimmte Personen. Es kann jeden treffen. Das macht ihn so gefährlich weil unberechenbar. Er wird ein weiteres Mal zuschlagen und wieder wird ein kirchliches Sakrament eine Rolle spielen."

„Ich glaube dir, aber was bedeutet das für die Fahndung?"

„Der Mann befindet sich im Kriegszustand. Er ist bereit, sein Leben aufs Spiel zu setzen. Denk an die beiden Killer von London, die kürzlich auf offener Straße einen Mann abgeschlachtet haben und dort mit blutverschmierten Händen auf eine Reaktion der Passanten und der Polizei warteten. Die hatten mit ihrer Erschießung gerechnet. Der Mörder stellt sein Ziel über sein Leben. Im übertragenen Sinn führt er Krieg in einer Welt, die nur er kennt. Dieser Kampf darf sein Leben kosten. Dass er tatsächlich Krieg meint, zeigt sich daran, dass die Bevölkerung bereits daran teilnimmt."

„Glaubst du, das wird Castorf überzeugen?"

Albers schwieg.

„Bist du noch dran?"

„Okay, dann frag ich dich jetzt, was am kommenden Sonntag in den meisten Gemeinden in und um Münster geplant ist?"

„Meinst du kirchlich?"

„Exakt!"

Fey dachte an die Jahreszeit.

„Die Erstkommunion im Mai?"

„Bingo! Du musst an unsere Geschichte glauben! Wir können uns nicht vor unangenehmen Perspektiven drücken. Alles ist möglich."

Sie zögerte angesichts des Schreckens dieser Idee.

„Du bringst mich völlig aus dem Konzept. Willst du mir gerade sagen, dass der nächste Anschlag am Fest der heiligen Kommunion stattfinden wird?"

„Allen Ernstes, ja."

„Weißt du, was für eine Verantwortung das für uns bedeutet? Falls du recht haben solltest, was machen wir dann? Stell dir vor, das sickert durch."

„Ich verstehe. Das Münsterland wird kopfstehen, falls diese Bedrohung nur im Mindesten an die Öffentlichkeit tritt. Tut mir leid, ich habe meine Geschichte und daran glaube ich. Sie ist nicht perfekt, im Gegenteil, sie ist lückenhaft und riskant. Aber was haben die anderen? Was haben die in der Hand, um am Sonntag das mörderische Treiben eines Psychopathen zu verhindern? Am Sonntag wird es wieder ein Kind treffen."

„Was soll ich machen? Ich kann damit doch nicht zu Castorf gehen und das BKA wird mich für übergeschnappt halten. Selbst wenn sie mich ernst nehmen, werden sie Maßnahmen ergreifen, die zur Bekämpfung von Terroristen geeignet sind. Das könnte kontraproduktiv sein."

„Du bist in bester Gesellschaft. Kompetentere Kollegen gibt es nicht", sagte Albers mit einem ironischen Unterton. „Keine Ahnung, wie es weitergehen soll."

Carstensen und Castorf kamen zu Fey ins Zimmer. Sie legte irritiert auf.

„Wir brauchen Ergebnisse, Frau Amber", forderte Castorf. „Haben Sie die Liste?"

„Ich muss gestehen, nicht durchzukommen. Wie ich schon sagte. Da wird gemauert."

Castorf nahm den Hörer und wählte eine Nummer, die er offenbar gut kannte. Er ließ sich zweimal durchstellen und schon reichte er ihr den Hörer.

„Bitten Sie um eine Kopie per Fax", herrschte er Fey an und ging.

Carstensen schaute sie vorwurfsvoll an.

„Frau Amber, das ist nicht ihre Art. Wo bleibt Ihre Geschick für schnelle Lösungen? Wir müssen denen aus Düsseldorf zeigen, dass wir erstklassige Arbeit leisten. Castorf beschafft die Informationen in 15 Sekunden und Sie haben den Job in 30 Minuten nicht erledigt. Nicht dass die denken, das sei symptomatisch für unsere Abteilung."

Carstensen reichte ihr die Mappe mit Harrys Bericht zum Tatort im Freizeitheim und zeigte durchs Fenster auf eine schwere Metallrolle, die auf seinem Schreibtisch lag.

„Prüfen Sie, in welchen Baumärkten diese Rollen verkauft werden. Nehmen sie die dort als Muster mit.“

Carstensen drehte sich ohne weiteren Kommentar um und ging. Ihr Auftrag entsprach der Arbeit eines gewöhnlichen Ermittlungsbeamten, nicht einer gestandenen Hauptkommissarin. Fey wollte explodieren, sah rüber in Carstensens Büro. Ein Polizist trat ein. Sie hörte durch die offenen Türen, dass der vermeintliche Vater des Babys da sei. Castorf sprang auf und folgte dem Polizisten.

Fey brauchte frische Luft. Die beiden Männer vom BKA warfen ihr prüfende Blicke zu, als sie zu Carstensen ins Zimmer kam, um die Rolle zu holen. Carstensen machte keine Anstalten, ihr die Männer vorzustellen. Ihr Chef hatte sein letztes Quäntchen an Souveränität verloren. Ein Mann vom BKA sprach sie an.

„Frau Amber, mein Name ist Kanter. Das ist mein Kollege Fuchs. Wir dürfen nicht ausschließen, dass subversive Kräfte am Werk sind. Unsere Annahme stützt sich darauf, dass mit absoluter Kaltblütigkeit agiert wird, die Intensität der Opferhäufigkeit unverhältnismäßig hoch ist, kaum auswertbare Spuren hinterlassen werden und die Täter Zugang zu außergewöhnlichen Medikamenten haben.“

Kanter machte eine Pause. Fey fühlte sich nicht von ihm aufgefordert, etwas zu sagen. Er blickte rüber zu ihrem Schreibtisch und fuhr fort.

„Wie Sie vielleicht vorhin schnell überflogen haben, hat die KTU am Tatort Pfarrheim ergeben, dass die Pille, die Pfarrer Buttgereit geschluckt hat, keiner handelsüblichen Ware entspricht. Die chemische Zusammensetzung besteht aus Arsen und Narkotikum. Die Pille muss in einem Privatlabor hergestellt worden sein. Es sei denn ...“, Kanter stoppte. „Nun ja, das vielleicht ein anderes Mal. Wir sehen uns später, Frau Amber.“

Kanter und die anderen widmeten sich wieder Harrys Bericht von der KTU, den sie nicht überflogen hatte und vielleicht hätte überfliegen sollen, bevor sie sich von Baumarkt zu Baumarkt schleppte. Sie gab sich damit zufrieden, dass sie bereits wusste, dass in der KTU vom Mordanschlag auf Benjamin im Freizeitheim der Kirchengemeinde ein kleiner Anhänger die Hauptrolle spielen würde. Mit dem Problem würde sich dann Ströbl rumschlagen, während sie mit einer fünf kg schweren Stahlrolle herumspazierte.

Ihr war klar, dass sie eine Nadel im Heuhaufen suchte. Selbst wenn sie das gleiche Seil und die Rolle finden würde, wer könnte ihr im Baumarkt sagen, wer die Waren gekauft hatte. Anhand der Kassenregistratur könnte man den Kauf einer solchen Rolle zeitlich eingrenzen, aber die Daten würden kaum sachdienlich zu verwerten sein. Sie wehrte sich innerlich gegen ihren Auftrag und betrat den ersten Baumarkt.

Im Vorbeigehen schnappte sie Worte von Gesprächen auf, die Kunden untereinander führten. Sie hatte den Eindruck, als sprächen alle über das gleiche Thema. Fey wies sich aus und zeigte dem Filialleiter die Rolle, aber der schüttelte gleich mit dem Kopf.

„Das ist Profiwerkzeug. Sowas finden sie nicht in einem normalen Baumarkt für den Heimwerker. Sehen Sie sich diese Stahldicke an. Das Teil kommt bestimmt aus einem Wirtschaftsbetrieb, vielleicht Bergbau oder Schmiede."

„Also Fehlanzeige."

„Tut mir leid", sagte der Filialleiter und wies mit einem Wink zur Elektronikabteilung. Dort tummelten sich die Leute. „Es hört sich vielleicht blöd an, aber seit zwei Tagen ist hier der Bär los. In Sachen Sicherheitssysteme, CCTV und so weiter können wir kaum nachliefern. Manche übertreiben es, wechseln ihre Türschlösser aus, kaufen Sicherheitsklinken für ihre Kellerfenster. Ist schon witzig. Der Verrückte kann ja nicht alle Leute umbringen. Ist ein bisschen wie im Krieg. So stell ich mir das jedenfalls vor."

„Darf ich fragen, wo Sie herkommen?"

Der Filialleiter schaute beunruhigt."

„Ich komme aus Osnabrück."

„Sie fahren jeden Tag?"

„Jeden Tag. Meine Nachbarn sind vorzeitig in ihr Ferienhaus nach Langeoog gefahren. Die wollen von dem ganzen Tohuwabohu nichts mitkriegen. Mir tun vor allem die Eltern leid. In Osnabrück fahren jetzt alle Schüler mit Bussen zur Schule. Es fährt immer wenigstens ein Erwachsener als Begleitung mit. Die Spielplätze sind wie ausgestorben. Große Sportveranstaltungen sind abgesagt worden, hörte ich vorhin einen Vater sagen, und Training ist nur für die A-Jugend."

Fey verabschiedete sich. Die 5-kg-Rolle zog an ihrer Hand. Sie verplemperte nur Zeit. Ihr Handy surrte. Carstensen wollte sie sprechen.

„Amber, sind Sie von allen guten Geistern verlassen? Castorf hatte sie ausdrücklich gebeten, ihn während des Verhörs abzulösen. Er will Sie auf der Stelle hier sehen. Egal, wo Sie jetzt sind, kommen Sie sofort!"

So miserabel war es ihr lange nicht ergangen. War eine Verschwörung gegen sie im Gange. Wenn sie ehrlich gegen sich war, hatte sie nur noch ein Bedürfnis. Dass Albers ihr sagte, an was sie zu glauben hatte. Dann wäre sie nicht ganz so kopflos. Ihr jetziger Zustand war zermürbend, verbarrikadierte ihr ganzes Talent. Sie stand zwischen Albers und Castorf und war selbst unsichtbar geworden.

Fey warf die Rolle in den Kofferraum und raste zum Präsidium. In Carstensens Büro herrschte Drahtseilspannung. Der leitende Oberarzt der Klinik, in der Frau Bogner und ihr Sohn untergebracht waren, hatte sich über den zweiten Besuch der Polizei beschwert. Er habe nur Herrn Ströbl ein kurzes Gespräch mit der Mutter genehmigt und nicht auch einem gewissen Herrn Albers. Die Polizei müsse sehr verzweifelt sein, zitierte Carstensen den Arzt, wenn sie sich so aufführte.

„Amber, wussten Sie davon?", fragte Carstensen.

Die beiden BKA-Leute und Castorf waren mit dabei, als Fey gestand, von Albers' Alleingang gewusst zu haben. Carstensen, als ihr direkter Vorgesetzter, ergriff das Wort.

„Frau Amber, ich muss Sie offiziell verwarnen. Wir sind ein Team. Ich komme nicht umhin, Ihnen und Herrn Albers mein Missfallen über ihre Arbeitsweise auszusprechen. Das wird in jedem Fall bei Ihnen eine Aktennotiz nach sich ziehen. Gehen Sie jetzt an Ihre Arbeit, Ströbl macht hier alleine weiter, und später unterstützen Sie die Ermittlungsbeamten im Pfarrhaus. Dort findet eine Befragung der Pfarrgemeinde statt."

Als Fey die Tür hinter sich schloss, wollte sie nicht in ihr Büro gehen, wo sie die Kollegen durch die Scheibe wie ein seltenes Ausstellungsstück begaffen könnten. Hatte sie vor Kurzem noch daran gedacht, sich keinen Zacken aus der Krone zu brechen, wenn sie mit Albers kooperierte, so kam sie sich nun vor, als hätte sie nie eine Krone gehabt. Da war ein Gefühl, nicht vorhanden zu sein. Sie war vom Verhör befreit. Worauf warten? Eine halbe Minute später saß sie in ihrem Auto und fuhr an den Aasee.

Sie stellte den Motor ab und konzentrierte sich auf ihren Herzschlag und ihre Atmung. Immer wieder lenkte sie das Gefühl der Beschämung ab. Albers hatte sie aus ihrem bewährten Rhythmus geworfen. Sie passte nicht in dieses Team, weil sie instinktiv wusste, dass Albers näher an der Lösung war. Sie hatte sich zwischen zwei Stühle gesetzt und war schlicht und einfach durchgefallen.

Bei all dem Geplänkel hatte sie die Opfer vergessen, die Mutter, das Baby, den gequälten Jungen, die beiden Geistlichen. Sie erkannte plötzlich, dass sie sich für eine Seite entscheiden musste, für Albers oder die Polizei.

Albers hatte sie ein paar Mal bis an die Grenzen seines Denkens mitgenommen und sie war ihm mit mehr oder weniger Widerstand gefolgt. Widerstand kam immer von ihrer Treue zum polizeilichen Glaubensbekenntnis über das Gute und das Böse. Würde sie ihrem Instinkt, ihrer Intuition und ihrem Gefühl folgen, bekäme Albers ihre ganze Unterstützung. Treu musste sie nur sich selbst gegenüber sein. Sie rief Albers an.

„Wo bist du?"

„Zuhause! Schau mir gerade die Flüge von Bremen nach Dublin an. Ryan Air fliegt uns für 69,99 Euro hin und zurück. Kommst du mit?"

„Entschuldige, aber ich bin nicht zu Scherzen aufgelegt. Mir geht es dreckig. Dein Auftritt in der Klinik war nicht ruhmreich. Sag einfach, was du vorhast und lass mich mit dieser scheiß Fliegerei in Ruhe!"

„Ein Knopfdruck und der Betrag von 69,99 Euro wird von meinem Konto abgebucht. Möchtest du mit? Dann verdopple ich."

Sie wollte das Gespräch beenden. Albers musste durchgeknallt sein. War sie am Ende dabei, nur noch Mist zu bauen? Sie gab ihm eine letzte Chance.

„Klär mich auf! Was ist los?"

„Du weißt von meinen Reisen nach Irland wegen des Fliegenfischens. Wenn du Glück hast, fängst du morgens eine schöne fette Forelle und das macht richtig Spaß. Um das Glück perfekt zu machen, gehst du dann abends in einen Pub und trinkst mit den anderen Fischern ein Guinness. Wenn der Abend lang wird, kommen Gestalten in den Pub und erzählen finstere Geschichten. Im schummrigen Schein eines Torffeuers saß ich vor Jahren und wurde etwas gewahr, dass dir jetzt die Ohren anlegt."

Fey fiel das Handy beinahe aus der Hand. Albers' Fantasie ging mit ihm durch. Vielleicht war er auch nur alt. Sie hatte einem senilen, alten Mann geglaubt, den sie schleunigst loswerden musste.

„Hanno, können wir morgen reden. Ich brauche Abstand."

Albers ließ nicht locker und begann zu erzählen.

„Dies ist eine wahre Geschichte, die sich 1994 ereignete. Im Westen Irlands, genauer gesagt in der Grafschaft Clare geschahen in kurzer Folge drei Morde. Sie wurden vom gleichen Täter verübt, und nun halt dich fest. Bei den ersten beiden Morden kamen ein dreijähriger Junge und seine Mutter ums Leben. Beim dritten Mord fiel ein Pfarrer dem Täter zum Opfer. Der Täter wurde kurz darauf gefasst. Er hatte keine nennenswerten Beziehungen zu den Opfern, wenn ich mich richtig erinnere. Es handelte sich also nicht um eine Familientragödie. Was förmlich ins Auge springt, ist die Unpersönlichkeit zwischen Täter und Opfer, genau wie bei den Fällen hier in Münster. Was sagst du?"

Fey war verzweifelt. Sollte sie auflegen?

„Wenn das tatsächlich wahr ist und keine Erfindung Guinness-trunkener Männerfantasien, ist die Parallele verblüffend. Und du glaubst, wir könnten die Geschichte des Mörders von Münster vervollständigen, indem wir uns in Irland in den Fall von '94 einarbeiten?"

„Ich bin mir ganz sicher. Wir haben bis Sonntag Zeit. Sonntag ist Erstkommunion in vielen Gemeinden. Der Mann wird seinen Kriegsplan einhalten, ohne Rücksicht auf sein Leben. Es wird ein Kommunionkind erwischen und zwar einen Jungen."

„Das hört sich schrecklich an."

„Ja, schrecklich, weil die Kollegen zu blöd sind, über ihren Horizont zu gucken. Mir ist es egal, ob Carstensen mir die Erlaubnis erteilt. Ich fahre, so oder so. Ich tue das, was in meiner Macht steht, um neue Morde zu verhindern."

Fey wünschte sich, Albers würde ihr ein bisschen mehr Mut machen. Sie konnte doch nicht einfach mit ihm fahren. Carstensen würde dieses Unternehmen als Hirngespinst abschmettern und sie wäre für immer ihren guten Ruf los. Andererseits würde sie es sich nie verzeihen, wenn Albers recht behielte und es wegen ihres Unglaubens zu neuen Opfern käme. Andererseits hatte Carstensen sie eigentlich de facto abserviert. Sie spielte kaum noch eine Rolle bei den Ermittlungen.

„Okay, Hanno, ich werde mit Carstensen sprechen."

Fey war alles egal. Sie wollte nur raus aus der Zwickmühle.

„Es gibt eine, wenn auch geringe Chance, dass er dich tatsächlich auf diese Mission schickt. Stell die irischen Mordfälle von '94 als zufällige Entdeckung deiner eigenen Recherche vor. Lass mich da raus. Ich bin bei denen unten durch. Die haben seit Stunden keinen Kontakt zu mir aufgenommen. Teamarbeit stelle ich mir anders vor."

„Hanno, da fass dir mal an deine eigene Kappe. Ich werde mit Carstensen am Telefon sprechen. Den krieg ich sonst nicht unter vier Augen. Ich sag dir dann Bescheid."

„Fey, wenn ich dir einen Tipp geben darf."

„Was denn noch?"

„Frag Carstensen nicht unter vier Augen. Bitte um seine Zustimmung für deinen Vorschlag vor versammelter Mannschaft. Dein Chef ist ein typischer Scheuklappenbeamter.

Der hat keinen Weitblick, denkt nur kategorisch. Seine Ablehnung ist quasi vorprogrammiert. Die Leute vom BKA verstehen sich aber auf internationale Geschäfte. Ein Versuch ist es wert."

„Mit dir bleibt mir aber auch nichts erspart."

Noch nie hatte sie eine solche Spannung in ihrem Körper gespürt, wie auf dieser Fahrt ins Präsidium. Sie ging ins Büro ihres Chefs, an den Kollegen vorbei zum Fenster und öffnete es. Es musste dringend gelüftet werden. Ströbl war so dick wie der Kölner Tatort-Kommissar Schenk und war beim Verhör mächtig ins Schwitzen gekommen. Es roch streng. Dazu trugen auch die vollen Papierkörbe bei, die vor Pappbechern und Fast-Food-Schalen überquollen. Castorf kam herein und schaute grimmig in die Runde.

„Damit das ganze Team informiert ist, hier eine kurze Zusammenfassung vom Verhör des biologischen Vaters: Sein Alibi ist nicht zu knacken. Er ist nicht der Täter, könnte aber Informationen an den Mörder geliefert haben. Er bestätigt, Frau Thomalla bei einem Englischkurs kennengelernt zu haben. Sie wären sich sympathisch gewesen, aber es sei zu keiner intimen Begegnung gekommen. Erst später habe sie ihn kontaktiert und ihm ihren Babywunsch mitgeteilt. Dass sich sein Auffinden dermaßen hingezogen hat, lag daran, dass er an so einem bekloppten esoterischen Seminar teilgenommen hat. Zwei Tage kein Fernsehen, kein Handy, nichts. Die Teilnehmer durften nicht mal miteinander reden. Das ganze fand auf einer alten Burg statt, nur dasitzen und in die Gegend starren."

Carstensen hatte inzwischen telefoniert und gab bekannt, dass um 17:00 Uhr ein Protestmarsch besorgter Eltern durch die Innenstadt geplant war. Kein günstiger Zeitpunkt für Feys Antrag. Sie nahm trotzdem allen Mut zusammen.

„Lassen Sie mich mit der Tür ins Haus fallen. Herr Carstensen, ich bitte um Ihre Genehmigung, mit Herrn Albers in Irland nach einem Kriminalfall zu recherchieren, der augenfällige Ähnlichkeit mit den Morden von Münster besitzt."

Carstensen schoss von seinem Stuhl hoch.

„Sind Sie völlig übergeschnappt. Machen Sie hier Ihre

Arbeit! Damit ist uns am meisten gedient, nicht mit einer Dienstreise in Albers' Angelparadies. Amber, Sie müssen den Verstand verloren haben."

Carstensen steckte die Hände in die Hosentaschen und ging unruhig im Raum auf und ab.

„Was ist das für ein Kriminalfall?", fragte Kanter vom BKA.

„1994 wurden dort eine Mutter, ihr kleines Kind und ein Pfarrer umgebracht, vom selben Täter in kürzester Zeit."

Carstensen blieb stehen und bollerte:

„Das ist 20 Jahre her. Wo kommen wir hin, wenn ..."

Kanter hob die Hand und unterbrach Carstensen.

„Ich kann mich an den Fall erinnern. Hat damals große Schlagzeilen gemacht, auch in der britischen Presse. Ich denke, der Vorschlag von Frau Amber ist nicht grundsätzlich abzulehnen. Es handelte sich in Irland nicht um eine terroristische Organisation. IRA hätte passen können. Die waren es aber nicht. Die Ähnlichkeit der Fälle ist frappierend."

Kanter nahm Carstensen beiseite und flüsterte: „Ich denke, wir können auf Amber und die verstaubte Ikone Albers für ein paar Tage verzichten."

Carstensen drehte sich zum Fenster, um so zu tun, als würde er sich zu einer eigenständigen Entscheidung durchringen. Tief Luft holend wandte er sich an Fey.

„Sie machen die Reise, Amber. Setzen Sie sich mit den entsprechenden Behörden in Irland in Verbindung. Bitten Sie um Akteneinsicht. Vielleicht kann Kollege Kanter Ihnen die eine oder andere Tür im Voraus öffnen."

Carstensen schaute verbittert. Anscheinend schlug ihm die ganze Aufregung auf die Leber. Die besserwissenden Kollegen grinsten überheblich.

Er sprach mit Kanter. „Würden Sie bitte Kontakt zu Interpol herstellen und über ihre Behörde mit dem Botschafter in Dublin reden, damit das alles seine offizielle Ordnung hat."

„Danke für den Tipp, aber das ist doch selbstverständlich."

* * *

CITYLINK

Freitagmorgen. Die berüchtigte Fanfare des Ryan-Air-Fliegers ertönte in der Kabine. Eine automatische Stimme kündigte eine pünktliche Landung an. Fey schaute durch das kleine Sichtfenster auf den alten Flughafen von Dublin. Sie las die großen Buchstaben auf dem Dach der Wartehalle, Baile Átha Cliath, und fragte sich, was das bedeutete. Albers erklärte ihr, dass es der irische Name für Dublin sei. Sie hoffte nicht, dass die Iren wirklich Irisch sprachen, denn dann würde sie mit Sicherheit nichts verstehen. Sie würde sich kaum mit ihrem holprigen Englisch durchschlagen können.

Sie stiegen in einen Citylink-Bus. Ihr Ziel war das Justizministerium, 92 St. Stephen's Green. Albers hatte sonst nichts geplant. Kontakt zur Seele aufnehmen, hatte er ihr beim Einsteigen in den Bus zugeflüstert. Eine Geschichte brauche Geist, einen Geist, der die Haut zum Kribbeln bringe, entlang der Wirbelsäule hochkroch und schließlich das Herz umschloss. Sie waren angekommen im Land der unbegrenzten Kuriositäten.

In der Sitzreihe neben ihr saß ein unrasierter Mann mit roten Pusteln im Gesicht. Seine Haut sah aus, als stagnierte ihre Beschaffenheit seit der Pubertät. Zusätzlich gesellte sich eine rötlich-blaue Färbung um die Pusteln herum, die auf seinen regelmäßigen Alkoholkonsum schließen ließ. An seinen Füßen trug er Sandalen, aus deren Luftlöchern asbestgraue Socken quollen. Es musste sich um mehr als ein Paar Socken handeln, denn so dick konnten seine Füße nicht sein, es sei denn, er hatte Wasser in den Beinen.

Vor ihr kalberte ein junges Paar, das sich von seinen Freunden, die alle mit ihrem Handy beschäftigt waren, abgesondert hatte. Das junge Mädchen war auffällig ordinär gekleidet. Albers hatte ihr einen schielenden Blick zugeworfen, als sie von ihrem Sitz aufsprang. Sie rückte ihren BH zurecht, hatte aber nicht gemerkt, dass ihr hinten der Rock über den Po gerutscht war und ihre knappe pinkfarbene Unterwäsche zum Vorschein kam.

Ein stoppelhaariger Rocker mit Ketten am Gürtel saß in lässig breitbeiniger Gesäßposition in der zweiten Reihe. Ein Halsabschneider, wie er im Buche steht, dachte Fey, und war über seine Cowboystiefel gestiegen.

Albers wurde redselig. Das Schlimmste nach dem Tod seiner Frau war sein eigener Verfall gewesen, gestand er ihr. Da wären abends dauernd neue Falten in seinem Gesicht aufgetaucht und leider wären die morgens nicht wieder verschwunden. Das Einzige, was er sich bewahrt hätte, wäre seine stattliche Haltung. Mit einssiebenundachtzig rage er aus dem Gros der Geschlechtsgenossen heraus. Das verlange den Männern Respekt ab und den Frauen immer seltener, aber wirklich immer seltener, einen Blick.

Fey sah auf die verregnete Straße. Sie verband Irland mit Regen, Riverdance und Guinness. Freiwillig wäre sie nie hierhin gefahren. Sie liebte die Sonne, verbrachte ihren Jahresurlaub auf Tobago, einer bezaubernden kleinen Karibikinsel.

Ein älterer Mann stieg ein und setzte sich hinter sie. Erst summte er etwas, dann sang er eine Art trällerndes Klagelied. Er beugte sich nach vorne und nuschelte etwas in ihr Ohr. Sie erschrak. Das störte ihn nicht. Er sang weiter, beugte sich erneut zu ihr und schimpfte über Enda Kenny, den irischen Premier. Fey drehte sich um und lächelte gespreizt. Der Alte redete unaufhörlich, beugte sich ab und an vor, um sicher zu gehen, dass sie auch alles mitbekam und stieg dann an der Abbey Street aus.

Drei völlig unterschiedliche Männer, einer voller Sommersprossen, einer mit mehr Gel als Haaren auf dem Kopf und einer mit eckiger David-Boij-Frisur und Bono-Sonnenbrille, hatten es auf die hinteren Plätze abgesehen. Sie redeten mit einer Lautstärke, die reichte, um sich bequem bei einem Champions-League-Match zu verständigen. Der Bus fuhr an und der mit den Sommersprossen landete bei Fey auf dem Schoß. Die Männer verstummten und derjenige, der sich aus rein männlichen Gesichtspunkten hätte eigentlich freuen können, entschuldigte sich überstürzt. „Traveller", sagte Albers. Sie verstand nicht. „Sesshaft gewordene Zigeuner, wenn du so willst, irische Zigeuner", legte Albers nach.

Als dann der Busfahrer einen orange-weiß-grünen Pandabär ankündigte und alle Fahrgäste bat, dem Bären ein Los abzukaufen, war für Fey klar, dass sie in einem Land gelandet war, dessen Humor ebenso kurios war wie seine Bewohner. Sie versuchte mit gespitzten Ohren, einen der laut erzählten Witze des Busfahrers zu verstehen. Nur zwei Backpacker, die offenbar verstanden, um was es ging, lachten ausgelassen, während die irischen Fahrgäste keine Notiz von den Witzen nahmen. „Dublin Slang", sagte Albers, „eine Sprache für nach Mitternacht, wenn Guinness und Whiskey die Dolmetscher sind."

Sie kam aus dem braven Münsterland. Da waren die Menschen gesundheitsbewusst, fuhren mit dem Fahrrad zum Markt und kleideten sich angepasst. Die Leute im Bus waren nicht multi-kulti, nein, sie waren nur multi. Dublin war eine Großstadt, ähnlich wie Köln. Dort gab es den Karneval und in Dublin gehörte der Karneval zur Normalität. Ein einziger Bus transportierte so komische Gestalten, dass selbst New York verblassen würde.

Albers wird das gefallen, dachte sie und lehnte sich zum ersten Mal entspannt zurück. Eine Frau um die 70 mit knallrotem Lippenstift, türkisfarbenem Mantel und einem Haarnetz auf dem Kopf hatte Fey mehrfach angesehen und beugte sich jetzt von der anderen Sitzreihe zu ihr rüber. „Pass auf dein Gepäck auf", flüsterte sie und umklammerte gleichzeitig ihre Veloursledertasche, sodass die völlig ineinander geknüllt auf ihrem Schoß lag. Dann lächelte sie, als wären sie beide unzertrennliche Verbündete. Sie überquerten den Liffey, bogen rechts ab und gelangten zur Busstation. Nur wenige Meter weiter begann die Grafton Street und das berühmte Trinity College lud zu einem Spaziergang ein. „Möchtest du mit den Studenten essen oder leisten wir uns ein Menü im Westbury Hotel?", fragte Albers, als wäre er hier zu Hause. Er fasste kurz an ihre Schulter. „Hier lang und dann hinter dem ersten Blumenstand rechts. Da lassen wir uns jetzt verwöhnen. Ich glaube wir haben ein feudales Essen verdient."

„Wollten wir nicht zum Justizministerium?", fragte sie und verlangsamte ihren Schritt.

„Ach, da sind wir längst vorbei. Ich denke, wir sollten uns erst stärken, bevor die Arbeit losgeht."

Fey trug die hektische Atmosphäre vom Präsidium in Münster noch mit im Gepäck. Sie musste umdenken, denn sie waren ein Team auf fremdem Territorium. Mehr noch war sie auf Albers angewiesen als anders herum.

Der Lachs war ein Gedicht. Drei hübsche Frauen bedienten sie. Von silbernen Tellern und Schalen zu essen, drei verschiedene Zuckersorten zum Kaffee gereicht zu bekommen und neben sich einen Ständer mit den neuesten Ausgaben der großen Zeitungen vorzufinden, lenkte sie von übertriebener Eile ab. Sie wusste ohnehin nicht, was der Plan war, wenn es überhaupt einen gab.

Nach dem Essen verließen sie das Westbury und machten sich auf den Weg zum Archiv des Justizministeriums, wo sie Mr Gerard Fitzpatrick empfing. Gerard begrüßte die beiden, als wären sie alte Bekannte. Albers stellte sich mit Hanno vor und Fey stellte sich mit Amber vor. Sich offiziell mit dem Vornamen anzureden, wäre ihr nicht in den Sinn gekommen. Gerard nannte sie Amber, weil er davon ausging, dass das ihr Vorname war. Fey musste sich regelrecht überwinden, ihren Gastgeber nur mit Gerard anzusprechen. Gerard nahm sich Zeit und zeigte seinen Gästen das gesamte Archiv und lud sie danach zum Tee ein.

Es wäre unhöflich gewesen abzulehnen, obwohl es Fey auf der Zunge lag, nach der Akte des Dreifachmörders von 1994 zu fragen. Sie waren zum Arbeiten gekommen und dass sie nun auch noch vom Chef des Archivs begrüßt wurden, zog den Besuch arg in die Länge. Chief Registrar Liam O'Connor war ein Verehrer der irischen Fußballnationalmannschaft und brachte seine Freude über das 1:1 gegen den Weltmeister Deutschland in der EM-Qualifikation 2014 zum Ausdruck. Seine Begeisterung über den deutschen Besuch entzündete sich erst recht, als Albers ihm sagte, dass er Fliegenfischer sei. Liam O'Connor lud beide ein, mit ihm am Wochenende einen Angelausflug zum Lough Corrib zu machen. Der Corrib war weltbekannt für seine prächtigen Forellen.

Fey musste sich viel Geduld abringen. Sie zog die Augenbrauen hoch, was eigentlich eine Aufforderung an Albers sein sollte, endlich zur Sache zu kommen. Albers kramte in der Seitentasche seines Mantels und holte einen verschlissenen Briefumschlag hervor. Sie hoffte, dass er die beiden Archivisten nun über ihren offiziellen Auftrag unterrichten würde. Albers entnahm dem Umschlag einen Packen Fotos, blätterte darin und gab Chief O'Connor ein Bild. Fey sah neugierig in O'Connors Gesicht, um darin lesen zu können, um was es ging. Der gesprächige Registrar stülpte die Lippen nach vorne und machte Stielaugen. „Jesus, Hanno, what a great catch!" Fey glaubte es nicht. Waren die Männer immer noch beim Fischen? Ihr saß die Zeit im Nacken. Sie stieß Albers unterm Tisch an. Der rührte sich nicht. Wenn sie doch nur besser Englisch könnte. Albers streckte die Hand aus und zeigte Liam noch ein anderes Foto. „Guys, we must cast a few flies together." Albers nickte. „Would be great fun." Liam reichte die Fotos zurück und bat seine Gäste, ihren Tee aufzutrinken. Tatsächlich hatte sie noch Tee in der Tasse. Hatte Chief O'Connor etwa nur darauf gewartet, dass sie ihren Tee auftrank? Dann hatte sie selbst alles in die Länge gezogen. Waren die Iren so höflich? Albers nickte wieder. Mit Nicken machte man hier wohl nichts falsch.

Liam verabschiedete sich, allerdings nicht, ohne eine Prognose über das Abschneiden der Iren bei der nächsten EM abzugeben. Gerard ging voraus und ohne ein weiteres Wort gesagt zu haben, griff er zielstrebig in eines der zahlreichen Regale und holte eine Mappe unter Tausenden hervor. „Brendan O'Donnell's file", sagte er und zeigte mit einer Handbewegung, wo sie in Ruhe die Akte studieren konnten. Dann verabschiedete er sich.

Keine einzige Silbe war bisher über den offiziellen Charakter ihres Erscheinens gefallen. Sie hatten sich nicht mal ausweisen müssen. Wie im Theater war alles vorbestimmt, nur wer hatte das Drehbuch geschrieben? Hätte sie Druck gemacht, hätte das nichts geändert. Alles musste so ablaufen. Albers nickte wieder. Das tat er erst, seitdem sie in Irland angekommen waren. Er hatte also schon verstanden, dass hier alles nach einem Schema ablief, das der Laie nicht sofort erkennen konnte. Sie musste lachen, denn auch sie nickte plötzlich.

* * *

DIE AKTE BRENDAN O'DONNELL

Die Akte war vergleichsweise dünn angesichts der Wogen, die dieser Fall in der Republik Irland verursacht hatte. Albers wog die Mappe in der Hand wie ein Fleischer einen Nackenbraten. „Lass uns lesen, Fey. Du die Protokolle der Zeugen und ich kümmere mich um das psychologische Porträt des Täters. Einverstanden?“

Fey nickte und war belustigt, wie schnell sie gelernt hatte, ja zu sagen, obwohl sie über das Objekt der Betrachtung gar nicht nachgedacht hatte. Das Irische, soweit sie es nach ein paar Stunden beurteilen konnte, hatte einen unverwechselbaren Charme, besaß aber auch eine gewisse tückische Leichtigkeit, über dessen Bedeutung sie sich noch nicht klar war. In der Oberstufe hatte sie im Leistungskurs Englisch, für dessen Wahl sie sich heute schämte, weil fast nichts hängen geblieben war, gelernt, dass es ein Schauspiel im Schauspiel gab. Wie hieß es da noch gleich: a play within the play. Die Zuschauer sahen ein Theaterstück, in dem selbst Theater gespielt wurde. Gleichsam sah sie das vordergründige Irische, das ihr bereits theaterhaft erschien. Was musste dann erst wirklich in den Köpfen des kleinen, jahrhundertelang unterdrückten Inselvölkchens vorgehen?

Fey lenkte sich von ihren Gedanken ab und konzentrierte sich auf die Aussage einer Verkäuferin mit der Aktennotiz: 387/EPI. BD. Ihr Name war Tilly. Sie verkaufte Zigaretten an Brendan O'Donnell, der ein 20-jähriger Mann war und im dörflichen Osten der Grafschaft Clare wohnte.

Wenn er bei ihr Zigaretten kaufte, las Fey, gab sie ihm immer Süßigkeiten dazu. Sie hatte gehofft, ihn so vom Rauchen abzubringen, aber eigentlich wollte sie ihm nur etwas Gutes tun, dem armen Jungen. Jeder im Dorf kannte ihn, wusste vom frühen Tod seiner Mutter, an die er sich als

Kind geklammert hatte. Tilly sprach ganz offen darüber, dass er ihr anvertraut hatte, ein Auto in Brand gesetzt und ein anderes von der Kaimauer ins Wasser gestürzt zu haben. Es stand ja schließlich auch in der Zeitung. Alle wussten es. Aber was sollte man machen? Es war ihm nichts nachzuweisen. Er hatte keinen festen Wohnsitz, trieb sich rum, nie gab es Zeugen. Wer wollte gegen den Jungen aussagen, wo er doch aus der Gegend stammte.

Auf die Frage des Richters, ob er je etwas über seine mörderische Absicht verlauten ließ, antworte Tilly, dass er ihr wie ein verlorenes Kind vorgekommen sei. Sie hätten zusammen geraucht und dabei hätte Brendan seine Süßigkeiten gegessen. Niemals hätte sie ihm einen Mord zugetraut. Er liebte eine Frau, aber er machte nur Andeutungen, nannte sie Nanny, was wohl kaum ihr richtiger Name war. Etwas sei ihr aufgefallen, berichtete Tilly, immer wenn er von Nanny sprach, kratzte er sich die Innenhand und fragte nach Kaugummi, das sie ihm meistens schenkte. „Wäre doch nur seine Mutter am Leben geblieben, der arme Junge, dann wäre das nicht passiert.“ Das waren Tillys letzte Worte im Protokoll.

Das übliche Lied von der schlimmen Kindheit, dachte Fey, aber wie vielen Menschen ist es als Kind wirklich gut ergangen? Millionen schlimmer Kindheiten in der Welt produzieren keine Mörder, warum dann bei Brendan? Sie blätterte weiter und fand die Aussagen des Vaters. Brendan, so der Vater, sei immer ein schwieriges Kind gewesen. Als die Mutter starb, musste der Junge oft allein sein und wurde innerhalb des Familienkreises untergebracht, mal hier, mal dort. Der Vater bekreuzigte sich mehrmals während der Verhandlung.

Das spärliche Bild, das der Vater von der Beziehung zu Brendan entwarf, ließ erahnen, in welch lieblosen Verhältnissen der junge Mörder aufgewachsen war. Fey legte ihren Ordner mit den Protokollen gedankenversunken auf den Tisch. Es war das Jahr 1994. Da musste es garantiert psychologische Hilfe und Gutachten gegeben haben. Vielleicht wusste Albers was dazu.

„Bin gerade dabei, mir die psychiatrische Laufbahn des Jungen anzusehen. Ein Skandal, wenn man bedenkt, dass Psychiater Ärzte sind. Brendan wurde über die Jahre mehrfach stationär behandelt, ohne dass die Ärzte das Verhalten des Jungen zum Positiven wenden konnten. Bis zuletzt, im Gerichtssaal, waren sich die psychiatrischen Gutachter uneinig, was diesen Mann umtrieb. Stell dir das aus der Sicht des Jungen vor. Du bist auffällig in der Schule. Dein Vater ist überfordert und erlaubt, dass du in die Psychiatrie eingewiesen wirst. Dort doktern Ärzte an dir herum, mit dem Resultat, dich nach Wochen traumatisiert zu entlassen. Und das passiert dir in deinem jungen Leben sogar mehrfach. Du kommst jedesmal ein bisschen ›verrückter‹ aus der Anstalt."

„Übertreibst du da nicht?"

„O'Donnell war der Mordprozess in der irischen Kriminalgeschichte, der am längsten dauerte. Und in dem die Psychiatrie eklatante Fehler begangen hatte, sodass eine Mitschuld an den Morden nicht von der Hand zu weisen war. Nach dem Ende des Gerichtsverfahrens wurden landesweite Reformen in der Psychiatrie eingeführt."

„Aber da saß doch kein unschuldiger Junge auf der Anklagebank, sondern ein Schwerverbrecher."

„Mit 20 ein Schwerverbrecher, ein Mörder? Stimmt! Aber bedenke: Er hatte keine Lehrmeister, wuchs nicht in krimineller Nachbarschaft auf, ganz im Gegenteil. Alles um ihn herum war katholisch!" Albers brach hier ab und wartete auf Feys Reaktion.

„Warum betonst du das so?"

„Denk doch mal an unseren Fall in Münster."

„Ach, ich verstehe, du siehst eine Verbindung zum münsteraner Mörder, sein Faible für katholische Rituale."

„Im Moment noch weit hergeholt, aber es zeichnen sich Parallelen ab. Der ermordete irische Pfarrer war katholisch und erst 37 und der aus Münster war ebenfalls katholisch und etwa im gleichen Alter. Sowohl für O'Donnell als auch für den Mörder von Münster spielt der Katholizismus eine zweischneidige Rolle. O'Donnells spirituelle Welt erstreckte sich zwischen Himmel und Hölle. Beide waren für ihn real und bestimmten sein Verhalten."

Albers blätterte einige Seiten zurück und überschlug die Zeilen.

„Ich fasse jetzt mal zusammen, was ich vorhin gelesen habe."

Fey schlug ihren Ordner zu.

„O'Donnell sprach vor Gericht vom Teufel und zwar, dass er auch im Gerichtsaal anwesend sei. Er zeigte während der Verhandlung auf eine Stelle neben dem Richter und sagte, dass der Teufel ihn von dort aus anspreche."

Albers blickte auf. Fey sah ihn fragend an.

„Der Teufel ist eine Erfindung der katholischen Kirche. Im Irland vor den 90er Jahren, also vor der Aufdeckung der horrenden Missbrauchsfälle durch Kirchenmänner, glaubten viele tatsächlich an den Teufel, die Hölle und den ganzen Zinnober. Wer hat denn die Flausen vom Bösen in der Gestalt des Teufels in die Welt gesetzt? Die katholische Kirche war immer auf Schuld aus. Schuld musste bestraft werden. Hölle und Teufel wurden erfunden, um die Menschen zu Knechten der Kirche zu machen. Und nun kommt's: Brendan hörte Stimmen, so steht es hier im Bericht. Schlimmer, er sah monströse Fasane und Riesenschmetterlinge, und wie sich das Gesicht einer Frau in eine Katze verwandelte."

Albers sah sie so eindringlich an, dass sie kurz erschrak. Er fuhr fort.

„Du kennst doch Breughel, den berühmten niederländischen Maler, der hat die Hölle dargestellt und Brendans Visionen würden da trefflich hineinpassen. Brendan war jung. Er besaß keine psychische Reife, um dem Glauben seiner katholischen Umwelt mit Vernunft zu begegnen. Brendan glaubte an all das metaphorische Geschwätz über den Teufel, die Hölle, den heiligen Geist und die unbefleckte Empfängnis. Das Übernatürliche, das Metaphysische, die Unterwelt, Dämonen, Geister, Stimmen und Visionen knüpften an das an, was die Kirche ihm gepredigt hatte: das Heilige, die Wunder, Hölle, Himmel, die Engel."

Fey wusste nicht, wo Albers mit seinen Erklärungen landen wollte.

„Also war der Junge doch verrückt, wenn er Stimmen hörte."

„Eben nicht. Die medizinischen Gutachter konnten sich nicht auf eine Diagnose einigen. Man sprach von Schizophrenie, andere nannten es einfach die Ausgeburt des Bösen. Brendan kam nach seiner Verurteilung ins Mountjoy-Gefängnis. Dort verbrachte er drei Jahre, bis er in den Hungerstreik trat. Er starb an einem Herzversagen, das durch falsche Medikation ausgelöst wurde. Er hat bis zuletzt für sich sprechen können, hatte seine Unterbringung kritisiert, Forderungen gestellt und ärztlichen Rat abgelehnt. Bis heute ist unklar, was das mörderische Verhalten dieses Mannes verursacht hat. Wir dürfen nicht vergessen, dass er erst 20 war. Schau dir unsere 20-Jährigen an. Das sind fast noch Kinder. Brendan ging in der Psychiatrie ein und aus. Er wurde mehrfach verurteilt und landete im Gefängnis, bis er immer straffälliger wurde. Im Frühjahr 1994 wurde es dann ganz extrem."

Fey legte ihre Hand auf Albers' Ordner. „Sag mal, gibt es ein Bild von diesem Jungen?"

„Nicht dass ich wüsste, aber dort in der Mappe sind Zeitungsartikel abgeheftet."

Albers nahm die Mappe, legte sie vor sich und Fey auf den Tisch und blätterte durch.

„Hier ein Bild von ihm vor dem Gerichtssaal in Handschellen."

„Ich hätte gern sein Gesicht gesehen."

Albers schlug ein paar Seiten um.

„Da haben wir ihn. Sein Porträt und eine fette Schlagzeile: Triple-murderer jailed."

Fey war augenblicklich fasziniert.

„Ein sympathisches Gesicht. Etwas viel Bart für einen jungen Mann, aber doch feine Gesichtszüge, kräftige Augenbrauen. Etwas emotionslos, aber mit Charakter.

Er hätte doch eine Freundin haben können, sieht nicht schlecht aus."

„Es heißt, er sei in die ermordete Frau verknallt gewesen. Sie habe seine Emotionen aber nicht erwidert. Das Kind habe er erschossen, so seine Aussage, weil es nicht wie er ohne Mutter aufwachsen sollte."

„Er fühlte einerseits und dann fühlte er wiederum scheinbar nichts", urteilte Fey spontan.

„Wie kommst du darauf?"

„Ich glaube nicht, dass dieser Mann ein kaltblütiger Killer war. Er war abgestumpft, durch eine Welt, die ihn nicht haben wollte. Der junge Mann war sich selbst nichts mehr wert und verlor auch den Bezug zu anderen Werten. Die Gleichgültigkeit, die ihm begegnet war, machte er zu seiner Handlungsmaxime. Die vor den Morden begangenen Straftaten führten, aus welchen Gründen auch immer, nicht zu einer Festnahme. Für ihn entstand der Eindruck, dass er völlig unbedeutend war. Seine innere Gegenwehr gipfelte dann darin, sich an Menschen zu vergreifen. Wir sprechen von vielen Jahren, in denen O'Donnell sich eine neue Welt zusammengebastelt hat, in der er einen Platz finden konnte, ohne dass er sich ständig hassen musste. Allerdings konnte seine subjektive Welt unmöglich friedlich neben der normalen realen Welt existieren. Das führte zu Konflikten. Er konnte nicht wirklich fliehen. Diese Sackgasse hat ihn zum Mörder gemacht."

Albers schaute neugierig. „Hast du dir das alles gerade aus den Fingern gesogen? Alle Achtung, dein psychologischer Verstand macht aus diesem O'Donnell ein Wesen mit einem halbwegs erklärbaren Innenleben. Was glaubst du, warum er die Mutter umgebracht hat?"

„Er schwingt zwischen zwei Welten. Einerseits ist die Frau ihm etwas wert, denn er hat sich ja für sie interessiert. Andererseits kippt zwischendurch alles, weil sie ihn nicht aus seiner brutalen wertelosen Welt befreit. Sie bedeutet ihm etwas und gleichzeitig ist sie ihm gleichgültig. Dieser Konflikt zerreißt ihn. Um sich zu erleichtern, erschießt er die Frau. Dadurch tötet er quasi die reale Welt, was ihm kurzzeitig das Gefühl von Freiheit gibt, denn mit der realen Welt schwinden auch alle Werte. Er kann sich plötzlich wertschätzen, da er sich in seinen Augen selbst befreit hat."

„Ich staune. Ein Lob der weiblichen Empathie! Und nun sage mir, warum glaubst du, suchte er sich die Schwächsten der Gesellschaft aus?"

„Oder die Liebsten! Die Opfer sind verletztliche Wesen. Er tötete das glückliche Paar aus Mutter und Kind. Dazu einen jungen Priester. Was könnte einen ideelleren Wert haben? Was wäre verletzlicher?"

„Deine Geschichte nimmt Gestalt an. Das Liebevolle hat Brendan in seinem Leben nicht bekommen, sieht es aber bei Mutter und Kind. Sie symbolisieren die eine Welt, die reale schmerzvolle, gleichgültige. Er tötet Mutter und Kind und dazu schwingt er in seine skrupellose Welt, eine Welt der Stimmen und Dämonen."

Albers überlegte weiter.

„Ich glaube auch nicht, dass er kaltblütig und emotionslos gewesen sein soll, wie es in den psychiatrischen Gutachten steht. Er hatte zwei Selbstmordversuche, einen mit 14 Jahren und einen später in der Zelle nur knapp überlebt. Warum sollte sich ein kaltblütiger Mensch umbringen? Die bringen sich nicht um, weil sie keine Verzweiflung kennen. Nicht so bei O'Donnell. Ich bin vorhin beim Lesen über eine Stelle gestolpert, die einem die Haare zu Berge stehen lässt. Weißt du, was O'Donnell sagte, als er zu seinen Gefühlen beim Ermorden seiner Opfer befragt wurde: *Er fühlte sich sehr glücklich, ein schönes Gefühl.* Das empfindet jemand, nachdem er ein Kind in den Kopf geschossen hat?"

„Hanno, das ist Krieg. Brendan führte Krieg, stahl ein Gewehr, setzte Autos in Brand, erschoss Wehrlose."

„Krieg, ja! Hör dir an, was ich außerdem gelesen habe: Er entführte nach den Morden zwei weitere Personen, die es aber schafften, sich zu befreien, weil O'Donnell mittlerweile mit Hubschraubereinsatz und großem Polizeiaufgebot verfolgt wurde. Viel zu spät, die Polizei hatte völlig verpennt."

Fey runzelte die Stirn. „Wir sprachen auch in Münster von Krieg. Was ist das Besondere am Krieg?"

„Es darf getötet werden, ohne Strafe. Diejenigen, die freiwillig in den Krieg ziehen, unterscheiden sich kaum von O'Donnell."

„Und die Patrioten?"

„Die setzen ihre idealistischen Ziele über das Leben von Menschen. Auch O'Donnells! Sie schießen ohne Mitgefühl, töten Frauen und Kinder."

Für Fey gab es noch viele unbeantwortete Fragen, aber sie hatte erstmals wieder das Gefühl, dass sie in eine sinnvolle Auseinandersetzung eintauchte.

„Ich bekomme langsam ein Gespür für diesen Brendan."

Albers strahlte übers ganze Gesicht.

„Siehst du! Endlich! Das ist es, was ich mit Geschichte meine – ein Gespür für den Mörder zu bekommen, seine Welt zu erschließen und dann vorauszuahnen, was er vorhat. Dazu sind die Pappköppe vom BKA nicht in der Lage. Die suchen böse Terroristen. Dabei sind Terroristen nicht per se böse, sondern verblendet. Die vom IS sind verpeilt und die Sekten auch, deswegen produzieren sie Böses. Sie sind einem falschen Glauben verfallen. Und wer trägt hier und dort die Verantwortung fürs Unrecht? Die wahren Verursacher sind die religiösen Machthaber. Diejenigen, die Gott für sich beanspruchen. Pervers, nicht wahr?"

Fey packte den Ordner zurück in die Aktenkiste.

„Hanno, ich brauche eine Pause und einen Kaffee, ich kann das nicht mehr sortieren."

* * *

COUNTY CLARE

Sie tranken cremigen Kaffee in einer überfüllten, stickig riechenden Bar in der Dame Street, stiegen dann in die Luas, eine Straßenbahn, und fuhren damit an der Guinness-Brauerei vorbei zum Heuston Station.

Als sie auf ihren Zug warteten, klingelte Feys Telefon. Carstensen.

„Was gibt es, Chef?“

„Das wollte ich Sie fragen? Nennen Sie mir einen guten Grund, warum Sie diese bekloppte Irlandmission vorgeschlagen haben? Sie müssten es ja spätestens jetzt wissen.“

Primitiv, dachte sie, Carstensen wollte recht behalten und auch dem BKA-Mann Kanter eine auswischen, falls sie jetzt nichts zu bieten hatte.

„Wir sind dem Mörder auf der Spur.“

„Wie?“

„Es gibt Parallelen.“

„Ihr Stenografenstil sagt mir nichts. Geht's auch deutlicher?“

Im Bahnhof wurde ein Zug angekündigt, was es ihr unmöglich machte, Carstensen zu verstehen. Albers erkannte die Situation und deutete an, das Gespräch zu beenden. Fey schaltete ihr Handy auf Stand-by.

„Gut gemacht!“, lächelte Albers. „Bevor wir ihn verwirren und seinen Zorn über uns ergehen lassen, schonen wir besser den Kollegen in Münster. Dort brauchen sie kühle Köpfe, aber es könnte nicht schaden, wenn du Anneliese anrufst. Carstensen wird versuchen, dich zu erreichen, warte also noch.“

„Das ist Komplizenschaft, mein Lieber.“ Das „mein Lieber“ tat ihr in dem Moment leid, als es ihr herausgerutscht war. Sie wollte auf gar keinen Fall die private Schwelle zu Albers lockern. Sie hatte ihm bereits ihre beiden kleinen Finger gegeben und das musste reichen.

Albers schaute verschmitzt, als sie in den Zug einstiegen. Der macht sich doch wohl keine Hoffnungen, dachte Fey und setzte sich gegenüber von ihm auf einen Polstersitz des Abteils. Ein Mann setzte sich neben Albers, packte seinen Laptop aus und fing sogleich an zu schreiben. Fey schaute ihm auf die Finger und dachte, wie unkompliziert der Mann mit seinen Gedanken umging. Anscheinend stand nichts infrage. Es sprudelte förmlich aus ihm heraus. So würde sie gerne mal einen Liebesbrief schreiben, so voller Leidenschaft, dass die Tasten durchschmorten. Albers sah müde aus, schaute auf sein Handy und sagte: „Mich gibt es für die in Münster nicht mehr. Keine Nachricht." Augenblicklich schaute der Mann am Laptop auf und stellte sich vor.

„Eine deutsche Stimme!", sagte er zu Albers gewandt. „Mein Name ist Heinz von der Grün. Ihre Frau?", fragte er und deutete auf Fey. Der Mann hatte offenbar keine Scheu.

Albers tat erst überrascht, konnte sich dann aber ein amüsiertes Grinsen nicht verkneifen.

„Nein, meine Reisebegleitung, Frau Amber."

Fey war erbost über die unsachliche Vorstellung und wollte die Verhältnisse richtigstellen. Der Mann kam ihr zuvor. „Gnädige Frau, erfreut, Ihre Bekanntschaft zu machen. Eigentlich säße ich jetzt gar nicht hier, hätte County Clare nicht das All-Ireland-Hurling-Championship gewonnen. Stehen die Gards doch tatsächlich auf meinem Heimweg vom Pub, schleppen mich ab, weil angeblich das Pustegerät meinen Alkoholgehalt nicht anzeigen konnte, weil die Nadel bereits am äußersten Anschlag stand. Sechs Monate ohne Auto, da lernt man Irland richtig kennen. Auf Urlaub?"

Fey fühlte sich angesprochen, weil von der Grün sie anstarrte.

„Nicht direkt. Mein Kollege Herr Albers und ich sind von der deutschen Kriminalpolizei und ermitteln in einem Mordfall, der allerdings in Münster, in Nordrhein-Westfalen stattgefunden hat." Der Mann sah Albers an, als wollte er prüfen, ob er mit den Ausführungen seiner Reisebegleitung einverstanden war oder sie einen Witz gemacht hatte. Albers nickte.

„Sie verfolgen den Mörder bis hierher? Das ist ja sensationell. Muss ein pfiffiger Kerl sein, wenn er Ihnen so weit davonlaufen konnte. Er heißt nicht zufällig Dr. Richard Kimble?“

Heinz von der Grün prustete vor Lachen, sodass selbst die reservierte Dame im Nebenabteil ihre Nase rümpfte und dann wieder auf ihr Handy schaute, auf das sie seit dem Einsteigen eintippte.

Albers musste aus Sympathie mitlachen. Fey fand das nicht lustig und fragte den Mann, was er so mache.

„Ich schreibe meine Memoiren.“

„Und worüber?“, fragte sie mit verhaltener Neugier.

„Ich war Zuhälter und nun schreibe ich über all die netten Frauen und Männer, die ich beruflich kennengelernt habe.“ Jetzt musste Albers heftig lachen und von der Grün, der einen unverkennbaren österreichischen Akzent auf der Zunge trug, lachte mit. Wenn sie nicht in einem öffentlichen Zug sitzen würden, dachte Fey, würde die Atmosphäre gut zu einer Party mit alten Bekannten passen. Sie wollte wissen, woran sie war.

„Also, sie sind Zuhälter, oder waren es, und was machen Sie in Irland?“

„Bin ausgewandert vor einigen Jahren. 2008 ging es los mit der Flaute. Immobilien, Banken, Sex, alles ging den Bach runter. 2006 bei der WM in Deutschland habe ich ein Vermögen verdient und mir später davon ein Haus in Irland gekauft. Heute verdien ich mein Geld als Reiseleiter. Deutsche Touristen kommen in Lisdoonvarna an. Dort gabel ich sie auf und zeige ihnen die Geheimnisse der grünen Insel.“

Von der Grün stoppte und sah beide aufmerksam an.

„Na, Lisdoonvarna! Sagt Ihnen das nichts? Matchmaking!“

Albers überließ Fey den Vortritt, darauf zu reagieren.

„Das sagt mir nichts, Herr von der Grün.“

„Ich kann's nicht lassen. Matchmaking in Lisdoonvarna. Da findet jeder sein Herzblatt. Größter Heiratsmarkt Europas. Da lass ich dann die Puppen tanzen. Alles unter den Augen des Gesetzes, versteht sich. Man weiß ja heute nie, plötzlich sitzt die deutsche Kripo neben dir.“

Von der Grün räusperte sich. Seine Lachfalten waren nicht zu übersehen.

„Kürzlich hat man in Ennis, der Landeshauptstadt von County Clare, einige leichte Mädchen aufgegriffen. Stellen Sie sich das mal vor. Die wussten nicht, in welchem Land sie waren. Sagen Sie, Frau Amber, haben Sie und Ihr Reisebegleiter schon eine Bleibe für heute Nacht?"

Fey hoffte, Albers würde ihr die Antwort abnehmen. Sie hatte ihm die Planung überlassen, weil er sich auskannte. Den aufdringlichen Fremden wollte sie unbedingt loswerden und hoffte, das mit wenigen Worten zu schaffen.

„Wir haben ein Hotel gebucht und fahren morgen mit dem Bus in den Ort, wo wir unsere Recherche fortsetzen. Wir brauchen Ihren Rat nicht, Herr von der Grün. Danke."

„Das glaub ich Ihnen gerne, Frau Amber. Wo wollen Sie denn morgen hin?"

Von der Grün hatte sich mit der Frage an Albers gewandt und der plauderte drauflos.

„Die Sache ist ganz einfach. Wir bleiben heute in einem Hotel in Ennis und morgen fahren wir mit dem Bus nach Mountshannon, East Clare. Wie meine Begleiterin schon sagte, wir verstehen uns als kriminalistische Archäologen. Schon mal was von Brendan O'Donnell gehört, Dreifachmord, 1994?"

„Ja Herrschaftszeiten, seid Ihr denn von allen guten Geistern verlassen. Ihr fahrt in die Wüste. Keiner dort wird den Mund aufmachen, oder steht ihr auf Okkulttourismus? Eine schwarze Messe könnte ich für euch arrangieren, kostet aber."

Fey wurde es zu bunt. Jetzt nahm er sich auch noch die Frechheit heraus, sie zu duzen. Sie wollte, dass Albers sich von diesem Komiker distanzierte. Sie hatten einen Auftrag, und der verlangte nüchterne Sachlichkeit. Für ihre Begriffe lief das Gespräch aus dem Ruder und sie glaubte, dass Albers sich mit seiner Neigung für Geschichten von dem Fremden einlullen ließ. Sie stand auf, ging ein paar Schritte und holte ihr Handy hervor. Carstensen hatte mehrfach versucht, sie anzurufen. Sie wählte Annelieses Nummer.

„Gibt es Neuigkeiten?"

Anneliese war völlig aufgelöst.

„Das BKA sucht nach einer terroristischen Keimzelle hier in Münster, die Verbindung zum IS haben soll. Die Anschläge gegen die Kirche und die Mütter und Kinder werden als Beginn einer Terrorwelle eingeschätzt. Inoffiziell höchste Alarmstufe. Hier laufen zig Leute rum, die ich noch nie gesehen habe. Carstensen spricht heute Abend mit Claus Kleber vom ZDF. Fey, ich habe Angst."

Albers unterhielt sich angeregt mit von der Grün. Ihre Absicht, die beiden zu trennen, kehrte sich gerade ins Gegenteil um. Sie hatte allerdings Grund genug, Albers um Gehör zu bitten. Sie setzte sich auf ihren Platz zurück und deutete ihm an, sich vorzubeugen, damit sie ihm ins Ohr flüstern konnte. Von der Grün schrieb schon wieder auf seinem Laptop, als wäre zwischenzeitlich nichts gewesen.

„Der ist doch nicht ganz dicht", nuschelte sie kaum hörbar für Albers. „In Münster ist die Hölle los. Sollte sich der Verdacht des BKA bestätigten, dass es sich um terroristische Elemente handelt, ist das, was wir hier machen, eine absolute Lachnummer. Hanno, ich habe meinen Ruf zu verlieren, für eine alleinstehende Frau hat das auch mit Existenz zu tun. Ich muss darauf bestehen, dass wir hier zügig zu Resultaten kommen, die wir auch vorlegen können, oder wir kehren sofort um und erklären unsere Mission für gescheitert. Ich komme mir vor wie eine Schießbudenfigur."

Albers lehnte sich zurück, als müsse er das Gesagte erst einmal mit sich selbst debattieren. Fey lehnte sich ebenfalls zurück und hoffte, Albers würde ihre Bedingungen akzeptieren und endlich planmäßig, zielstrebig und logisch handeln. Beide sahen aus dem Fenster des Zuges. An ihnen rauschte das frühlingshafte Gelb der wilden Ginsterbüsche vorbei, endlos schlossen sich Steinmauern an, die wie ein Netz das Land durchwebten. Albers beugte sich vor, aber sprach in normalem Umgangston. Sein Nachbar tippte emsig in die Tasten.

„Wir stecken mitten drin in den Ermittlungen, du kannst nur das ganze Bild nicht sehen. Das frustriert. Ich verstehe dich, aber wir sind in einem anderen Land, wo wir uns anpassen müssen. Da geht nicht alles nach der deutschen Holzhammermethode. Es gehört viel Fingerspitzengefühl dazu, etwas aus den Leuten herauszulocken. Darin besteht die Kunst und wir beide können das. Wir übernachten heute in Ennis und fahren morgen mit dem Bus nach Mountshannon, wo wir die letzte Nacht verbringen. Dann geht's zurück mit leeren oder vollen Händen. Versprechen kann ich nichts."

Fey wollte gerade etwas sagen, da platzte von der Grün los.

„Schwierig, was ihr da vorhabt. Es fährt nämlich kein Bus nach Mountshannon und es fährt logischerweise auch kein Bus von Mountshannon zum Flughafen. Taxi wäre die Alternative. Noch besser wäre es, ihr kämet mit mir. Johnny Brogan holt mich ab. Wenn wir alle zusammenrücken, passen wir in den kleinen klapprigen Micra."

Fey stand die Abwehr ins Gesicht geschrieben. Der familiäre Ton dieses aufgeblasenen Kerls störte sie maßlos. Was bildete er sich ein? Albers bemerkte ihre Ablehnung und nahm sie beiseite.

„Lass ihn! Er lebt schon eine ganze Weile im Land. Da passt man sich auch dem Du schnell an. Alle hier sind per Du. Nimms nicht als Beleidigung."

„Ach so", posaunte von der Grün plötzlich, „ihr könnt euch nicht entschließen, weil ihr nicht wisst, wo wir hinfahren. Nach Mountshannon natürlich."

Von der Grün ließ nicht locker.

„Wir fahren heute noch und ihr verliert keinen Tag im langweiligen Ennis."

Fey stand ein dickes Nein auf der Stirn geschrieben. Albers sah sie trotzdem fragend an.

„Einen Vorteil hätte es", argumentierte Albers. „Wenn wir einen Tag eher mit der Recherche anfangen, sind wir auch einen Tag eher fertig und können früher zurück."

„Richtig, Hanno, aber wir sind deutsche Ermittlungsbeamte und deswegen nehmen wir ein Taxi, okay!"

„Sie haben selbstverständlich recht, gnädige Frau", sagte von der Grün mit einem Hauch von österreichischer

Ergebenheit. „Von einem ehemaligen Zuhälter lässt sich eine deutsche Polizeibeamtin keinen Gefallen tun."

Albers blinzelte Fey zu, traf aber auf eine eiserne Maske.

„Also ich wäre nicht abgeneigt", sagte Albers und wurde barsch unterbrochen.

„Wir nehmen ein Taxi, Ende!"

Von der Grün reagierte nicht, als hätte er sich nie eingemischt und klimperte bereits wieder auf seinen Tasten. Fey lehnte sich angespannt zurück.

„Da gibt es nur ein Problem", sagte von der Grün plötzlich, ohne von seinem Bildschirm aufzuschauen. „In Mountshannon findet das jährliche Art Festival statt. Das Hotel und sämtliche B&Bs sind ausgebucht."

Fey ließ die Schultern hängen. „Schnapsidee, was hat mich nur geritten, in dieses Land zu fahren? Hanno, lass uns schleunigst zurück nach Dublin. Ich will nach Hause."

Von der Grün ergriff wieder das Wort. Albers sah aus, als könnte er einen doppelten Whiskey vertragen.

„Ich hätte da allerdings ein Angebot zu machen. Nur wenn's passt, selbstverständlich."

Von der Grün sah abwartend in beide Gesichter.

„Und das wäre?", fragte Albers jetzt auch leicht genervt.

„Ihr kommt mit zu mir, ins Herz von Mountshannon, in mein kleines gemütliches Haus am See. Morgen früh beginnt ihr dann ausgeruht und nach einem köstlichen irischen Frühstück eure Recherche." Kaum hatte er gesprochen, wandte er sich wieder seinem Computer zu und tippte.

Fey kochte innerlich. „Sagen Sie mal, Herr von der Grün, was tippen Sie da eigentlich immer so schnell?"

„Nichts weiter als das, was hier gerade passiert. Kommt alles in meine Memoiren."

„Entschuldigung, aber Sie haben wohl 'n Knall", empörte sich Fey. „Das können Sie nicht machen!"

„Beruhigen Sie sich, gnädige Frau, ich verändere natürlich die Namen. Es liest sich gut, ist immer gut, wenn's authentisch ist. Manche meiner Mädchen waren einfach sie selbst. Das waren die besten. Die zogen Stammkundschaft an. Männer mögen authentische Frauen."

Fey fehlten die Worte. Albers sah auf die Uhr. Es war fünf. In einer Stunde würden Sie in Ennis ankommen und in einer weiteren wären Sie in einer Unterkunft in Mountshannon, wenn sie auf von der Grüns Vorschlag eingingen. Dann wäre es sieben – Zeit genug, um am gleichen Abend noch mit der Recherche zu beginnen. Sie könnten am anderen Tag die Nachmittagsmaschine nehmen und zwar 24 Stunden früher als geplant. Das würde seine schmollende Kollegin bestimmt überzeugen. Albers bat Fey, mit in den Speisewagen des Zuges zu kommen. Erleichtert folgte sie ihm.

Sobald sie außer Reichweite des ehemaligen Zuhälters waren, lud Fey ihren ganzen Frust ab. Albers zeigte sich empfänglich. Feys Nerven lagen blank und wohl nur deswegen ließ sie sich von Albers auf eine kleine Flasche Rotwein einladen. Albers stellte ihr nicht mal die Frage, ob sie von der Grüns Angebot annehmen würde. Es war beschlossene Sache, ganz ohne Worte. Es blieb ihnen ja auch keine andere Wahl.

* * *

MÜNSTER

Der Vater des ermordeten Babys hatte ein lückenloses Alibi von den Teilnehmern des esoterischen Seminars bekommen, sodass man ihn laufen ließ. Der Bekanntenkreis des ermordeten Pfarrers war akribisch durchforstet worden und auch dort gab es keine nennenswerten Ansatzpunkte. Der Welpe war identifiziert worden. Eine ältere Witwe hatte ihn in einer Zoohandlung gekauft und kurz darauf war er ihr weggelaufen. Dort endete die Spur. Die beiden Tabletten, die zum Tod des pensionierten Pfarrers und von Frau Bogner führen sollten, waren einen Tag zuvor in der Pfarrei deponiert worden, ob von dem Täter oder einem Komplizen konnte man nicht sagen. Wegen der Vorbereitungen für die heilige Kommunion sei nach Auskunft der Sekretärin viel Betrieb im Pfarrbüro gewesen. Etliche Personen waren ihr nicht bekannt.

Insgesamt ergaben die Ergebnisse der routinemäßigen Untersuchungen keine sachdienlichen Hinweise für eine gezielte Fahndung nach dem Täter. Auch die erstmalige Befragung von Benjamin hatte keinen Durchbruch zur Folge. Das blies Wind in die Segel des BKA. Kanter hatte längst die Führung im Präsidium übernommen. Angesicht der Protestmärsche, der panikartigen Überreaktionen von Eltern und der ungeheuren Publicity, die die Fälle von Münster in ganz Deutschland geweckt hatten, herrschte Ausnahmezustand im Land. Die Polizeistationen waren überlastet. Kamen Kinder später nach Hause oder trafen nicht rechtzeitig am vereinbarten Treffpunkt ein, wurde oft gleich eine Vermisstenanzeige geschaltet. Manche Medien sprachen bereits von nationalem Notstand. Wenn im Fernsehen von Gräultaten des IS berichtet wurde oder im amerikanischen Sender CNN Beweisaufnahmen von Kriegsverbrechen gezeigt wurden, ging es meist um Hinrichtungen. Die Verbrechen in Münster erinnerten auch an Hinrichtungen und da es mittlerweile keinen Zweifel daran gab, dass die drei Morde und die versuchten Morde an Benjamin, seiner Mutter und dem Pfarrer zusammenhingen, hatte sich das Täterbild von einem monströsen Individuum zu einer Gruppe von kaltblütigen Fanatikern ähnlich der NSU verändert. Dafür war Kanter nicht verantwortlich. Wenn es nach ihm gegangen wäre, hätte Stillschweigen über das Täterprofil herrschen müssen. Aber es gab immer Lücken im eigenen Netz und außerdem hatte sich die ganze Sache zum Selbstläufer entwickelt, mit katastrophalen Folgen. Einzelne Personen reagierten hysterisch. Selbstschutztrupps zogen durch die Wohnviertel. Nachbarschaften organisierten Fahrgemeinschaften, Forderungen nach Bewaffnung überhäuften die Ämter. Einzelpersonen beklagten immer häufiger Übergriffe von freiwilligen Wachmannschaften, die nachts patrouillierten und jeden, den sie nicht kannten, für verdächtig hielten. Das Klima war zum Platzen gespannt.

* * *

KLIMAWECHSEL

Während sich in Münster die Ermittlungsteams im Schichtdienst die Klinken in die Hand drückten, warteten Fey und Albers in Ennis am Bahnhof auf Johnny Brogan, ihren privaten Chauffeur, der sie nach Mountshannon bringen sollte. Von der Grün stand abseits und telefonierte. Fey ergriff die Gelegenheit, ihn gründlich zu taxieren. Da sie von vornherein nicht die geringste Sympathie für ihn hatte, war alles an von der Grün schlecht. Seine bunte Jacke, total albern, und der Mann war viel zu groß und zu schlank, das sah affig aus, eben wie ein schmieriger Zuhälter. Selbstredend hatte er zu langes Haar, mit Gel drin, nach hinten über den Hemdkragen gekämmt. Als hätten alle Zuhälter die gleiche genetische Identität für ihre Haarwurzeln. Von der Grün war für sie so attraktiv wie ein Putzeimer, und nur mit Gummihandschuhen würde sie ihn im Notfall anfassen. Sie bemerkte, dass er lediglich seine Laptoptasche über der Schulter trug. Merkwürdig. Sonst kein Gepäck? Er schaute kurz auf, an Fey vorbei, die Einfahrt zum Bahnhof entlang. Er winkte einem kleinen grünen Auto zu, das gerade um die Ecke bog und telefonierte weiter. Ein Micra rollte auf sie zu. Fey ließ Albers wissen, dass sie darauf bestehe, neben ihm zu sitzen und nur neben ihm.

„Ein 92er, um Gottes Willen!“, staunte Albers. Seine Stimme klang nicht nach Entrüstung, sondern nach Abenteuer.

„Was meinst du mit 92er?“, fragte Fey.

„Der Micra ist Baujahr ‘92. Steht vorne auf dem Nummernschild.“

Fey verkniff sich einen bissigen Kommentar. Sie hatte sich etwas Ähnliches gedacht. Warum sollte es besser werden? In diesem Land musste sie offensichtlich mit dem Schlimmsten rechnen. Bisher war das jedenfalls zuverlässig eingetreten. Carstensen meldete sich auf ihrem Handy. Sie hielt es für besser, es auszustellen, denn Johnny Brogan stieg gerade aus seinem Auto und marschierte auf die Besucher zu.

Rotbärtig und mit Schlitzaugen. Albers musste den selben ersten Eindruck gehabt haben. Er bemerkte leise: „Besser Schlitzaugen als Schlitzohren." Fey sah einen Mann mit Glatze bis zur Mitte seines Schädels, hemdsärmelig, mit Shorts und schrecklich weißen Socken auf sich zukommen. Wieso wusste der Mann, dass ausgerechnet sie auf ihn warteten? Von der Grün stand unbeteiligt abseits und telefonierte immer noch. Zwei Schritte und Johnny Brogan hätte sie umgerannt. Er polterte los, umarmte sie links, rechts und überschüttete sie mit Welcome-Saluten. Albers bekam einen forschen Händedruck verpasst und eine Litanei von Begrüßungsformeln prasselte auch auf sie ein: „How are you keeping? Have you had a good flight? Great weather out here for a trip to the Atlantic. Come on lads, I'll take your luggage and you make yourself comfortable." Diesmal hatte Fey sich mit ihrem Vornamen vorgestellt und Johnnys Hausname war irrelevant geworden. Er nahm ihr Handgepäck und verstaute es in dem kleinen Kofferraum des Micra. Voller Stolz öffnete er dann die Beifahrertür und bat beide, einen Blick in sein Auto zu werfen. „Special clean-up just for Fey", jubelte er. Beifahrersitz und Fußraum waren sauber, aber das lag daran, dass dort neue Zeitungen ausgelegt worden waren, während sich im übrigen Innenraum des Wagens ein Patchworkteppich aus allen erdenklichen Unterlagen befand. Plastiktüten waren in der Überzahl, dazwischen Werbebroschüren, Handtücher, der Ärmel eines Kindermantels, Eierwaben, Keksschachteln und jede Menge blaues Nylonband.

Johnny war ein Kauz. Er strahlte über beide Wangen und lud Fey mit einer charmanten Geste ein, sich auf den extra für sie vorbereiteten Sitz vorne zu begeben. Albers sah sie entschuldigend an und nickte. Sie hätte explodieren können, aber was sollte es? Wenigstens musste sie nicht neben von der Grün sitzen. Sekunden später schaufelte der seine 1 Meter 90 auf den Rücksitz des mickrigen Micra und unterhielt sich mit Albers über die Schlupflöcher des irischen Steuersystems.

Beim Small Talk mit Johnny verging ihr die Zeit wie im Flug, wenn es nur nicht geregnet hätte. Die frisch auf das Bodenblech des Wagens gelegte Zeitung wurde nass und zerriss durch die Bewegung ihrer Schuhe. Fey blickte nach unten und sah durch ein zackig umrandetes Loch, wie der Asphalt unter ihr hinweghuschte. Sie griff instinktiv nach dem Haltegriff über der Tür, vergebens, den hatten wohl Vorgänger von ihr bereits abgerissen. Johnny fragte sie, ob er ihr ein Lied auf Gälisch vorsingen solle, worauf Fey antwortete: „Da ist ein Loch im Boden." Johnny fluchte und meinte, dass er die Löcher mit Unterbodenschutz zugepinselt habe und er nun nicht wisse, wie weit der Rost schon fortgeschritten war. Die dicken Packungen von Zeitungen, die dort unten vor seinem „special clean-up für Fey" gelegten hatten, wären waterproof gewesen, hatte er zumindest geglaubt, und scherzte nun, dass Regen von unten immer noch besser sei als von oben. Johnny stimmte sich ein, sang und schlug dazu mit den Fingerspitzen auf das Lenkrad.

Feys Körperspannung grenzte ans Zerreißen. Sie holperten über die Straßen, als wellte sich das Land wie das Meer, das es umgab. Innen saßen schwere Kerle und sie sah ihren Hintern jeden Moment auf die Straße durchknallen. Der nächste Schlag könnte das Blech aufreißen und ihr Po schrappte über den rauen Asphalt. Sie stemmte ihre Beine gegen den Boden vorne und versuchte, ihr Körpergewicht gleichmäßig auf den Sitz zu verteilen. Den Männern hinten ging es gut. Die hatten das Thema gewechselt und waren beim Fischen gelandet. Johnny sang mit Seele und sie war dabei, ihre Nerven vollends zu verlieren. Sie musste sich zusammenreißen, kramte ihr Handy hervor und las Carstensens vorletzte Nachricht: *US-Army verteilt solche Tabletten vor Kriseneinsätzen an Spezialtruppen.* Sie las die letzte SMS: *Fahndung nach deutschen Soldaten, die Kontakt zu US-Spezialeinheiten in Afghanistan hatten.* Die Nachrichten lenkten sie nicht ab von ihrem eigentlichen Problem. Die Straßen wurden holpriger. Das Auto schwang sich wie eine Schiffschaukel entlang steiniger Mauern, die so nah an ihr vorbeisausten, als würde jeden Moment ihr Arm weggerissen.

Wenn die alte Karre nur dieses eine Mal noch durchhielte, hoffte sie und versuchte, ihre Gesäßmuskeln zu entspannen.

* * *

KEANE'S PUB

Johnny unterbrach plötzlich seinen Gesang und lauschte den Motorgeräuschen, als sie die lang gezogene Kurve durchfuhren, die zum Dorfkern von Mountshannon hoch führte. Der Wagen stotterte, Johnny trat das Gaspedal durch. Der Wagen stand still und die Insassen tauschten fragende Blicke aus. Johnny erinnerte sich, dass es schon Fahrten gegeben hatte, wo sein Wagen nicht so lange durchhielt und er froh sei, sie mitten im Dorf absetzen zu können. Er ging um den Wagen herum und öffnete Fey die Tür, die sich nun endlich entspannen konnte und auch glücklich war, dass sie es in ein zivilisiertes Örtchen geschafft hatten. Albers sah ungläubig in Feys Gesicht, als sie ausstieg. Er hatte mit ihrem Protest gerechnet. Aber sie ließ sich nichts anmerken.

Er nahm die beiden Koffer und gab Fey ihren. Ein buntes Fleckchen Erde, Cottages im alten Stil, zwei Pubs und ein Hotel lagen vor ihnen. Von Haus zu Haus spannten sich Bänder mit Hunderten von Fähnchen, Musik klang von Keane's Pub herüber. Fey fasste Albers am Ärmel.

„Hast du auch Nachricht von Carstensen bekommen?"

„Keine Spur. Was ist denn?"

„Nachweislich kommen die Tabletten aus US-Beständen für Afghanistan. Wie bringen wir das mit unserer Arbeit hier in Einklang?"

Albers sah von der Grün auf sie zukommen.

„Weißt du, Fey, wir haben einen Tag gewonnen und wir bringen unsere Mission hier so zu Ende, wie es unser Instinkt verlangt. Nicht mit Ratio, sondern mit Intuition."

Das klang genervt, aber Albers hatte recht. Deutsche Sachlichkeit war hier nicht gefragt. Sie würde sich einfach inspirieren lassen. Sie würde einen ausführlichen Bericht über den O'Donnell-Fall verfassen und es Kanter überlassen, was er damit anstellte. Eigentlich war sie fein raus, würde von der Grün nicht so grinsen.

„Glück gehabt. Schnuckelig, das kleine Örtchen, was meint ihr? Bis zu meinem Haus am See sind es noch zwei Meilen. Johnny meint, dass sein Wagen wieder anspringt, wenn er abgekühlt ist. Wir könnten uns bei Keane's einen genehmigen. Kommt! Fey, darf ich deinen Koffer nehmen?"

„Danke, ich schaff das schon."

Es stellte sich die Frage, wo man zwei Koffer in einem überfüllten Pub unterbrachte. Ein Mann namens Trevor Sullivan wusste Rat. „Folgen Sie mir in die Küche. Dort neben dem Sideboard stehen die Koffer gut. Darf ich Ihnen ein paar Sandwiches machen?" Die Küche war das Herz des Hauses und in dieser Küche gab es sehr viel Herz, vor allem eins, das Herz Jesu, das über der Tür als rote Leuchtdiode flackerte. Ansonsten beeindruckte sie der alte Stanley-Ofen, dessen Abzugsrohr schräg oben in der Wand mündete und in allen Regenbogenfarben strahlte.

Von der Grün stand im Türrahmen, stellte die Personen einander vor und verschwand. Trevor Sullivan war der Festival-Organisator. Er wandte sich an Fey.

„Ihr Name gefällt mir."

„Meinen Sie Fey oder Amber? Amber kommt aus dem Arabischen und bedeutet Bernstein."

„Wir Iren interessieren uns sehr für den familiären Ursprung. Namen spielen da verständlicherweise eine große Rolle. Wenn Sie mir die Bemerkung erlauben: Ihre bernsteinfarbenen Augen machen Ihrem Namen alle Ehre."

Auch wenn Trevor überzeugend echt klang, lag etwas Berechnendes in seiner Stimme. Fast ein bisschen so, als hätte er bereits gewusst, welche Augenfarbe sie hatte.

„Setzen Sie sich bitte hier auf die Bank", bat er sie. Hanno bekam den Platz ihr gegenüber zugewiesen. Trevor holte Toast, Scones, Butter und stellte eine Auswahl hausgemachter Konfitüre vor sie auf den Tisch. Danach verabschiedete er sich und versprach gleich wiederzukommen.

Carstensen meldete sich auf Feys Handy. Albers sah das.

„Überleg gut, Fey, ob das was bringt, wenn du dich jetzt von ihm beeinflussen lässt. Lass uns die Sache hier durchziehen, wie sie angefangen hat, als Geschichte."

Fey ließ es klingeln und als Trevor hereinkam, schaltete sie ab. Carstensen würde sie wiederholt anrufen und das passte gar nicht zu dem herzlichen Willkommen ihres charmanten Gastgebers. Trevor, ein Hüne mit schwarzen Haaren, die ganz offensichtlich auch ohne Gel glänzten, zwängte sich durch die Menge der Gäste zu Fey auf die Bank, die in dem Moment arg nachgab, als er sich setzte. Er brachte eine herbe Duftnote mit, eine Mischung aus seinem eigenen Körpergeruch und dem der Menschen im Pub, die dort schon seit mittags sangen, tanzten und tranken. „Sie kommen aus Deutschland", lächelte er Fey an, „was hat Sie zu uns geführt?"

In dem Moment steckte von der Grün sein hageres Gesicht durch die Tür.

„Herr Albers, wir brauchen einen starken Mann. Johnnys Wagen steht vor einer Einfahrt. Da wohnt eine hochschwangere Frau. Ihr Mann tobt rum, weil er im Fall des Falles nicht schnell genug raus kann und er fürchtet, dass wir später alle besoffen sind."

Albers entschuldigte sich, nahm die Krümel von seinem Scone mit der Hand auf, warf sie in den Mund, sagte „Köstlich" und ging. Fey war irritiert. Da war plötzlich ein Ungleichgewicht entstanden, das sie irgendwie hilflos machte. Trevor gehörte nun eigentlich nicht auf die ohnehin enge Bank mit ihr, sondern auf Albers' Stuhl gegenüber. Dass Trevor so dicht bei ihr saß, obwohl genug anderer Platz in der Küche war, schuf eine intime Situation zwischen ihr und ihm, die aber trotz Irritation ein Gefühl von gänsehautartiger Aufregung in ihr weckte. Small Talk kam da wie gerufen. Was wollte er noch wissen?

„Ach, mein Kollege Hanno und ich, wir sind auf einer Dienstreise. Schön, dass wir dabei auch Land und Leute kennenlernen."

„Es kommt allerdings selten vor, dass die deutsche Kriminalpolizei bis zu uns vordringt", sagte Trevor gleich im Anschluss, als hätte er damit gerechnet, dass Fey ihm nicht die volle Wahrheit sagte. „Vor Jahren passierten hier bei uns Dinge, die heute verschwiegen werden. Damals hätte man sich eine intelligente Polizei gewünscht. Dann wäre vielleicht weniger Schlimmes geschehen."

Fey erschrak. Dieser Mann wusste mehr, als sie erwartet hätte. Wusste er etwa auch über ihren Auftrag Bescheid? „Wovon sprechen Sie genau?"

Trevor blickte durch die geöffnete Tür, durch die sie die gesprächigen Gäste im Pub sehen konnten.

„So ein friedliches Dorf", sagte er fast sinnlich, „da ist doch alles gut, würde man denken. Gewiss, die Lustigen, die sind unschuldig. Aber es gab heidnische Bräuche, die vielleicht bis heute fortdauern. Zu Halloween höhlen nicht alle nur Kürbisse aus. Da verschwinden plötzlich Tiere, der nette Hund vom Nachbarn, die Katze, ein Schaf."

„Was wollen Sie damit sagen?"

„Opfertiere! Aber lassen wir das. Es geht Ihnen wahrscheinlich um etwas ganz anderes, ein Verbrechen, das die irische Justiz totschweigen möchte und bei der Bevölkerung noch immer Beklemmung auslöst." Fey wollte es nicht glauben, aber dieser Trevor war perfekt informiert. Besser sie tat so, als würde sie sich nicht wundern. Sie spielte besser mit.

„Der Fall Brendan O'Donnell könnte uns weiterhelfen, um in Deutschland einen ähnlichen Fall aufzuklären. Hanno und ich versuchen, den Fall zu verstehen."

„Ich bewundere Sie für Ihren Weitblick. Es ist unsere Pflicht, den Fall zu verstehen, aber leider sehen das die Wenigsten. Sie werden kaum jemanden finden, der Ihnen weiterhilft. Ich will Ihnen ein kleines Puzzlestück zu ihren Nachforschungen dazulegen, wenn Sie gestatten." Trevor runzelte die Stirn und wartete. Fey zögerte, das ging ihr etwas zu glatt, doch sie willigte ein. Trevor erzählte ihr von okkulten Ritualen, heidnischen Opferbräuchen und Teufelsaustreibungen, die in den Bergen stattfanden. Dann plötzlich fragte er, was sie darüber denke, dass der Mörder die Mutter ins Auge schoss und das Kind in den Kopf. Fey war im ersten Moment schockiert.

„Das war mir so nicht klar." Sie fing sich wieder. „Tut mir leid. Da bin ich überfragt."

„Er versuchte, ihre Seele zu treffen", fuhr Trevor fort. „Die Mutterseele, die Seele der Liebe, den Sitz Gottes im Menschen. Brendan O'Donnell war ein Kopfmensch, weil man ihm seine Gefühle geraubt hatte. Alles spielte sich in seinem Kopf ab. Sein Kopfleben hat er auf andere Menschen transferiert. Er hätte auf den Körper seiner Opfer zielen können, aber da gab es für ihn im übertragenen Sinn nichts zu töten. Ihn plagten satanische Visionen. Für ihn war die Seele im Kopf eines Menschen. Er hatte als Neunjähriger gesehen, wie sie Erde auf den Sarg seiner verstorbenen Mutter warfen. Er hatte nicht begriffen, dass sie tot war, er hatte nicht losgelassen. Mit im Grab seiner Mutter liegt ein Teil seiner Seele. Später wurde er gesehen, wie er nachts auf ihrem Grab lag und zu ihr sprach. In frostiger Kälte schlief er dort auf ihrem Grab. Er war für damalige Verhältnisse unerziehbar geworden, wurde innerhalb der Familie umhergereicht, landete in England im Gefängnis – eine Radikalkur für die Gefühle. Mitgefühl starb bei ihm als erstes, denn das hatte er auch nicht bekommen. So verlagerte sich seine Wahrnehmung der Welt auf primitive Emotionen wie Lust und Hass. Aber hauptsächlich bestimmte sein Kopf, besonders als er aus England kam, wo er wegen einiger Delikte gesessen hatte. Mit gerade einmal zwanzig kehrte er zur Geburtsstätte seines Missbrauchs zurück und begann eine Tour der Verwüstung."

Trevor wischte sich ein Haarbüschel aus der Stirn und sah Fey an.

„Sie sind eine schöne Frau. Ich habe gleich gedacht, dass Sie eine ausgefallene Erscheinung sind. Sie strahlen Wärme aus. Wissen Sie das?"

Dieser Wechsel brachte sie kurz aus der Fassung.

„Nein, ich weiß nicht, wie Sie das meinen."

„Ganz einfach, so wie jetzt. Ich fühle Ihre Wärme durch mein Hemd. Ich würde Sie gerne zu einem Drink einladen. Ich hätte Durst auf ein Bier. Darf ich Ihnen einen Gin Tonic bringen?"

„Gerne", hörte sie sich sagen und war froh, eine Verschnaufpause von diesem Mann zu bekommen. Trevor quetschte sich zwischen Tisch und Armlehne der Bank durch und verschwand in der Bar. Sie sah ihm nach. Ein bisschen viel Mann auf einmal, dachte sie und dann so nah, wie sie es lange Zeit nicht gespürt hatte. Sie hoffte, er würde sich gleich gegenüber hinsetzen. Seine Nähe machte sie schwach, aber so, dass sie es mochte.

Wo blieb Albers? Trevor musste Ende vierzig sein. Die emotionale Kraft seiner Argumentation hatte sie gepackt. Das war Leidenschaft, die eine Männlichkeit zum Vorschein brachte, die ihr selten begegnet war. Carstensen konnte ihm nicht das Wasser reichen. Der war irgendwo auf seiner Karriereleiter stecken geblieben, Mörris war kein Typ für echte Männlichkeit und auf Albers stand sie nicht, er war zu alt. Von welcher Männlichkeit sprach sie eigentlich? Etwa von der Lust auf einen Mann? Sex mit Trevor? Sie war weit weg von zu Hause, frei. Warum eigentlich nicht? Sie hörte ihn in der Bar lachen und dann kündigte er eine Sängerin an.

Was für eine Stimmung. Sie checkte schnell ihr Handy. Carstensen hatte drei SMS geschickt. Als sie ihre Mailbox aktivieren wollte, kam Trevor mit den Getränken herein, stellte sie eilig auf den Tisch und bat sie um einen Tanz. Mit dieser Überraschung hatte sie nicht gerechnet. Er bestand darauf, sodass sie einwilligte, was in der Hektik dazu führte, dass ihr Handy zu Boden fiel. Er hob es auf und reichte es ihr. Sie stellte es vorsichtshalber aus, um den Akku zu schonen.

Trevor verstand sich aufs Tanzen und es dauerte nicht lange, da klatschten die Leute ihnen Beifall. Wie konnte das sein? Plötzlich gehörte sie mitten in diese ausgelassene Party. Außer Atem gingen sie zurück in die Küche, wo Trevor ihr sein Bier anbot und sie davon trank. Er ging eine zweite Runde holen.

Als er zurückkam, platzte er begeistert los: „Mein Gott, Sie sind eine begnadete Tänzerin. Wenn alle deutsche Frauen ein solches Temperament haben, sollten wir Iren nicht nach Lisdoonvarna zum Heiratsmarkt fahren. Woher kommen Sie?“ Bevor sie antworten konnte, nahm er ihre Hand, küsste sie und prostete ihr zu.

„Aus Münster“, sagte Fey, nachdem sie einen Schluck aus ihrem Glas genommen hatte.

„Münster“, sprach er ihr nach, „hört sich fast so an wie unser Munster.“

Auch wenn Trevor in Heidelberg studiert hatte und perfekt Deutsch sprach, brachte seine Aussprache von Münster sie zum Lächeln.

„Sag mal ü! Nur ü."

Trevor tat ihr den Gefallen, aber da er es nicht schaffte, ein einwandfreies deutsches ü zu sprechen, endete die Übung mit einem herzhaften Lachen.

„Ich bin froh, dich kennenzulernen. Sagen wir doch einfach du. Das u kann ich, nur die beiden Pünktchen nicht."

Trevor war so ungezwungen frei und offen. Das tat ihr gut, auch wenn ihr die Vertraulichkeit mit ihm zu schnell ging. Sie wollte wissen, mit wem sie es zu tun hatte.

„Es geht mich eigentlich nichts an, aber bist du verheiratet?"

Trevor reagierte zurückhaltend.

„Ich verlor meine Frau durch einen Selbstmord."

Sie sah ihn an, wollte mehr darüber in seinem Gesicht lesen. Er nahm schweigend sein Glas.

„Das stell ich mir sehr schlimm vor."

„Es war anders als du vielleicht denkst. Sie hatte sich schon Jahre vorher von mir verabschiedet, ging zu einer Sekte, wo man ihr einen Gottesauftrag gab, den sie über ihren Mann stellte. Am Ende zerbrach sie an der Einsamkeit und Sinnlosigkeit ihres Auftrags. Ich konnte dem verantwortlichen Sektenführer keine Mittäterschaft nachweisen. Das hat mich damals zerfleischt, weil die ganze Sippschaft einfach weitermachte."

„Und heute?"

„Ich bin drüber weg, weil ich Sektenbeauftragter der Regierung wurde."

„Daher kennst du dich so gut mit den Hintergründen des O'Donnell-Falls aus."

„O'Donnell wurde aus medizinischer Sicht für schizophren gehalten. Das ist Quatsch. Damit erlösen wir alle Verantwortlichen von ihrer Schuld. Brendan war nicht verrückt. Brendan hatte wie meine Frau einen Auftrag. Den hatte er sich allerdings selbst erteilt. Die Stimmen, die er nach seinen eigenen Angaben hörte, kamen von ihm, als ein Resultat innerer Vereinsamung. Die Selbstgespräche begannen früh, weil ihn schon als Kind niemand zu nehmen wusste und das zu seiner Vereinsamung beitrug. Ähnliches passierte mit meiner völlig gesunden Frau. Sie entzog sich dem regulären Leben, Familie, Freunde – alles weg. Nur die Stimme Gottes sprach zu ihr. Dafür lebte sie. Der Sektenführer hatte sie völlig unter Kontrolle und musste ihren Verfall erkannt haben. 1992 gab es noch keine aufwendigen Nachforschungen, wenn sich jemand umgebracht hatte. Der Guru wurde nie belangt."

Fey wusste von ähnlichen Vorfällen.

„Das ist auch ein Problem in Deutschland. Was glaubst du, hat Brendan O'Donnell veranlasst, eine Frau und ihr Kind zu töten?"

„Ein typisches Opferritual. Prototyp des religiösen Opfers ist das Lamm. Es ist schwach, unschuldig, lieblich, wehrlos und leicht zu schlachten. Die Inka-Priester schlachteten Menschen, um Gott zu gefallen. Kein Gott will Opfer, es sind die verdammten selbst ernannten Stellvertreter, denen die Schuld zufällt. Auch Sekten können nur bestehen, weil Gott nach dem Vorbild der Kirche nur über iridische Stellvertreter erreichbar sein soll, was natürlich völliger Blödsinn ist."

Trevor trank sein Bier aus, wischte sich den Schaum vom Mund und gab Fey einen Kuss auf die Wange. Ein zarter Kuss, aber lang. Über irische Gastfreundschaft stand bestimmt etwas Anderes im Reiseführer. Seit ihrer Ankunft fühlte sie sich gereizt, erst Trevor verstand es, sie von dieser Stimmung zu lösen. Fey ließ ihn gewähren, legte ihre Arme um ihn und küsste ihn, wie sie es sich schon beim Tanzen gewünscht hatte. Ihr plötzliches Freiheitsgefühl überrumpelte sie. Lag etwa dort das Geheimis der verdeckten, irischen Wirklichkeit, an die sie bei der Ankunft gedacht hatte? Die Unterdrückung durch die Engländer trug anscheinend heute Früchte der Freiheit, und die waren ziemlich ansteckend.

Sie sah sich um, blickte durchs milchige Fensterglas auf die Straße. Sie wollte nicht, dass Albers plötzlich in der Tür stand und sie in Trevors Arm lag.

„Kennst du das Motto unseres diesjährigen Art Festivals?", fragte Trevor.

„Weih mich ein", lächelte Fey und legte ihre Hand auf seine.

„*Tribes and Rites*, was soviel wie Stämme und Riten bedeutet."

Trevor strich ihr über die Wangen und erzählte ihr von einem Treffpunkt, wo sich gleich einige Leute versammeln würden, um zu einem Event zu fahren, ganz in der Nähe. Fey willigte ein, ihn dorthin zu begleiten, wollte aber vorher mit Hanno sprechen. Sie suchte Albers vergeblich in der Menge und fand ihn auch draußen beim Auto nicht, das nach ihrem Empfinden immer noch an der gleichen Stelle stand, an der sie ausgestiegen waren. Von der Grün war vom Erdboden verschwunden und Johnny war nicht in der Bar, wo sie ihn mit Sicherheit vermutet hatte. Sie griff zu ihrem Handy und wählte Carstensens Nummer. Kein Sendesignal. War ihr Handy beim Aufprall auf den Boden kaputtgegangen? Kein Albers, kein Kontakt zur Basis, die ungeliebten neuen Bekannten weg, nicht mal ihre Schwester konnte sie anrufen. Gut, dass sie wenigstens Trevor hatte, aber wo war der auf einmal hin?

Zurück in der Küche warf sie einen Blick auf die Koffer. Die standen noch neben dem Sideboard. Sie besuchte kurz die Toilette, zog ihre Lippen nach und ging hinaus, die Straße entlang nach Norden. Die Musik wurde leiser, links ging's hoch zur Community Hall und rechts ging's runter zum Hafen. Links hatte Trevor gesagt und tatsächlich standen einige Personen um zwei Kleinbusse herum. Es war nach 22 Uhr, mondhell, und sie hoffte, Trevor im Pulk der Leute zu finden. Auch Albers hätte sie dort gern getroffen.

* * *

MOUNTAIN BLUES

Sie hatte erwartet, dass Trevor in seiner jovialen Art aus der Gruppe der Personen hervortreten würde, um sie zu empfangen, aber niemand rührte sich und auch sonst machte niemand irgendwelche Anstalten, sie anzusprechen, was ihr sehr merkwürdig vorkam, denn bei Keane's im Pub hatten sie strahlend freundliche Gesichter willkommen geheißen. Sie stellte sich zwischen die beiden Gruppen und versuchte, etwas von den Gesprächen der Leute aufzufangen, aber ohne Erfolg. Sie sprachen einen unverständlichen Dialekt und was ihr völlig rätselhaft war, die Leute passten nicht in die dörfliche Gemeinde. Sie waren modern gekleidet, manche flippig, andere ganz in schwarz. Keine Situation zum Wohlfühlen, dachte sie und fasste instinktiv an ihre Hüfte, dort, wo sonst ihre Dienstwaffe steckte. Sie blickte die Straße entlang, in der Hoffnung, Trevors Silhouette würde um die Ecke biegen. Ihr Handy funktionierte immer noch nicht. Sie versuchte es an- und auszustellen, aber es gab keinen Empfang. Ein dunkelhaariger, junger Mann mit Hut, knielangem Mantel und Dreitagebart stand plötzlich neben ihr und bot ihr Hilfe an. „I'll do it for you", verstand sie und gab ihm zögerlich das Handy. In dem Moment erklang die Hupe eines der Busse und alle bewegten sich in die Fahrzeuge. Der Mann verschwand mit ihrem Handy, auf dem wichtige Kontaktdaten gespeichert waren und sicher auch einige SMS von Carstensen, die sie noch nicht gelesen hatte. Fey eilte dem Mann nach. Im Bus sah sie ihn neben einer auffällig weißhäutigen Frau mit ebenso weißen Haaren sitzen. Er gab Fey das Handy zurück, entschuldigte sich und zuckte mit den Achseln. „Kaputt", sagte er auf Deutsch und beachtete sie nicht weiter.

Das Ganze grenzte an einen bösen Spuk. Sie saß hinten auf der Rückbank. Der Fahrer, ein Dicker mit Glatze und

Lederjacke rauchte, was mit Sicherheit verboten war, aber niemanden störte.

Sie verließen das Dorf, vereinzelte Häuser tauchten aus dem bleichen Halbmondlicht auf und verschwanden schnell wieder. Die Straße war nicht kurvenreich, aber der Fahrer lenkte den Bus, als wären sie auf einer Achterbahn. Ab und an knallte es derbe. Das mussten Schlaglöcher sein.

Sie nahm sich ein Herz und fragte eine Frau vor ihr, wohin die Fahrt ginge. „Into the woods, darling. Back in time to smother the baby devil." Fey erschrak nicht so sehr darüber, wie herrisch die Antwort der Frau klang, sondern über ihr Aussehen. Die Augen tief eingefallen, grau umringt bis auf die Wangenknochen, ihre Lippen verschwanden völlig im Weiß ihrer matten Haut, Ohrringe aus Rubinen stachen aus ihren Haaren hervor, ihre Zähne waren schlecht, fast hätte Fey sich geekelt. Smother the baby devil, was konnte das bedeuten? Sie wusste die Übersetzung von smother nicht, aber nach der Art und Weise, wie die Frau den Satz gesagt und wie sie dabei ihre Augen aufgerissen hatte, konnte es nichts Gutes bedeuten. Der Teufel als Baby, darüber hatte sie noch nie nachgedacht. Was für eine abartige Vorstellung.

Ein feister Kerl stand plötzlich im Gang. Seine Haare standen wie elektrisiert von seinem Kopf ab. Er war ihr bereits vorher aufgefallen und sie hatte insgeheim gehofft, sie würde mit diesem Mann nicht in Berührung kommen, was sich allerdings gerade in einen Irrtum verwandelte. Er tastete sich von Sitz zu Sitz. Seine Augen waren weiß, keine Pupillen. War er blind? Er brüllte, schrie, jaulte mit einer gewaltigen Stimme und in einer völlig unverständlichen Sprache auf jeden ein, gestikulierte wie ein hyperaktiver Moderator eines TV-Verkaufssenders. Abwehrend hielten einige die Arme vors Gesicht, andere sanken tiefer in ihren Sitz. Fey dachte an Selbstverteidigung, aber hier im engen Bus würden ihr Künste versagen. Der Mann war ein Bully und walzte auf sie zu. Dass sich niemand von den anderen zu ihr umdrehte, jagte Panik in ihre Adern. Ihr schwand die Kontrolle. Sie bestand nur noch aus Abwehr, bis aufs Blut.

Sie glaubte sich in einer Welt zwischen Leben und Tod. So hatte sie sich den Übergang immer vorgestellt.

„And grandma", hauchte ihr das weißäugige Mammut entgegen, wobei sie ein Schwall weihrauchgetränkter Luft umfing, „grandma will eat the nicely marinated child of evil and in time to come the hellish heritage doth fade unwittingly and heaven, too." Fey erstarrte. Das blinde Monster leckte seine Lippen, als hätte es gerade selbst das Baby verspeist, das doch eigentlich ihr gebührte, so hatte sie ihn verstanden. Sie, Grandma, sollte das marinierte Teufelsbaby essen, soviel hatte sie verstanden, damit der Spuk zwischen Himmel und Hölle ein für alle Male ein Ende hatte.

Mammut, wie ihn manche nannten, behielt sie im Blickfeld, oder war sie es, die seine toten Augen nicht loslassen wollte? Er ging wieder zu seinem Platz nach vorne. Leise hörte sie ihn sagen: „Smart grandma, worth a shag."

Shag, erinnerte sich Fey, war ein unanständiges Wort, das die Jungs in der elften Klasse gebraucht hatten, um Mädchen anzumachen. Es bedeutete so viel wie „ficken". Verdammte Scheiße, wo war sie?

Draußen pure Halbmondnacht, aber nur zwischen den Wolken, die sich drängten, um den Vorhang dicht werden zu lassen. Wo war der andere Bus? Sie sah nach vorne und dann nach hinten durch die verdreckte Rückscheibe. Kein Bus. Der Fahrer hielt an, stieg aus und ging einige Meter. An der roten Glut seiner Zigarette konnte sie erkennen, dass er sie im Mund hielt. Er pinkelte. Dichter Wald umhüllte sie, wilder Wald mit riesigen Felsen, moosbedeckt, vom Sturm gefällte Fichten. Eine dickbäuchige Eiche protzte mit Trotz. Täuschte sie sich, oder hingen dort oben an den Ästen der Eiche Töpfe aus Blech, Pfannen, Kochlöffel, überall Kochlöffel, eine Panflöte und jede Menge leere Dosen?

Die Glatze des Fahrers war nicht zu übersehen. Er stieg ein und als er losfuhr, sah sie ein Schild an einen Baumstamm genagelt. Darauf stand ›Cauldron‹ mit einem Pfeil nach rechts. Sie fuhren also zu einem Ort mit dem Namen Cauldron. Das beruhigte sie, obwohl das Schild nicht aussah wie ein normales Straßenschild. Irgendwann musste diese Höllenfahrt ja mal ein Ende nehmen.

* * *

CAULDRON

Fey war froh, dass der Fahrer tatsächlich nach einer Minute rechts abbog. Kurze Zeit später hielt er. Alle im Bus kramten ihre Sachen zusammen, stiegen aus und verschwanden nach und nach im Dunkel der Nacht. Der Mond schlich hinter einem dichten Wolkenband vorbei, als wartete er auf den richtigen Moment, ins volle Licht zu treten. Der Fahrer zerquetschte seinen Zigarettenstummel auf einem Stein, verschloss den Bus und beschritt einen Trampelpfad, der tiefer in die Dunkelheit führte. Fey spürte, wie ihre Knie weich wurden und sie hektisch nach einer Lösung suchte. Sie rief „Hallo", aber wollte sie wirklich, dass der Eierkopf zu ihr zurückkehrte? Sie knöpfte ihren Cardigan bis oben zu, verschränkte die Arme und ging um den Bus herum. Etwas streifte ihr Ohr. Sie fühlte danach, weil es sanft war wie der Kragen eines Fellmantels. Als sie realisierte, dass es der Schwanz eines toten Eichhörnchens war, das vom Baum herunterhing, wich sie zurück. Ein kalter Schauer fröstelte über ihren Rücken. Seitlich an einem dicken Ast hing ein schwarzer Topf. Ihre Augen gewöhnten sich langsam an die Finsternis, nur der Boden saugte alles Licht auf, sodass sie meinte, jeden Moment einzubrechen. Sie ging zum Topf und schaute hinein. In einer glibberigen Masse saß eine Unke und tauchte unter, als sie sich bewegte. Dann plötzlich Hundegebell, nein, die Hunde jaulten, knurrten, als feilschten sie um den besten Happen. Das Geheule drang bis auf ihre Knochen. Dann Rascheln, Äste brachen. Die Hunde rannten auf sie zu, japsten und schossen an ihr vorbei wie eine hetzende Meute gierig nach Blut. Fey beruhigte sich und begann wieder zu atmen.

In der Ferne zitterte ein winziges Licht durch das windige Laub. Sie machte ein paar Schritte darauf zu. Eine Fackel leuchtete auf, dann eine zweite, eine dritte. Weitere Feuer kamen hinzu, bis ein Kreis zu erkennen war. Es war immer heller geworden, aber keine Spur von einer Menschenseele. Sie ging den Trampelpfad entlang, den auch die anderen genommen hatten, schob einen Ast beiseite und erblickte einen großen Stein inmitten des Fackelkreises. Ein Opferstein, kam es ihr sofort in den Sinn. Die Inkas brachten Menschenopfer und die Iren, falls es überhaupt welche waren, die hier im Nichts der Dunkelheit verschwunden waren, was hatten die vor? Brendan O'Donnell fiel ihr ein. Er opferte eine Mutter und ihr Kind. Sie war im Moment froh, keine Mutter zu sein. Eigentlich war sie auch zu alt für eine Opfergabe. Da nahm man doch besser junge Frauen. So angsterfüllt sie die Situation wahrnahm, so sehr wunderte sie sich über ihre makabre Komik. Trevor hatte sie zwar im Sturm erobert, aber nun schien es ihr, als hätte er sie reingelegt.

Das Licht machte ihr Mut, aber es war verdächtig ruhig. Eine schwarze Katze suchte sich ihren Weg zum Opferstein, sprang hinauf und fand dort einen Fisch. Sie spielte damit. Fey war im Schutz der Sträucher auf etwa zwanzig Meter an eine der Fackeln herangekommen und bemerkte, dass der Fisch nicht tot war. Er zappelte und als die Katze erneut mit ihrer Pfote ausholte, entschwand der Fisch nach oben in die Luft. Scheiß Spuk, dachte sie, aber konnte man eine Katze so trainieren? Oder einen Fisch? Was dann allerdings geschah, grenzte an eine Begegnung mit der Unterwelt. Männer in Mönchskutten traten aus der Finsternis hervor, schleppten Äste und entzündeten kurz darauf ein Feuer auf dem Opferstein, das bald hell flammte. Die Bewegungen der Mönche kamen ihr bekannt vor. Das waren junge Männer, so wie die im Bus. Sie wurde mutiger und fragte sich, wo Mammut Weißauge blieb. Der stand aber bereits hinter ihr und hatte seine beiden Hände um jeweils einen schmalen Baum geschlungen, als wäre er dort gekreuzigt worden. „Grandma's welcome is due to be celebrated", schallte es mehr als sie sich je gewünscht hätte durch den Wald. Sie war stocksteif und kreidebleich, als Mammut sie anfassen wollte, aber dann doch nur um ihre Hand bat. „Breathe, grandma, breathe", empfahl Mammut und ging vor ihr her, die letzten Meter des Pfades hinunter, bis sie die Flammenlichtung betraten.

Feierlich erklangen Posaunen, Flöten und Harfen, als zehn in weiße Kutten gekleidete Frauen mit wallend weißem Haar eine Schlachtbank herbeitrugen und sie abseits des Opfersteines abstellten. Wölfe heulten, der Ruf eines Uhus, Krähen. Die Nonnen knieten nieder und ein Engel trat hervor, im Gepäck zwischen seinen Flügeln ein zu einem Sack geformtes Tuch, aus dem etwas heraustropfte. Fey wollte zu Mammut aufsehen, doch der kniete neben ihr, seiner Andacht verfallen. Die Flüssigkeit hinterließ rote Spuren auf dem weißen Kleid des Engels, der ihnen zugewandt das triefende Tuch auf die Schlachtbank legte. Beim Öffnen drehte er es so, dass jeder Zipfel in eine der vier Himmelrichtung zeigte und nahm dann mit beiden Händen das in der Mitte liegende blutrote Etwas und hob es hoch über sich. Alle sahen nun, dass es ein Herz war.

Fey spürte, wie ihre Angst allmählich einer neugierigen Spannung wich. Ein in eine schwarze Kutte gekleideter Mann mit einer Kapuze über dem Kopf schritt unter schrillem Trompetengetöse herbei. Er trug eine blinkende Klinge vor sich her. Der Engel trat zur Seite und der Henker hob das lange Messer und zerschnitt das Herz in vier Teile. Die zehn Nonnen, die erst still zugesehen hatten, schrien auf, als das Herz zerteilt wurde. Sie heulten, jammerten, stießen krächzende Laute aus, während eine nach der anderen tanzend zu Boden ging und sie sich dort wanden wie Schlangen. Die Trompeten erloschen. Der Henker ordnete die vier Herzstücke den vier Himmelsrichtungen zu und verließ die Szene.

Als Fey neben sich schaute, war Mammut weg. Und als sie wieder aufschaute, stand er, eine lange Peitsche schwingend, inmitten der am Boden kreuchenden Nonnen. Er befahl ihnen aufzustehen und deutete mit Peitschenhieben auf einen schwarzen Topf hin, der, ohne dass Fey es bemerkt hatte, nun über dem Feuer des Opfersteines hing. Die Nonnen erhoben sich, machten eine Verneigung vor dem zerteilten Herzen und begannen mit dem Kochen von Suppe. Aus silbernen Kannen gossen sie Wasser in den schwarzen Topf, Kräuterschalen wurden herbeigetragen, Gewürze eingestreut und mit einem überdimensionalen Kochlöffel umgerührt.

Eine dünne Suppe, so ohne Einlage, dachte Fey, wurde aber dann von einem donnerartigen Trommelwirbel abgelenkt. Die Nonnen stellten sich der Reihe nach an die Schlachtbank, dann Totenstille. Angeführt von Mammut traten bewaffnete Männer aus der Nacht hervor, über ihren Schultern Teile von erlegtem Wild: Hirschkeulen, Hasen, gerupfte Vögel, Wildschweinhaxen, Rehrücken. Die Jäger warfen ihre Beute vor die mit Messern ausgerüsteten Nonnen, die sich unter Mammuts strenger Aufsicht schluchzend und weinend an die Arbeit machten, die delikaten Stücke herauszulösen. Als das geschehen war, verteilte Mammut Bündel von Bindfäden an seine Sklavinnen, die fauchend ihre gekrümmten Finger gegen ihn erhoben, als er an ihnen vorbeischritt. „The baby devil!", kommandierte er und ließ die Peitsche knallen.

Die Nonnen rollten die Fleischstücke, formten sie mal dicker, mal dünner zu runden Teilen und schnürten sie mit den Bindfäden fest zusammen. Fey wollte nicht glauben, was sie sah, aber es hatte ganz den Anschein, dass dort ein menschlicher Körper entstand: Arme, Rumpf, Beine, Kopf. Die Form eines Babys. Ihr Magen meldete sich, Übelkeit stieg auf. Die Nonnen stoben kreischend auseinander, als Mammut ihre Stelle an der Schlachtbank einnahm. Er sammelte die vier Teile des Herzens ein und quetschte sie in die Mitte des Rumpfes. Dann begann er, den fleischigen Körper mit weißem Tuch zu umbinden. Er verstand sein Handwerk, sodass dort nun ein eingewickeltes Baby lag.

Von neugieriger Spannung konnte bei Fey keine Rede mehr sein. Sie musste würgen und wollte sich gerade abwenden, da hörte sie einen mächtigen Ruf: „Grandma! Your turn!" Man meinte nicht sie, oder? Fey sah sich um. Doch! Alle Augen waren auf sie gerichtet. Weglaufen? Keine Chance. Wohin in der Dunkelheit? Sie drehte sich zum Wald um. Aus allen Richtungen schrie es „Grandma". Ihr Angstpegel schoss bis in ihren Hals, der sich sofort zuschnürte. Sie wäre jeden Moment erstarrt, wenn da nicht plötzlich Trevor gestanden hätte, oder bildete sie sich das nur ein? Sie sah nur seinen schattigen Kopf, aber ja, seine Augen verrieten ihr, dass er es war. Er trat näher und hielt dabei einen roten Umhang vor sich, der offensichtlich für sie bestimmt war.

Trevor bewegte sich galant um sie herum, legte ihr den schweren Samtmantel über die Schultern und schloss die goldene Schnalle vor ihrer Brust. Als er seinen Rücken der Lichtung zukehrte, lächelte er sie an und nickte. Die Grandma-Rufe wurden lauter. Fey sah keinen Ausweg, als sich Trevor erneut anzuvertrauen. Er bot ihr seine Hand zum Geleit und führte sie an die Schlachtbank, die nun ihr ganz allein gehörte. Fellstücke lagen auf blutverschmiertem Untergrund. Das Baby, sie konnte nicht hinsehen. Die Nonnen standen im Halbkreis vor ihr und keiften sie an.

Mammuts Stimme dröhnte durch Lautsprecher, die sie erst jetzt bemerkte: „Grandma must kill the baby devil."

Trevor, in der Gestalt eines keltischen Sippenführers, erhob einen mit goldenen Ringen beschlagenen Stab und überreichte Fey einen Dolch. Sie erschrak, stolperte einige Schritte rückwärts, trat auf einen Stein und fiel hin. Trevor half ihr hoch und flüsterte: „Stich nur einmal zu, symbolisch, bitte!" Fey ließ sich hochziehen und behielt Trevors Hand in der ihren. Sie nahm den Dolch. Trommelwirbel. Trevor bewegte kaum seine Lippen: „Hoch den Dolch, mit beiden Händen, und dann zustechen."

Fey mochte nicht auf den aus Fleischstücken zusammengeflickten Babykörper blicken. Sie fasste allen Mut zusammen, erhob den Dolch, wie es Macbeth nicht hätte besser machen können, und stach durch das Tuch in den Torso der Puppe. Die Nonnen heulten auf und warfen sich auf den Boden. Fey zog den Dolch heraus und legte ihn auf die Schlachtbank. Der Engel betrat die Szene, aber diesmal ohne Flügel. Er kam auf Fey zu, verneigte sich und nahm Baby Devil in seine Arme. Harfenklänge begleiteten ihn auf seinem Gang zum Suppentopf, in den er Baby Devil unter tosendem Beifall langsam versenkte.

Fey war hingerissen von der Echtheit der schauspielerischen Leistung und ihrer eigenen Involvierung in die letzte Szene. Sie hatte Wirklichkeit und Spiel nie trennen können.

Die Schauspieler entledigten sich ihrer Verkleidung.

Mammut prostete ihr aus der Ferne mit einer Flasche Bier zu und dann war da natürlich Trevor, der ihr Rede und Antwort schuldig war. Wie schon vor der Hinfahrt gesellten sich die jungen Schauspieler in Gruppen zusammen, rauchten und unterhielten sich. Trevor bat Fey um Geduld, was sie nicht verstand. Hörte hier denn das Kuriose nie auf? Tatsächlich sonderten sich einige Schauspieler ab, saßen allein, wanderten umher oder sangen leise vor sich hin. Auch Trevor machte keine Anstalten, sich endlich um sie zu kümmern. Er bat sie lediglich erneut um Geduld.

Seit über einer Stunde saß sie nun schon in der Nähe des Opfersteins und ließ sich von dessen Feuer wärmen. Dann wurde es rege. Tischdecken wurden über die Schlachtbank geworfen und Stühle herbeigeschleppt. Der eierköpfige Busfahrer deckte mit anderen den Tisch und schmeckte zwischendurch die Suppe ab. Mit dem großen Kochlöffel wurde Baby Devil aus dem Topf gefischt, von seinen Bindfäden befreit, entkleidet und in appetitlichen Häppchen serviert. Fey nahm sich einen Teller vom Tisch, wollte aber auf keinen Fall eines der Fleischhäppchen essen. Als sie an der Reihe war, vom Busfahrer bedient zu werden, nickte sie auf seinen fragenden Blick. Zurück am Tisch, dachte sie daran, nur die Suppe zu löffeln, aber dann fand sie es feige, denn sie hatte mitgemacht, hatte Baby Devil sogar ermordet. Sie nahm ein Fleischstück auf den Löffel, doch es fehlte ihr der Mut. Sie riss sich zusammen und sagte sich: „Ich bin Hauptkommissarin Fey Amber und ich kann Suppe essen, eine ganz normale Suppe."

Die Suppe schmeckte vorzüglich, auch wenn sie zwischendurch bei jedem Fleischstück das Gefühl hatte, würgen zu müssen. Sie aß mit Beherrschung ihren Teller leer.

Trevor setzte sich zu ihr.

„Hat dir die Suppe geschmeckt?"

„Das Rezept musst du mir verraten", lächelte sie. „Sag mal, wie kommt ihr eigentlich auf ›Grandma‹? Seh ich wirklich so alt aus?"

„Du bist wunderhübsch. Ich kann es dir nicht sagen. Die Schauspieler kommen aus Belfast und Dublin. Die sind nicht gerade zimperlich. Einer von denen muss sich das ausgedacht haben. Ich finde, du hast das toll gemacht. Siehst du übrigens das Pärchen dort drüben. Das sind unsere Kameraleute. Heute Nacht war Generalprobe. Wir drehen einen Film. Die Schauspielerin, die normalerweise deine Rolle spielt, war krank. Da haben wir uns den Scherz mit dir erlaubt."

„Ihr seid von allen guten Geistern verlassen."

„Das kannst du laut sagen, aber ob das auch stimmt? Hast du vor dem Essen das Verhalten einiger Schauspieler bemerkt, als ich dich um Geduld bat?"

„Die waren irgendwie in sich gekehrt, als ob sie meditierten."

„So ist es. Das war ihre Form von Gebet."

„Wieso? Was gab es denn zu beten?"

„Als Schauspieler setzt du dich mit deiner Rolle auseinander. Einige fanden einen persönlichen Bezug zum Thema Hölle, Teufel, Himmel. Sie leben ihre persönliche Geschichte hier aus. Insofern ist das Theater, das wir aufführen, nicht nur Theater, sondern ein Stück Wirklichkeit. A play within the play."

„Sie essen den Teufel, um ihn tatsächlich zu vernichten?", fragte Fey ungläubig.

„Wenn du so möchtest. Symbolisch, für ihr gesundes Seelenheil."

Sie erinnerte sich an Trevors Worte über seine Frau und ihr Schicksal. Auch sie hatte sich aus der Wirklichkeit reißen lassen, eine ganz normale Frau.

„Was ist deine persönliche Geschichte? Du warst auch nicht zu sprechen vor dem Essen."

„Da muss ich passen, meine liebe Fey. Eine ganz persönliche Story gibt es nicht. Mein berufliches Ziel ist es, die Sektenbosse zur Strecke zu bringen und wenn's sein muss als Suppenbeilage. Ich habe mich vorhin nicht um dich gekümmert, weil ich mich an meine Frau erinnert gefühlt habe und da wollte ich nicht mit dir zusammen sein. Jetzt bin ich frei und zu allen Schandtaten bereit."

„Langsam, mein stürmischer Ire, so einfach mach ich es dir nicht. Könnte es sein, dass du und Hanno Albers die ganze Sache abgesprochen habt, so wie du ja auch die Schauspieler und diesen fetten Oberschlachtmeister mit den weißen Augen eingeweiht hast? Mammut hat mich verdammt viele Nerven gekostet und ›Grandma‹ werde ich ihm nicht verzeihen."

Trevor versuchte, ihre Frage zu überspielen.

„Na ja, hinter der Bühne hab ich natürlich meine Fäden gezogen, aber jetzt hätte ich da noch eine schöne Überraschung für dich. Ich würde dich gerne zu einem Besuch einladen."

Fey sah auf die Uhr. Es war nach Mitternacht. Sie war erschöpft. Morgen stand ihr ein anstrengender Tag bevor.

„Ich sag das nicht gerne, aber ich würde lieber zurück ins Dorf. Dieser von der Grün erwartet uns in seinem Haus am See."

Trevor schien das nicht sonderlich zu stören.

„Mach dir keine Sorgen. Ich spreche kurz mit Johnny, eurem Taxifahrer." Trevor holte sein Handy aus der Hosentasche. „Der wird den anderen Bescheid geben, dass du erst morgen früh eintrudelst." Fey machte große Augen.

„Wie? Wir bleiben über Nacht?"

„Es soll doch eine Überraschung sein."

Sie verstand nicht ganz. Trevor sah ihre Verunsicherung.

„Ich möchte dich einladen, die Nacht mit mir an einem besonderen Ort zu verbringen. Du bist seit Langem die erste Frau, für die ich mich interessiere und ich könnte mir vorstellen, dass auch du den Abend gerne mit einem Glas Wein am Kaminfeuer beenden möchtest."

Fey fühlte sich geschmeichelt, bestand aber darauf, vorher mit Albers zu sprechen. Trevor zögerte, was Fey aber nicht bemerkte, da ihr einfiel, dass ihr Handy nicht funktionierte und sie seine Nummer nicht auswendig wusste. „Kannst du Johnny fragen, ob er weiß, wo Hanno steckt?" Trevor willigte ein und sprach mit Johnny und hielt dann das Handy an Feys Ohr. Sie wusste gleich, was los war. Johnny war sturzbetrunken und das Taxi zum Haus am See war somit gestrichen. Lief in diesem Land denn gar nichts nach Plan? Sie ärgerte sich, aber eigentlich hatte sie dazu keinen Grund, denn Trevor hatte ihr ein verlockendes Angebot gemacht.

* * *

CREGG HOUSE

Trevor nahm ihre Hand, als sie den engen Pfad entlanggingen. Sie war froh, als er sie bat, in seinen Wagen einzusteigen. Auf eine weitere Busfahrt mit der Schauspieltruppe verzichtete sie gerne. Trevor gab sich als Gentleman. Er hielt ihr die Tür seines Wagens auf und erzählte komische Geschichten über Johnny, der tatsächlich als Taxifahrer sein Geld verdiente und erst seit Kurzem seinen 85er Toyota Starlet gegen einen „modernen“ 92er Micra ausgetauscht hatte.

Sie fuhren über die holprige Waldstraße, die mit Schlaglöchern übersät war. Trevor lenkte Achterbahn. Fey half ihm, die Löcher auf der mondbeschienenen Straße ausfindig zu machen, was beiden einen ziemlichen Spaß bereitete. Sie hatte mittlerweile die Orientierung verloren. Die ersten Häuser von Mountshannon mussten bald links und rechts aus der Dunkelheit auftauchen. Sie befanden sich seit wenigen Minuten auf einer asphaltierten Straße. Fey sah Trevor an. Er war still geworden und bremste nun ohne ersichtlichen Grund.

„Wo fährst du hin?“, fragte sie in Sorge, es könnte mal wieder anders kommen als erwartet.

„Ich glaube, hier ist es. Einen Moment.“

Er bog scharf rechts ab. Für Fey sah es so aus, als führe er mitten in ein Feld. Einige Meter weiter und das Scheinwerferlicht strahlte ein Stahlgittertor an, dessen Scharniere links und rechts in gemauerten Steinpfeilern verankert waren. Sie las die Inschrift auf den Pfeilern: Cregg House. Schlagartig zuckte ein Vibrieren durch ihren Körper, obwohl ihr erst Sekunden später klar wurde, woher sie den Namen kannte. Erst am frühen Nachmittag hatte sie ihn mehrfach gelesen. Die Akte O'Donnell geisterte vor ihren Augen und schoss Panik in ihre Glieder.

„Ich will hier weg. Ich möchte da nicht rein.“ Sie fasste an ihre Beifahrertür. Trevor war bereits im Begriff auszusteigen, um das Gittertor zu öffnen. In solch kritischen Momenten hatte sie gelernt, sich nicht den Umständen zu unterwerfen. Wenn es wirklich darauf ankam, konnte sie Courage zeigen. Sie wollte sich nicht schon wieder in eine irische Falle locken lassen, und so schien es ihr das Beste, den Zündschlüssel abzuziehen und ihn möglichst weit ins angrenzende Feld zu werfen. Das würde Trevors Pläne durchkreuzen. Ohne Auto war er in dieser einsamen Gegend aufgeschmissen. Sie musste ihm deutlich machen, dass sie durchaus in der Lage war, eigene Entscheidungen zu treffen, auch wenn die nicht unbedingt logisch waren, so demonstrierten sie doch ihre Entschlossenheit. Sie zögerte nicht und tat genau das, was ihr ratsam erschien. Trevor öffnete das Vorhängeschloss am Tor und zog die Kette ab. Es quietschte, als er die beiden Flügel aufschob. Das Standlicht blendete ihn, als er zurückkam.

„Warum hast du den Wagen ausgestellt? Seid ihr Deutsche so auf Sparen getrimmt?“ Trevor lächelte und hielt ihr seine geöffnete Hand hin. Fey sah stur geradeaus.

„Den Schlüssel, my lady, wenn ich bitten darf.“

„Dort im Feld. Dumm gelaufen. Ich hatte mich klar ausgedrückt. Ich will da nicht rein.“ Sie fand ihre Worte sehr mutig, denn eigentlich war sie ihm hoffnungslos ausgeliefert. Sie hatte komplett die Orientierung verloren. Er hätte sie verschleppen können, wie O'Donnell seine Opfer hier in den nahen Wald verschleppt hatte.

„Okay“, nickte Trevor und zeigte auf ein schmales, aber hohes Giebelhaus, das seine Schatten durch die mondhelle Nacht warf. „Wenn du partout nicht dort oben in deinem Zimmer am offenen Kaminfeuer einschlafen und unten mit mir am gemütlichen Kachelofen ein Glas Wein trinken möchtest, vielleicht auch mal zur Toilette gehen oder ein Bad nehmen möchtest, oder von mir einen Kuss haben möchtest, dann laufen wir jetzt zu Keane's in die Bar und du kannst sehen, wo du bleibst.“

Der Schlüssel war weg und sie hätte sich mit der Konsequenz abgefunden, im Auto auf den Morgen zu warten, aber nun winkte dort in diesem verruchten Cregg

House, in dem O'Donnell als Kind gelebt hatte und in dem er später Unterschlupf fand, ein romantischer Ausklang dieses verrückten Tages. Sie war fertig mit den Nerven und Trevor hatte ihr keine Szene wegen des Schlüssels gemacht.

„Trevor, was ist hier los? Ich kann nicht mehr. Bitte keinen eurer irischen Scherze mehr. Die sind nicht lustig. Ich will nur meine Ruhe."

„Das gefällt mir schon besser, Mrs O'Donnell. Ich werde dich heute nicht mehr zu einem Rollenspiel animieren. Ab jetzt kannst du dich ganz auf mich verlassen, alles echt. Ich werde dein Kavalier sein, und wenn du es wünschst auch dein Butler, dein Fußkitzler, dein Koch oder dein Wächter am offenen Kamin deines Schlafzimmers. Verfüge über mich. Ich habe nur eine letzte Bitte."

Fey ließ die Schultern hängen und musste die Augen kurz schließen. Sie war es leid. „Ich wusste, dass du es nicht lassen kannst. Was denn noch?"

„Einen Kuss und zwar jetzt sofort."

* * *

FRÜHSTÜCK

Trevor hatte ihr nicht zuviel versprochen. Das Haus war über mehrere Jahre renoviert worden und wurde als Ferienhaus vermietet. Trevor hatte es für diese Nacht gebucht und Johnny hatte alles so hergerichtet, dass es einer Frau gefallen könnte. Johnny hatte aber keine Ahnung, wie sich eine Frau ihren Empfang wünscht und so gab es ein paar Misslichkeiten. Er hatte Kuchen serviert und Kaffee in einer Warmhaltekanne auf den Tisch gestellt. Das war nachmittags um drei gewesen. Im Bad hatte er Kerzen angezündet, die mittlerweile fast vollständig heruntergebrannt waren. Unter das Kopfkissen in Feys Schlafzimmer hatte er eine Handvoll Kondome deponiert, der Rotwein stand im Kühlschrank und in den Bademantel für Fey hatte er ein Achselspray gesteckt. Johnny hatte es gut gemeint, sehr gut gemeint, er hatte Körbe mit Feuerholz an den Kachelofen gestellt, aber anstatt den anzumachen, hatte er oben im offenen Kamin ihres Schlafzimmers ordentlich Feuer geschürt, was natürlich nach Stunden erloschen war.

Zu später Nachtstunde den Kachelofen zu heizen, das machte keinen Sinn mehr und so entschlossen sie sich, oben im Schlafzimmer den Kamin anzufachen. Dort wurde auch der Rotwein schnell warm und das Bett blieb auch nicht lange kühl. Trevor hatte eben einen Charme, den es nicht oft gab und Fey hätte sich ihr Leben lang Vorwürfe gemacht, ihn von der Bettkante gestoßen zu haben.

Als sie aufwachte, brachte ihr ein nackter Trevor das Frühstück ans Bett. Frische Brötchen, ganz frisch aufgebacken, und heißen Zitronentee mit Honig. Und Johnny hatte sogar an die Weintrauben gedacht, auch wenn Trevor sie im Eisfach des Kühlschranks fand. Johnny war eine gute Seele, aber Obst würde er nie anrühren und deshalb wusste er auch nicht, wie man die Früchte für eine romantische Begegnung vorbereitete. Sie saßen beide im Bett und wussten, was der andere dachte. Sie lebten eine wunderbare Bekanntschaft und vielleicht würden sie sich sogar lieben können. Trevor fütterte sie mit Weintrauben, damit sie nichts sagte. Nach einer Weile stand sie auf und ging zur Toilette, während Trevor neben sich griff, das Handy vom Stuhl nahm und Johnny anrief. Sie hörte ihn reden. Ihr romantisches Rendezvous war vorbei und das tat weh. Sie musste jetzt stark sein.

Trevor war aufgestanden, um sich anzuziehen und sie musste sich ablenken, und das ging am besten, wenn sie an ihre Arbeit dachte.

„Trevor, am Sonntag wird in Münster in vielen Gemeinden das Fest der Erstkommunion gefeiert. Hanno denkt, dass der Mörder dort zum dritten Mal zuschlagen wird. Fällt dir dazu etwas ein?"

Sie sah durch den Türspalt, wie Trevor sich das Hemd zuknöpfte.

„O'Donnell steigerte sich in eine Euphorie, was seine Handlungen zwanghaft machte, und genau dadurch wird der Täter sich verraten."

„Aber wo müssen wir suchen?"

„Beim Euphorischen."

Das klang, als hätte Albers es gesagt. Sie waren wieder bei einer Geschichte angelangt. Sie putzte sich die Zähne und nuschelte.

„Kann's auch ein bisschen genauer sein?" Trevor ging gerade die Treppe hinunter und rief ihr die Antwort hoch.

„Was machst du, wenn du euphorisch bist?"

„Ich möchte das Gefühl weiterleben", rief sie.

„Genau! Und nun komm. Ich möchte noch einmal unter deinen Rock greifen."

Fey sah in den Spiegel. Sie wünschte, es würde nie aufhören, zog sich an und ließ sich unten von ihm in die Arme nehmen. Sie musste endlich ihre Gefühle für ihn loslassen. Es war, wie von Klippen zu springen. Ein Schlussstrich musste her. Komm zur Sache, Mädchen, sagte sie sich im Stillen.

„Du könntest recht haben. Tatsächlich hat der Täter beim zweiten Anschlag sein Ziel verfehlt. Alle überlebten, obwohl ich das im Falle des Pfarrers Buttgereit nicht sicher weiß."

„Seine Euphorie wird ihn zu sehr ablenken. Sie ist ein markantes Zeichen seiner Handlungen. Daran könnt ihr ihn erkennen. Er wird übertreiben und Fehler machen. Etwas läuft nicht rund, ist kaputt, kommt nicht an, bleibt liegen, stinkt oder sieht doof aus. Achte auf die Details, und keine Angst vor der eigenen Fantasie. Sektenverdrehte denken anders.“

Johnnys klägliche Hupe heulte auf, weil ihm ein Auto die Auffahrt am Tor versperrte.

* * *

DAS HAUS AM SEE

Trevor ging nach draußen und fuhr den Wagen auf den Hof. Johnny fuhr hinterher. Fey stand in der Tür zum Garten und warf Trevor ein bissiges Katzengesicht entgegen.

„Du hattest einen Zweitschlüssel! Du bist ein elender Mistkerl!“, fauchte sie und ließ sich von Johnny, der immer noch oder wieder seine Bermudashorts trug, mit einer erdrückenden Umarmung begrüßen. Johnny strahlte. Vermutlich dachte er, wie gut seine verführerischen Köder gewirkt hatten.

Johnny machte sich ans Aufräumen und Fey und Trevor fuhren zum Haus am See. Sie schwiegen, denn gleich hieß es, Abschied zu nehmen. Fey war aufgewühlt. Sie wollte ihn nicht gehen lassen, aber es war ja sie, die ging. Er könnte sagen, dass sie bleiben solle, nur so. Das würde sie trösten. Liebesfilme lebten von verborgenen Gefühlen. Aber das war nicht ihr Ding, deswegen sah sie lieber Krimis, auch wenn die meistens haarsträubend unrealistisch waren. Sollte sie warten? Waren es nicht immer die Frauen, die warteten? Sie wollte keinem Klischee entsprechen und als sie kurz davor war, sich zu einem Geständnis ihrer Gefühle durchzuringen, hielt Trevor, denn sie waren angekommen.

Fey stieg aus und hätte sich am liebsten geschüttelt, wie die Enten, von denen Albers gesprochen hatte, aber sich jetzt zu schütteln, um ihren Frust loszuwerden, wäre dann doch albern gewesen. Sie hoffte, Albers käme um die Ecke und würde sie ablenken. Trevor war im Wagen sitzen geblieben. Er stellte das Radio an und das gälische Auswandererlied, das Johnny ihr auf der Hinreise nach Mountshannon vorgesungen hatte, erklang. Dann fuhr Trevor langsam los. Die Musik wurde leiser. Sie wischte ihre Tränen weg, aber es kamen neue und die fielen still auf die sich in der aufgehenden Sonne öffnenden Gänseblümchen.

Kein Staatsempfang, dachte sie, trocknete ihre Wangen und klopfte an die Haustür. Sie hätte mit allem gerechnet, nur nicht damit. Eine junge Frau, kaum zwanzig, mit aufreizendem Dekolleté und auf unglaublich hohen Absätzen öffnete ihr, stellte sich mit Michelle vor und bat sie freundlichst einzutreten. Sie nahm Feys Koffer und stellte ihn zu dem Koffer, der ihr sehr bekannt vorkam. Albers war also da.

Es gab viel zwischen ihr und ihm zu bereden. Albers tat unbekümmert, als Fey das Wohnzimmer betrat und ihn begrüßte. Als hätten sie sich nicht aus den Augen verloren, fragte er: „Wie hast du geschlafen?“ Er wartete nicht wirklich auf ihre Antwort. „Heute kommt es darauf an, ob wir unsere irische Lektion gelernt haben. Hast du Lust auf einen Kaffee?“

Fey gab sich selbstsicher und fand es auf einmal okay, sich nicht gegenseitig auszufragen. Es hätten ja auch komplizierte Wahrheiten dabei herauskommen können. Sie hätte ihm sowieso nicht alles erzählt. Von nun an ging es allein um den Grund ihrer Dienstreise. Sie setzte sich in einen verschlissenen Ledersessel, von dem sie eine fantastische Aussicht auf den See hatte.

„Ja, ein Kaffee wäre schön. Juckt es dir nicht in den Fingern, mal schnell die Angel auszuwerfen?“

„Die Maifliegen sind spät dieses Jahr. Ich schlage vor, dass wir ein Brainstorming machen und uns daraufhin für ein Konzept entscheiden, das wir dann auch durchhalten. Es sei denn, Münster hätte gravierende Neuigkeiten für uns.“

„Wann willst du los zum Flughafen?“

„Ich habe für uns die Maschine um 15:30 Uhr nach Düsseldorf gebucht.“

Albers sah auf die Uhr, stand auf und ging zur Küche.

„Jetzt ist es 11:15 Uhr. Wir können uns während der Autofahrt besprechen und im Flugzeug kannst du deinen Bericht schreiben. Ist das okay?“

Sie nickte ihm flüchtig zu. Albers stand im Türrahmen, steckte seinen Kopf in die Küche und sagte: „Macht ihr uns einen Kaffee und legt etwas Gebäck dazu?“

Fey wurde hellhörig. Offenbar waren dort mehr als eine Person in der Küche. Eine andere Tür öffnete sich, und herein trat von der Grün, dessen Haare wild um seinen Kopf gewickelt waren und der wohl besser erst das Badezimmer aufgesucht hätte.

„Einen wunderschönen guten Morgen, die Herrschaften", entschlüpfte es seiner rauen Kehle. Er rieb sich seine roten Augen, streckte seine Arme zur Seite, beugte sich in seinem gestreiften Schlafanzug nach vorne und atmete tief durch. „Kein Königreich würde ich dafür tauschen", sagte er stolz, erhob sich und zeigte auf den See. Dann drehte er sich zu Albers um und fragte: „Machen die Kaffee?" Albers nickte. „Mädels, macht eine ganze Kanne voll!", rief von der Grün zur Küche gewandt und ließ sich aufs Sofa gleiten. „Mich hat's gestern erwischt, Jungs, ich bin erledigt."

Von der Grün grunzte, als wollte er seinen Rausch angemessen kommentieren. Was er allerdings über die Aussicht auf den See gesagt hatte, konnte sie nachvollziehen. Die Berge am anderen Ufer spiegelten sich auf der glatten Oberfläche des Wassers. Ein Fluchtturm aus der Wikingerzeit ragte auf einer Insel aus den Nebelbänken in die Höhe. Vom Haus aus führte ein Weg gesäumt von Fuchsienbüschen zu einem Steg, an dem Boote lagen.

Die Tür zur Küche wurde weit geöffnet und zwei adrette junge Damen klapperten auf ihren hohen Absätzen herein. Michelle hatte sich Fey bereits bei der Ankunft vorgestellt. Tatjana hieß die zweite. Sie trug eine durchsichtige schwarze Bluse und einen auffällig pinkfarbenen Wetlookrock zu einem Paar Stilettos. Fey war gewiss nicht prüde, aber diese Damen waren overdressed. Hier ging es nicht allein um Sex-Appeal. Tatjana und Michelle servierten die Tassen und stellten eine Schale mit Plätzchen auf den Tisch. Von der Grün machte kein Auge auf, während Albers' Blicke an den luftigen Hüllen der Frauen klebten. Fey war überrascht, als Michelle sie fragte, wie es ihr hier gefiel.

„Es wäre nicht das Urlaubsland meiner ersten Wahl", sagte Fey neutral.

„Ja, haben Sie recht", sagte Michelle in gebrochenem Deutsch. „Nachts kommen Zwerge und tags ist langweilig. Eine Woche genug. Morgen wieder nach Wien." Tatjana holte die Kaffeekanne und goss jedem ein, wobei sie sich jeweils bückte und dabei ihre Unterwäsche unter dem Rock hervorlugte. Albers würde bestimmt gleich einen zweiten Aufguss verlangen. Die Frauen klapperten zurück in die Küche und schlossen die Tür. Fey hätte gerne gewusst, was dieser Auftritt zu bedeuten hatte, aber solange von der Grün grunzend auf dem Sofa lag, wollte sie dieses Thema nicht anschneiden und über Brendan O'Donnell konnten sie in seiner Anwesenheit auch nicht sprechen. Also entschloss sie sich zu entspannen, den Umständen entsprechend. Albers leerte seine Tasse und da ertönte Johnnys klägliche Hupe.

Fey erschrak mehr, als ihr lieb war, denn sie realisierte erst jetzt, dass Albers, statt ein ordentliches Taxi zu bestellen, Johnny für ihren Transport zum Flughafen angeheuert hatte. Manches durfte einfach nicht wahr sein, war es aber trotzdem. Zum Glück war sie mit ihrer Meinung über Irland nicht allein. Michelle wollte auch wieder weg.

Albers stand auf und brachte seine Tasse zurück in die Küche, wo er sich von den Frauen verabschiedete. Fey nahm ihren Koffer, warf ein Auge auf von der Grün und hätte ein „Danke für die Gastfreundschaft" fallen lassen, wäre der Mann ansprechbar gewesen. Sie beließ es dabei, rief ein „Bye-bye" Richtung Küche und war doch froh, Johnny zu sehen, weil er Trevors Freund war. Johnny schwärmte von den Angeltouren und den großen Fängen, die er hier erlebt hatte und erzählte ihr von Holy Island und dem geheimen Gang zum Festland.

Wo Albers nur blieb. Sie wollte ihn holen, aber Johnny beruhigte sie. „Der kommt schon." Als er kam, begrüßte er Johnny wie einen alten Kumpel und Fey wischte ihm einen Lippenstiftabdruck von der Wange. Sie fand das unpassend für einen deutschen Kommissar im Dienst.

* * *

VORLETZTE ÜBERRASCHUNG

Johnny hatte neue Zeitungen im Fußraum seines Taxis ausgelegt und trotzdem fühlte Fey sich so unsicher wie zuvor. Auch wenn sie nun hinten bei Albers saß und eine Person weniger mitfuhr und das Bodenblech deshalb nicht so belastet war. Außerdem dürfte Johnnys Alkoholspiegel weit über der zulässigen Grenze liegen, hatte er doch bis in die Morgenstunden getrunken und gesungen. Entsprechend still war er jetzt.

Fey erkundigte sich natürlich sofort nach den reizenden Damen.

„Na, was glaubst du?“, fragte Albers zurück.

„Von der Grün betreibt doch dort in dem Haus kein Bordell, oder?“

„Nein. Er kennt viele Prostituierte aus seiner Zeit als Zuhälter. Wenn die Mädchen eine Pause brauchen, aber nicht auf Geld verzichten wollen, fliegt er sie ein und sie drehen hier nette kleine Pornostreifen.“

Fey musste lachen. „Mit von der Grün als Potenzbulle? Das wäre echt sein Geld wert, aber als Abschreckung.“ Albers schien ihre Meinung nicht zu teilen, waren die beiden doch ungefähr gleich alt.

„Oh, check point“, rief Johnny und ließ den Wagen ausrollen. „Was ist los?“, fragte Albers, beugte sich nach vorne und wusste gleich Bescheid. „Ach, die machen nur eine Dieselkontrolle.“ Fey wunderte sich, was Albers alles wusste. Einige Wagen standen am Straßenrand und sie sah, wie Polizisten Schläuche in die Tanks steckten.

„Was ist eine Dieselkontrolle?“

„Es gibt hier an den Tankstellen billigen Diesel zu kaufen. Der ist gefärbt und nur für den Gebrauch in der Landwirtschaft zugelassen. Private dürfen den nicht tanken, manche tun‘s trotzdem und denen geht es dann an den Kragen, wenn sie hier erwischt werden.“

„Da gibt es also für die Iren auch Überraschungen, wenn plötzlich hinter der nächsten Ecke Polizisten dein Auto katheterisieren."

„Im wahrsten Sinne des Wortes, sie schieben einen Schlauch in deinen Tank. Wir machen uns jetzt besser an die Arbeit", schlug Albers vor und holte Block und Bleistift aus seiner Jackentasche. Fey legte sich ihren Laptop auf den Schoß und versuchte, ihr Handy einzuschalten. Das streikte wie gehabt.

„Oh, another check-point!", rief Johnny. Sie befanden sich auf der Zufahrtsstraße zur Autobahn nach Dublin. Vor ihnen wurden einige Wagen kontrolliert. Auf dem Seitenstreifen stand ein schwarzer Landrover mit englischem Kennzeichen. „Never saw a garda check-point here", sagte Johnny, steckte sich ein Kaugummi in den Mund und suchte seinen Führerschein. Fey flehte, alles würde gut gehen, und sie würden in zwei Stunden in Dublin sein und dort in ein rettendes Flugzeug einsteigen.

Dann ging alles sehr schnell. Sie kamen an die Reihe. Johnny hatte sein Fenster nur einen Spalt breit heruntergedreht, sodass sein Führerschein hindurchpasste aber gleichzeitig nicht zu viel von seiner Alkoholfahne aus dem Wageninneren entwich. Der Polizeibeamte interessierte sich aber zunächst nicht für Johnny, sondern für seine Fahrgäste. Er sah zweimal auf ein laminiertes Blatt in seiner Hand, befahl Johnny, den Motor auszustellen und sofort auszusteigen. Dann rief er seine Kollegen. Die rannten herbei, rissen hinten die Türen auf und wiesen Fey und Albers harsch an, ebenfalls auszusteigen. Ein Mann und eine Frau in Zivil entstiegen dem Landrover und kamen auf Fey und Albers zu, während Johnny breitbeinig vor seinem Wagen stand, die Hände oben auf dem Dach. Fey war sofort klar, dass nach ihnen gefahndet wurde.

Der Mann in Zivil stellte sich mit Timothy Doyle vor und die Frau als Claire Lucroix. Sie zeigten ihnen ihre Dienstmarken. Zwei Agenten von Interpol. „Das ist ein Witz", sagte Albers auf Deutsch. „Das ist kein Witz", sagte Lucroix mit französischem Akzent. Sie wurden zum

Landrover geführt und mussten sich beide hinten reinsetzen. Fey hatte eine Ahnung, was sich hier gerade abspielte. Albers sprach auf die Leute von Interpol ein, während er nach Beweisen für seine Identität suchte. Durch die getönte Scheibe sah Fey, wie Johnny abgetastet wurde und sie ihn in Handschellen zu einem Einsatzwagen brachten.

Nach einer intensiven Befragung und mehreren Telefongesprächen war klar, dass es sich in der Tat um die Gesuchten Fey Amber und Hanno Albers handelte. Die Agenten von Interpol gaben ihnen ihre Pässe und die anderen Unterlagen zurück.

Das BKA hatte Interpol eingeschaltet. Feys mangelnder Kontakt mit dem Präsidium in Münster hatte dazu Anlass gegeben, die Kollegen in Irland suchen zu lassen. Lucroix sprach mit Carstensen, dann gab sie Fey das Handy. Fey sagte keinen Ton. Carstensen machte sie zur Sau und legte auf.

Sie gab Lucroix das Handy zurück und verabschiedete sich. Albers folgte ihr fluchend. Johnny scherzte bereits mit den irischen Polizisten und lud seine Gäste ein, wieder Platz zu nehmen.

* * *

LOUNGE

Johnny hatte seine Stimme zurück und trällerte ein Lied nach dem anderen. Fey hing alles zum Hals heraus. Sie wollte nicht über Brendan O'Donnell sprechen, wohl auch, weil sie absolut keine Lust hatte, mit Albers zu reden. Der Trip nach Irland war idiotisch gewesen. Der Schaden ließ sich nicht in Worte fassen.

Johnnys Bermudashorts passten nicht zu dem Regen, als er am Terminal 2 ausstieg, um sich von den beiden zu verabschieden. „See you back soon", waren seine letzten Worte. Fey sah dem Micra nach und dachte an Trevor. Was wie ein Abenteuer anfing, blieb eins bis zur letzten Sekunde. Es war vorbei, nicht die Sache mit Trevor, aber die Sache mit den Geschichten und den Überraschungen.

Ihren Bericht würde sie auch ohne Diskussion mit Albers schreiben können. Sie passierten die Sicherheitskontrollen ohne Probleme. Fey konnte es kaum fassen. Jetzt gönnte sie sich erst mal einen Cappuccino und ein leckeres Lachsbaguette. Albers trank ein Guinness. Wahrscheinlich seine letzte Amtshandlung, dachte Fey und biss herzhaft zu.

Albers hatte seinen Mantel über die Rückenlehne seines Stuhles gelegt und war aufgestanden, um sich eine Zeitung zu kaufen. Dabei fiel sein Mantel auf den Sitz und legte für Fey den Blick frei auf den Umschlag mit den Fotos, von denen er zwei dem Chef des kriminologischen Archivs in Dublin gezeigt hatte.

Polizisten schnüffeln. Sie sah das immer als Berufskrankheit an, von der nun mal kein Polizist geheilt werden konnte. Sie respektierte Albers nach wie vor, aber es gab zu viele Fragen, die unbeantwortet bleiben würden, wenn sie sich in Deutschland trennten, und wie es aussah, würde das der Fall sein.

Sie griff nach dem Umschlag und nahm die Fotos heraus. Fische mit dicken Bäuchen und offenen Mäulern sahen sie an, aber da waren auch die Fischer und die kamen ihr sehr bekannt vor. Ihr Herz schlug so stark, als wollte es zerspringen. Von der Grün und Albers Arm in Arm, vor ihnen eine Flasche Whiskey und auf der Bank daneben aufgebahrt ein langer Hecht, in dessen Maul ein flutschiger Gummiköder steckte. Dann sah sie Johnny und Albers beim Ausnehmen von Barschen und von der Grün bereitete eine Marinade zu. Jemand musste das fotografiert haben. Es gab einen vierten Mann und dessen Gesicht stach auf dem nächsten Foto mitten in ihr Herz. Trevor im Boot mit von der Grün und einer seiner Hostessen in Minirock und Gummistiefeln. Sie begann, am ganzen Leibe zu zittern, sah sich hektisch die anderen Fotos an, Fische, Boote, Wasser, Saufen, rote Köpfe, lachende Männer. Albers kannte sie also alle lange vorher schon. Sie hatte Mühe, die Fotos zurück in den Umschlag zu stecken: Der Umschlag zerriss und dann warf sie die Fotos einfach auf seinen Mantel.

Albers hatte sie betrogen, nach Strich und Faden belogen und hintergangen. Johnny hatte dichtgehalten. Nie hätte sie dieser ehrlichen Haut etwas derart Infames zugetraut. Sie erinnerte sich an von der Grün, wie er sich ihnen im Zug genähert hatte und sie nichts ahnend die Dumme war. Von der Grün musste es genossen haben, sie an der Nase vorzuführen. Und erst Trevor, das Schwein. Er war das größte Arschloch. Ja klar, er war der Stuntman für die Pornostreifen. Ekelhafte Drecksau. Niemand durfte das mit ihr machen. Ihr brach förmlich der Boden unter den Füßen weg. Sie hätte sich jetzt nicht aufrichten können, alles in ihr bebte, ihr Magen rebellierte. Sie nahm die Plastikfolie, in der ihr Lachsbaguette gesteckt hatte und erbrach. Aus einer Gruppe junger Männer neben ihr scherzte einer: „We are not flying yet, Mrs." Ein anderer meinte: „Good idea, puking before the flight."

Albers kam zurück und sah gleich, was los war. Er ließ ein Angelmagazin über die Bilder fallen und beugte sich zu ihr. Sie wischte ihn mit einem Handstreich beiseite, entledigte sich der Kotztüte, packte ihre Sachen und zog unter den gaffenden Augen der Umherstehenden davon.

Albers sah sie am Gate wieder. Da sie Plätze nebeneinander hatten, konnte er sich in Geduld üben, doch eine Frau war einverstanden, den Platz mit Fey zu tauschen. Sie saß in der Reihe vor ihm. Nach dem Start konnte Albers zwischen den Rückenlehnen hindurch sehen, dass sie auf ihrem Laptop schrieb. Er nahm seinen Block und schrieb auch.

Liebe Fey,

wenn du von Schuld sprechen möchtest, was ich verstehen kann, dann nehm ich alles auf meine Kappe. Ich habe meine irischen Freunde, die du ja nun alle kennengelernt hast, gebeten, mir bei einer wichtigen Mission beizustehen. Sie kannten dich nicht und willigten nur mir zuliebe ein. Das Haus am See gehört mir. Von der Grün, Johnny und ich sind alte Angelbrüder. Trevor hat dich nicht angelogen. Er ist tatsächlich Sektenbeauftragter und Laienschauspieler. Von der Grün war Zuhälter und kann es nicht lassen, Kasse mit Frauen zu machen. Was soll's, die Mädchen mögen ihn.

Du magst dich fragen, was ich mit „Mission" gemeint habe. Ich wollte dich eintauchen lassen in die Welt des Mörders. Vor der Abreise in Deutschland erfuhr ich von dem Theater im Wald und da funkte es bei mir. Ich fädelte alles haarklein ein. Du fuhrst mit dem Bus in eine Welt, die es nicht wirklich gab, es verwischten die Grenzen zwischen Realität und Fantasie. Du warst mittendrin, hast als „Grandma" einen Dolch in „Baby Devil" gerammt. Du bist eine Frau mit extrem gutem Selbstbewusstsein, intelligent, erfahren und emotional ausbalanciert. In einer einzigen Nacht wurdest du mehrmals auf die Probe gestellt und hast dich nicht immer souverän überlegen gefühlt.

Es ging mir darum, deinen Erfahrungshorizont für solche Täter zu schulen, die labil sind und unter dem Eindruck einer falschen Wirklichkeit stehen. Das musstest du am eigenen Leibe erfahren, sonst hätte es nichts gebracht. Du musst von innen schauen können, nicht von außen, wie Kanter, Carstensen und all die Ströbls es tun.

Leider glaube ich, dass diese Mission gescheitert ist. Tut mir leid. Ich hoffe, wir sehen uns in besseren Zeiten wieder.
Hanno

Er riss das Blatt von seinem Block, faltete es, erhob sich und reichte es über die Rückenlehne an. Sie griff danach, zerknüllte das Papier sofort und steckte es in das Netz vor sich. Albers ließ sich in den Sitz fallen. Er kramte das Angelmagazin aus seinem Mantel hervor und begann zu blättern.

Ihr ging Trevor nicht aus dem Sinn. Sollte er sie so betrogen haben? Sie würde ihn auf der Stelle umbringen, wenn er mit den Mädchen rumgehurt hatte und sie nur eine nette Abwechslung war. Er war in dieser späten Nacht so romantisch gewesen. Dieser Betrug lag ihr am meisten auf der Seele. Sie konnte sich nicht konzentrieren. Wie sollte sie einen Bericht schreiben zu Vorgängen, die Theater waren, Show, Betrug, blinde Kuh. Sie würde sich völlig lächerlich machen. Sie klappte den Laptop zu. Das irische Trauma setzte sich fort. Sie hätte heulen können.

* * *

TAPPEN

Fey kam in Münster am Bahnhof an. Von Albers hatte sie sich am Flughafen flüchtig verabschiedet. Er war zu Freunden nach Köln gefahren. Ein Taxifahrer brachte sie nach Hause. Es war halb neun. Sie hatte Schuldgefühle, durfte aber keine Schwäche zeigen. Eine starke Frau war gefragt, aber die war sie nach den Erlebnissen der letzten zwei Tage nicht. Jetzt duschen und ins Bett, das wäre ihr größter Wunsch gewesen. Sie duschte, aber dann raffte sie sich auf und fuhr los ins Präsidium. Sie musste sich unbedingt ein neues Handy besorgen. Außerdem hoffte sie, zu so später Stunde nicht auf alle Kollegen gleichzeitig zu stoßen. Am liebsten hätte sie sich bei Anneliese ausgequatscht und schlau gemacht. Beschämend, dachte sie, sich als Hauptkommissarin von der Sekretärin den Fall erklären lassen zu wollen. Sie war tief gesunken, so tief, wie sie es nie für möglich gehalten hatte. Im Hof des Präsidiums gab es keinen Parkplatz mehr. Sie musste wenden und parkte ihren Wagen auf einem Fahrradweg, der auch voller Autos stand.

Anneliese kam ihr im Treppenhaus entgegen und sagte nur: „Die sind im Konferenzraum.“ Carstensen begegnete ihr als Nächster. Auch er eilte die Treppe hinunter und meinte im Vorbeigehen: „Mensch, Amber, wo bleiben Sie denn. Pressetermin. Melden Sie sich bei Kanter.“

Fey betrat den Konferenzraum. Es war kein Durchkommen. Etwa 100 Ermittlungsbeamte standen im Saal und hörten den Ausführungen Kanters zu, der vorne am Podium ins Mikro sprach: „Wir verfahren zweigleisig. Ein Team konzentriert sich auf die Aufklärung der beiden Fälle und das zweite Team arbeitet prophylaktisch. Die Identität der Umstände der beiden Fälle lässt darauf schließen, dass wir mit einem dritten Anschlag rechnen müssen. Wir bleiben dabei, Münster und Umgebung weiterhin als primären Tatort zu definieren. Trotz der erhöhten Polizeipräsenz und der Wachsamkeit der Bevölkerung werden der oder die Täter nicht nach außerhalb ausweichen. Es gibt gesicherte Belege, dass der Täter längere Zeit hier gelebt hat und die Vorbereitungen der Taten auch auf einen längeren Zeitraum zurückverfolgt werden können. Und nun prägen Sie sich bitte deutlich folgende Fakten ein. Das gilt besonders für das neu gebildete Prophylaxeteam.

Beide Male waren die Opfer alleinerziehende Mütter und ihre Kinder. Signifikant ist der Bezug zu katholisch-religiösen Ritualen: Taufe, Firmung. Der Täter steht unter dem Zwang, die Rolle eines Kindes einzunehmen. Bei der Firmung war er etwa 12,13. Er verlässt das Kindesalter. Als nächstes Sakrament stünde die Ehe an. Wir müssen davon ausgehen, dass der Täter sein Ziel vorausgeplant hat und sehr wahrscheinlich in allernächster Zukunft zuschlagen wird. Das kann heute oder morgen sein. Der Täter wird an die Stelle des Bräutigams treten wollen und es wird wieder ein Pfarrer betroffen sein."

Fey meldete sich zu Wort. „Es ist Samstagabend und am Sonntag wird kaum geheiratet. Bisher ist nichts passiert. Ich bin Ihrer Meinung, Herr Kanter, dass der Täter sich an diesem Wochenende mit einer dritten Tat melden wird. Dass er sich das Sakrament der Ehe ausgesucht hat, glaube ich allerdings nicht. Ich denke an das Sakrament der Eucharistie. Die Erstkommunion wird in einigen Gemeinden am morgigen Sonntag gefeiert."

„Bitte, Frau Amber, lassen Sie mich ausreden. Natürlich dürfen wir nicht voraussetzen, dass der Täter in der gleichen zeitlichen Reihenfolge denkt, wie es logisch wäre. Es ist eher so, dass der Täter nicht normal denkt, sondern unter einer psychischen Obsession steht. Insofern kommt auch die Kommunion als Ziel infrage. In diesem Fall greift wieder das Muster alleinerziehende Mutter plus Kind, ein etwa neunjähriges Kind, vornehmlich ein Junge. Es darf nicht ganz ausgeschlossen werden, dass der Täter eine Amoksituation provoziert. Dass es zu zahlreichen Todesfällen und Verletzungen kommt, ist aber unwahrscheinlich, da er selbst die Kommunion empfangen will. Das heißt, dass es wie in den beiden Fällen zuvor zu einer Entführung kommen wird. Alle Geistlichen der betreffenden Gemeinden sind bereits gewarnt worden. Für ihre Sicherheit ist gesorgt. Hauptaufgabe des Teams ist es, für die Sicherheit der Familien zu sorgen, ohne dass es zu Panik kommt. Das kirchliche Fest muss stattfinden. Wir lassen uns nicht in die Knie zwingen. Sonst hat der Terror gewonnen."

Kanter vertrat die Macht des Staates. Er ordnete heimliche Polizeiüberwachung für alle Familien an, in denen es morgen ein Kommunionkind geben würde. Wäre eine offizielle Warnung erfolgt, hätten die Eltern zum Schutz ihrer Kinder das Fest ausfallen lassen. Fey stand auf der Seite der Eltern. Dann fällt eben das Fest aus, dachte sie, besser als ein Blutbad.

Kanter fuhr fort: „Es ist erwiesen, dass die tödlichen Pillen von Spezialtruppen der US-Army stammen. Sie wurden von der CIA entwickelt. Es sind Fälle bekannt, in denen US-Soldaten die Pillen verkauft haben. Entweder hat der Täter selber die Pillen gekauft, war also Soldat in Afghanistan, oder hat sie deutschen Soldaten abgekauft, die dort stationiert waren. Ein ehemaliger Unteroffizier des deutschen NATO-Kontingents wird seit Stunden verhört, weil er kein Alibi für die Tatzeit des ersten Falles hat. Er könnte den Täter kennen, verweigert aber jede Aussage. Sein Umfeld wird untersucht. Nach fünfzehn ehemaligen Einsatzkräften der Bundeswehr in Afghanistan wird noch gefahndet."

Fey lag es auf den Lippen, Kanter nach der Involvierung von Sekten zu fragen. Sie verzichtete aber angesichts der ersten Abfuhr darauf. Andererseits gefiel ihr Kanters Marschroute. Die Sache mit den Terrorzellen hatte keine absolute Priorität mehr. Man setzte auch auf einen psychisch obsessiven Durchgeknallten. Kanter wandte sich an einen der LKA-Männer und Fey horchte überrascht auf.

„Herr Castorf wird Ihnen jetzt eine Motivanalyse zur möglichen Involvierung einer Sekte am Tatgeschehen geben. Es läuft derzeit ein Screening der Sekten in NRW und Niedersachsen, sofern sie uns bekannt sind. Ein Team wird sich ausschließlich dieser Thematik widmen. Bitte, Herr

Castorf." Kanter reichte Castorf das Mikro. Castorf erhob sich und informierte die Kollegen über Gedankenwäsche, subtile Dependenzmechanismen, Annektierung von Besitz und subjektive Ideologisierung. Interessanterweise kam er am Ende auf eine mögliche Täterbeschreibung.

„Wir dürfen davon ausgehen, das der Täter vom Sektenführer indoktriniert wurde und zwar dort, wo er Schwachstellen hat. Die Beteiligung an Kriegseinsätzen, ob durch einen privaten Entschluss oder im Rahmen der NATO, könnte bei dem Täter eine Psychose ausgelöst haben. Er schließt sich einer Sekte an und erfährt Linderung. Dann beginnt die Gehirnwäsche. Ist der Neuling gefügig, wird er abhängig gemacht und er erhält einen Auftrag. Das kann eine ganz banale Aufgabe sein zum Wohle der Sekte, zusätzlich wird eine göttliche Berufung vom Sektenführer etabliert. Es werden extreme Abhängigkeiten eingefädelt, was es ihm sehr schwierig macht, daraus wieder zu entfliehen. Es entwickelt sich eine verzerrte Wahrnehmung und anschließend eine abnorme Realität. Das erklärt den Wahnsinn der Taten und des Täters. Bitte berücksichtigen Sie, dass der Täter vermutlich Soldat in Afghanistan war, später seinen Dienst quittierte und sich eventuell einer Sekte anschloss. Herr Ströbl und ich werden das Team leiten, das sich gezielt mit Objekten beschäftigt, die in diesen Rahmen passen. Die Führungsriege trifft sich bei Carstensen im Büro. Danke, Kollegen."

* * *

ABWEGIG

Fey ging zu Kanter, der sich nach ihrer Irlandmission erkundigte und erstaunlicherweise mit ihrem kurzen mündlichen Bericht über den Mörder O'Donnell sehr zufrieden war. Sie gab Kanter zu verstehen, dass sie Castorfs Ausführungen sehr interessant fand und dass die sich teilweise mit ihren Eindrücken vom O'Donnell-Fall decken würden. Sie sah ein Aufleuchten in Kanters Gesicht.

„Dann werden Sie mit Castorf und Ströbl in einem Team weiterermitteln", sagte Kanter und ging. Sie bereute augenblicklich, sich so weit aus dem Fenster gelehnt zu haben und begab sich in Carstensens Büro.

Castorf winkte sie zu sich.

„Frau Amber, Sie und Ströbl kümmern sich um die fünfzehn gesuchten Soldaten. Namen und Bilder stehen Ihnen zur Verfügung. Klappern Sie ab: Einwohnermeldeämter deutschlandweit, Internetpräsenz, Twitter und Facebook, Familie etc. Schicken Sie ihr Team zu den Sektenstandorten und lassen Sie die Gesichter und Namen dort überprüfen."

Fey deutete einen Einwand an. Castorf wehrte ab.

„Ich weiß, wir gehen auf Mitternacht zu, aber ich teile Kanters Meinung, dass es morgen, am Sonntag, zu einem erneuten Vorfall kommen könnte, Bräutigam oder Kommunionkind, wenn wir den Täter vorher fassen, ist das irrelevant."

Fey warf einen Blick rüber zu Ströbl. Sie mochte diesen aufgeblasenen Typen nicht und erinnerte sich an den väterlichen Albers. Sie gähnte, und ausgerechnet da musste Ströbl sie ansehen. „Sie sehen müde aus", sagte er. „Sie nehmen sieben, ich acht der fünfzehn Soldaten. Sammeln Sie so viele Informationen wie möglich. Schließen Sie sich danach mit mir kurz. Ich teile Ihnen dann meine Daten mit und dann fahren Sie mit zwei Beamten zur Sekte ›12 Türme‹ nach Osnabrück, die Kollegen dort sind informiert, danach zur Sekte ›Samen Gottes‹. Versuchen Sie, die fünfzehn Zielpersonen dort identifizieren zu lassen. Verlangen Sie die Sektenführer. Bleiben Sie in Kontakt mit mir. Keine Extratouren. Ich will halbstündlich unterrichtet werden."

Fey war selig, nicht an Ströbls Seite arbeiten zu müssen. Sein ranziger Körpergeruch machte sie kurzatmig. Bevor sie sich an die Recherche begab, ging sie zu Anneliese und erbat die Tagebücher von Frau Thomalla. Irgendetwas musste sie damals übersehen haben. Täter und Opfer kamen nicht zufällig zusammen. Sie kannten sich, vielleicht nur flüchtig. Frau Thomalla erwartete ein Baby. Ihre Mutter hatte gesagt, dass sie in einem Kindergarten freiwillig Englischunterricht gab. Der Täter suchte eine Schwangere, um später die Stelle des Babys einzunehmen. Vielleicht war er ein Handwerker, Lehrer oder Hausmeister. Eine Frage bohrte ohne Unterlass: Warum gerade Frau Thomalla? Sie war sehr liebevoll, hatte ihre Mutter gesagt. Er hat sie vielleicht speziell deswegen ausgesucht. Ihm ging es, wie O'Donnell, um die Tötung des Liebevollen. O'Donnells weibliches Opfer hieß Imelda, eine Künstlerin, die aus England kam und in der ländlichen Idylle der irischen Grafschaft Clare Inspiration suchte. Sie lebte friedlich dort mit ihrem Kind. O'Donnell verwand nie den Schmerz um den Verlust seiner Mutter. Imelda trug den weiblichen Charme des Liebevollen in sich. Das war es, was der Mörder suchte, fand und töten wollte, damit das Leiden über den Verlust des Liebevollen aufhörte. Wenn das Liebevolle nicht mehr existierte, war es auch anderen Menschen nicht zugänglich, und so entledigte sich O'Donnell durch einen Mord sinnbildlich seines sehnsüchtigen Wunsches nach Liebe, die in seinen Augen fortan nicht mehr existierte, für niemanden. Das hatte im Kern etwas Sektenhaftes, Imaginäres, Fanatisches, Fatales, Psychotisches, das der Täter mehr und mehr in seine eigene Realität umwandelte. Wo sonst hätte der Täter Frau Thomalla beobachten können, um das Liebevolle an ihr zu entdecken, als im Kindergarten?

Ströbl wollte halbstündlich informiert werden, aber sie musste unbedingt in den Tagebüchern lesen, um ihrer Theorie – oder sollte sie es Geschichte nennen, wie Albers es tun würde – Nachdruck zu verleihen. Sie instruierte einen

Stab von Aushilfskräften, Daten über sieben nicht auffindbare ehemalige Soldaten mit Afghanistanerfahrung zu sammeln und machte sich über die Tagebücher her. Es war nach ein Uhr, als sie auf einen kleinen, eigentlich belanglosen Satz stieß: *Es hat echt Spaß gemacht diese letzte Woche mit den Jungs vom Sanitätsdienst.*

Fey lehnte sich zurück. Datum des Eintrags: 21. März 2012. Sie erinnerte sich an das Dankschreiben vom Verteidigungsministerium, das im Flur von Frau Thomallas Wohnung hing. Darin war nur von deutschen Soldaten die Rede gewesen, nicht von Sanitätern. Die Ermittlungskollegen hatten in ihrer Eile übersehen, dass es eine Gruppe von Sanitätern gab, die auch von Frau Thomalla unterrichtet wurden. Sie rief Kanter an, der sofort eine erweiterte Suche veranlasste. Kanter bedankte sich bei ihr, denn er sah natürlich, dass ein Sanitäter im Kriegseinsatz sehr viel wahrscheinlicher an die Pillen gelangen konnte.

Fey machte sich auf den Weg nach Osnabrück zur Sekte ›12 Türme‹. Zwei Streifenbeamte begleiteten sie, einer von ihnen fuhr den Wagen. Sie resümierte: Der Täter gehört zu den Sanitätern. Im Englischkurs hat er Frau Thomalla kennengelernt. Zurück in Deutschland quittiert er seinen Dienst, kommt aber mit dem Leben nicht klar. Er schließt sich einer Sekte an und erhält von ihr Impulse, die ihn auf dem Hintergrund seiner brutalen Erfahrungen im Krieg zu einem fremdbestimmten Wesen machen. Dennoch nimmt er als unauffälliger Bürger am öffentlichen Leben teil, hat Zugang zum Kindergarten, zur Schule von Benjamin und zum Pfarrheim. Er beobachtete Frau Thomalla.

Während er sich im öffentlichen Umfeld umsieht, gerät er immer mehr in einen Strudel ideologischer Bilder, die Wiedertaufe und Reinheit verheißen. Er will seiner Kirche gefallen, wobei ihm die Kirchenvertreter nichts wert sind. Schlechte Erfahrungen mit katholischen Kirchenmännern könnten dazu beigetragen haben. Er möchte wiedergetauft werden, um ein zweites Mal in seinem Leben ein neues, reines Seelenheil zu finden. Seiner Wahnvorstellung folgend braucht er dazu eine Mutter und ihr Baby. Taufe, Firmung und, ja klar, die Kommunion waschen ihn rein. Die Ehe ist unbedeutend für ihn. Der Höhepunkt seiner Wandlung zum reinen, unbefleckten Wesen ist die Vereinigung mit Gottes Leib.

Albers hätte sie gelobt. Mit ihrer Geschichte hielt sie den Täter an verschiedenen Strippen, so wie eine Marionette. Die Täterpuppe begann sich zu bewegen.

Ihr Handy meldete einen Anruf von Ströbl.

„Halbstündlich meint jede halbe Stunde, Frau Amber", ratterte es in ihr Ohr. Fey bemühte sich, das Wort Kanalratte herunterzuschlucken. „Kanter hat mich über die Teilnehmer am Sanitäterkurs informiert. Sie hätten erst mit mir darüber sprechen sollen. Ich bin Ihr direkter Vorgesetzter, außerdem, wann sind Sie dessen gewahr geworden? Sie hatten keinen Auftrag, in den Tagebüchern zu lesen. Dies ist meine letzte Warnung, Frau Amber."

Fey sah keinen Grund, auf Ströbls Säbelrasseln einzugehen. Stattdessen fragte sie:

„Haben Sie die Daten der Sanitäter. Kanter wollte mich sofort informieren. Bekomme ich Bilder?"

„Deswegen rufe ich an. Wir haben es nur mit fünf Personen zu tun. Zu den anderen Teilnehmern des Sanitäterkurses gehörten unter anderem ein Farbiger und drei Frauen. Die Bilder der Männer werden direkt vom Ausbildungszentrum für medizinisches Personal der Bundeswehr in Frankfurt zu Ihnen geschickt. Das kann einige Minuten dauern. Frau Amber, Sie sind nach Osnabrück unterwegs. Einer der fünf Verdächtigen ist offiziell in Greven gemeldet. Fahren Sie dorthin und warten Sie auf die Kollegen vom Sondereinsatzkommando. Die Jungs müssten bald bei Ihnen sein. Stürmen Sie dann die Wohnung."

Fey wies den Fahrer an, neue Zieldaten einzugeben und sich zu beeilen. Der Täter würde die intensive Suche nach sich in den Medien verfolgt haben. Er war gewarnt, stand aber nach Feys Meinung unter Handlungszwang, koste es sein Leben. Er musste die Kommunion empfangen. Er würde Fehler machen. Jetzt brauchte sie Albers. Der würde ein Netz spinnen und der Täter sich darin verfangen. Sollte sie ihn anrufen? Sie nahm den zerknüllten Zettel aus ihrer Manteltasche. Sie hatte den Brief von Albers nicht im Flugzeug liegen gelassen und las nun, was er geschrieben hatte. Die Sache mit Trevor machte ihr schwer zu schaffen. Albers würde sie verzeihen können. Er war eben ein Halunke, wahrscheinlich hätte er als Kommissar sonst nicht so viel Erfolg gehabt. Es war halb vier morgens. Bis zu den Messfeiern in den umliegenden Gemeinden waren es noch gut sieben Stunden. Sie rief ihn an. Erst nach einiger Zeit meldete er sich mit schlaftrunkener Stimme.

„Wer ist da?"

„Fey hier. Hanno, ich brauche deine Hilfe."

Stille am anderen Ende.

„Hanno, was ist?"

„Fey, ach so. Warte mal. Ich muss mich erst setzen und Licht machen. Was sagst du?"

„Es geht auf die Zielgerade zu. Das Netz wird immer enger. Wir rechnen mit der Aufdeckung der Identität des Mörders in den nächsten Stunden."

„Ach so, ja, der O'Donnell-Fall."

„Hanno, werd wach! Ich hab mich selbst dabei erwischt, in deinen Kategorien zu denken und bin dabei ein gutes Stück vorangekommen, aber im Moment drängt die Zeit und ich bin voll bis oben hin mit Aufgaben. Habe gleich einen Zugriff. Ich möchte dich mit einspannen, während ich hier leider andere Sachen machen muss. Ist das okay für dich?"

„Klar, mein Mädchen, wie kann ich dir helfen?"

Endlich hatte er sich aufgerappelt, der alte Albers. Sie hörte, wie er sich ein Glas Wasser einschüttete. Sie hoffte jedenfalls, dass es Wasser war.

„Es handelt sich um einen ehemaligen Sanitäter mit Afghanistanerfahrung, der sehr wahrscheinlich durch eine Sekte manipuliert wurde. Er könnte heute im Rahmen der Kommunionfeiern erneut zuschlagen. Ich glaube an deine Theorie, dass der Täter ohne Rücksicht auf das eigene Leben handeln wird. So, nun bist du dran. Ich stehe hier vor dem Haus eines der Männer auf unserer Liste. Ruf mich zurück, wenn du eine Idee hast."

Würde Kanter seine Strategie vom Anschlag auf eine Eheschließung aufgeben, könnte man die Überwachung viel intensiver auf die Kommunionfeiern ausdehnen. Sie war sich ganz sicher, dass sie die richtige Spur verfolgte und rief Kanter an. Er ließ sich nicht überzeugen.

Der Einsatzwagen des SEK parkte in einer Seitenstraße. Fey sprach kurz mit dem Einsatzleiter. Das viergeschossige Haus wurde umstellt. Es war 4 Uhr 15. Der Klingelknopf wies tatsächlich den betreffenden Namen auf. Dritter Stock. Fey nickte dem Einsatzleiter zu. Kein Pardon. Sie hatten keine Sekunde zu verlieren. Die mit Schutzweste und Helm ausgestatteten und mit einer Maschinenpistole bewaffneten Polizisten brachen den Eingang auf und stürmten in den dritten Stock, riefen „Polizei“ und traten die Wohnungstür ein. Fey folgte ihnen. Innerhalb von acht Sekunden war klar, dass niemand zu Hause war. Im Gegenteil, es deutete alles darauf hin, dass die Wohnung nicht bewohnt war. Fey gab ihre Beobachtungen an Ströbl weiter. Die Kollegen von der Spurensicherung machten seit Tagen Überstunden. Ströbl sah keine Notwendigkeit, sie wegen der Wohnung anrücken zu lassen. Fey machte sich deshalb selbst an die Spurensuche.

Im Treppenhaus herrschte Panik. Die beiden Streifenpolizisten befragten die völlig verstörten Bewohner und die Männer vom SEK zogen sich langsam zurück.

Fey sah als Erstes in den Kühlschrank. Der war leer, aber in Betrieb. Die Wohnung war möbliert vermietet worden, wie sie von der Nachbarin mit zittriger Stimme erfuhr. Der Mann sei selten zu Hause gewesen. Montagearbeiter. Fey zeigte ihr das Foto. Bisschen klein, das Foto, meinte die Dame. Sie habe ihn nur mit Bart kennengelernt. Sie war sich nicht sicher, ob ihr Nachbar der Mann auf dem Foto war. Er sei hagerer gewesen, nicht so speckig.

Die Sonne ging auf. Fey dachte an die Taufe ihres Neffen. Sie hatten sich vor einer Woche auch so schönes Wetter gewünscht, damit die Fotos draußen vor der Kirche gut gelingen würden. Was sagte Ströbl dazu? Sie ließ sich auf den Rücksitz ihres Wagens gleiten und rief ihn an.

„Montagearbeiter!“, wiederholte er ihre Auskunft. „Da können wir ewig suchen. Wir machen uns außerdem zum Affen. Immer neue Fahndungsfotos an die Presse zu liefern, zeugt nicht von Souveränität. Bei Illner in der Talkshow sprach man vorgestern von inflationärer Hilflosigkeit im obersten Polizeiapparat. Der anwesende Innenminister warf mit Konjunktiv-Prognosen um sich, statt mit Fakten Sicherheit zu vermitteln. Wir stehen mit dem Rücken zur Wand.“

Hörte sie Resignation in Ströbls Worten? Er gab ihr den Auftrag, ihre Fahrt fortzusetzen und wie besprochen die Sekte ›12 Türme‹ zu befragen. Fey rief die beiden Streifenbeamten. Sie fuhren nach Osnabrück. Sie wollte nur einen Moment entspannen, legte sich auf den Rücksitz und war sofort eingeschlafen. Um 6:55 Uhr hielt der Streifenwagen und ein Kollege rüttelte an ihrer Schulter. Sie setzte sich hellwach aber orientierungslos aufrecht hin und rief wie in Trance Albers an.

„Hast du was?“, fragte sie halblaut wie ein verschüchtertes Kind.

„Ja, und du? Hast du was? Klingst wie eine Schlafmütze.“

„Hanno, uns bleiben noch etwa drei Stunden. Was soll ich machen. Ich habe keinen blassen Schimmer.“

„Ruhig Blut! Wir suchen die Nadel im Heuhaufen, aber wenn wir die Nadel aufblähen, dann ist es ganz leicht. Unser münsteraner O'Donnell ist zum Sektenungeheuer geworden, schuldig oder nicht-schuldig spielt keine Rolle. Afghanistan hat ihn gelehrt, was Krieg bedeutet. Man kann im Voraus nicht wissen, wie man persönlich auf Krieg reagiert. Ihn hat es jedenfalls böse erwischt. Er kommt nicht mehr davon los, leidet und schließt sich einer Sekte an. Die verlagern seinen Fokus, was ihn kurzzeitig erleichtert. Das Ganze gerät aber außer Kontrolle. Es kommt die Verblendung und dann schließt sich das Sehnen nach Erlösung an. Die RAF war ähnlich verpeilt. Sie wollte mit einem Haufen von gewaltbereiten, intellektuellen Chaoten die Bundesrepublik umkrempeln. Idiotisch, aber Glaube versetzt Berge. Erlösung durch Etappenmorde und Erpressung. Münsters O'Donnell will die

Erlösung von seiner Unreinheit. Er fühlt sich unrein und deswegen die Wiedertaufe."

„Okay, und die Kommunion?"

„Geduld, Frau Kommissarin! Er ist mit Sicherheit zur Beichte gegangen, hat aber natürlich nicht alles ausgeplaudert, dennoch werden ihm Fehler unterlaufen sein. Zweitens, er wird einen neuen, blauen Anzug tragen, wie es sich nach alter Tradition für ein Kommunionkind geziemt. Drittens, er wird frisch rasiert sein. In seinen Augen ist er das Kind, also kein Bart. Er wird eine Kerze bei sich tragen, eine Miniaturtaufkerze. Er wird im Vorfeld niemanden entführen. Die Kinder sind alle rund um die Uhr mit ihren Eltern zusammen. Außerdem wäre er völlig damit überfordert, eine dritte Entführung innerhalb so kurzer Zeit zu planen und auszuführen. Sechstens, er wird mit den Kommunionkindern die Messe besuchen und dort unauffällig an der Zeremonie teilnehmen."

„Da frag ich den großen Hellseher und Magier doch einfach, in welcher Kirche das stattfindet. Falle schnappt zu, Ungeheuer ist gefangen."

„Das findest du heraus. Nimm Kontakt zu allen Pfarrern auf, die in der letzten Zeit die Beichte abgenommen haben. Frag speziell nach einem Mann, der sich als Bewahrer für das Katholische ausgab und der von Ungläubigen, Ketzern oder Täufern sprach."

„Mensch Hanno, wie soll ich das denn vor Ströbl vertreten?"

„Mach's einfach, lass Ströbl raus."

„Das kann mich meinen Job kosten!"

„Dann kannst du mich öfter nach Irland zu einem Angelurlaub begleiten. Vielleicht möchtest du ja dort Laienschauspielerin werden." Albers hatte aufgelegt. Der war knallhart. Händchenhalten war nicht sein Ding. Sie musste es auf eigene Faust versuchen und wies ihre Ermittlungsbeamten an, umgehend die Pfarrer der münsteraner Gemeinden zu befragen. Außerdem sollten sie in Herrenbekleidungsgeschäften nach einem Mann fragen, der einen blauen Anzug gekauft hatte, vielleicht Reversschmuck und eine Armbanduhr. Sie glaubte, dass der Täter sich ein

Geschenk zur Kommunion machen würde, wahrscheinlich eine Armbanduhr, damit für ihn alles möglichst authentisch aussah.

Ströbls Nummer erschien im Display.

„Frau Amber, neue Nachrichten. Der seit zwei Tagen verhörte ehemalige Soldat des deutschen Kontingents der NATO in Afghanistan hat die ersten drei Morde gestanden. Ich wusste, dass ich richtig lag. Hätte man mich nur weitermachen lassen. Kanter hat aber keine Entwarnung gegeben. Wir sollen bis zum Ende des Wochenendes wie geplant weitermachen. Wo sind Sie?"

„Wir fahren gerade zu dem alten Gutshaus, in dem angeblich 28 Personen der ›12 Türme‹ Sekte leben sollen."

„Im Moment herrscht noch Ausnahmezustand. Verschaffen Sie sich ruhig mit Gewalt Zutritt, falls die nicht parieren. Ich höre von Ihnen."

„Blödmann", sagte sie und hoffte, er hatte rechtzeitig den Kontakt unterbrochen.

Sie fuhren auf den Hof des Gutshauses und Fey sah gleich, dass Türen und Fenster verriegelt waren. Die Blendläden waren zugeklappt. Sie betätigte die Glocke, die vor dem Torbogen hing, der zum Eingang führte. Nichts rührte sich. Sie würde hier nur wertvolle Zeit verschwenden. Allerdings hätte sie dem Sektenchef gerne tief in die Augen gesehen, mit einem eisigen Blick, der ihm die Gedärme hätte erfrieren lassen. Sie ließ das Martinshorn aufheulen und drückte auf die Hupe des Wagens. Ein Hund bellte aus einem der Kellerlöcher. Sie ging in die Richtung und ließ von den beiden Polizisten das schwere Tretgitter entfernen. Dann der Schock! Mit einer Taschenlampe leuchtete sie in mehrere verängstigte Kindergesichter. Sie gab ihnen ein Zeichen, das Fenster zu öffnen. Die Kinder blieben passiv. Einer der Kollegen hebelte das Fenster auf.

„Was macht ihr dort, Kinder?", fragte Fey entsetzt.

„Wir warten, bis unsere Eltern wiederkommen", sagte ein kleines Mädchen. Ein Junge wollte ihr den Mund zuhalten. Fey sah die dringende Notwendigkeit, das osnabrücker Jugendamt zu informieren. Einen der Kollegen ließ sie vor

Ort und fuhr mit Blaulicht zurück nach Münster. Unterwegs erreichte sie die Meldung eines Teamkollegen, den sie mit der Suche nach einem Pfarrer beauftragt hatte, der vielleicht etwas Merkwürdiges aufgeschnappt hatte. „Einem Pfarrer aus Ghana ist etwas aufgefallen", sagte ihr Kollege. „Ein Mann besuchte ihn zur Beichte. Er war Mitte 30 und habe ihm erzählt, er hätte einen anderen Mann namens Jan Mathys umgebracht. Der Beichtende habe dann gefragt, ob er dafür einen besonderen Platz im Himmel bekommen würde, worauf der Pfarrer ihn bat, erst einmal seine Tat zu bereuen, worauf der Mann dann die Kirche verlassen habe."

Es war 9:27 Uhr, als Fey am Aasee parkte und Albers anrief. Sie schickte den Kollegen, der sie gefahren hatte, nach draußen, um ungestört mit Albers sprechen zu können.

„Hanno, noch eine gute Stunde. Was mach ich? Sag es mir!"

„Hast du ein bisschen Studentenfutter für mich. Ich hänge im Moment selber. Kann nicht denken."

„Der Mann in Untersuchungshaft ist geständig. Er ist für die drei Morde verantwortlich."

„Quatsch!", schrie Albers, dass sie sich das Handy vom Ohr riss. „Fällt dir nichts auf?"

„Was?"

„Der Zeitpunkt! Erst schweigt der Mann und kurz vor den Kommunionfeiern löst er seine Lippen."

„Aber der Geständige konnte keinen Kontakt zum Täter haben, er war in Haft."

„Weil sie sich lange vorher abgesprochen haben. Das ist ein reines Ablenkungsmanöver. Es gibt einen zweiten Verblendeten. Wahrscheinlich auch Sektenmitglied. Er lenkt die Aufmerksamkeit der Polizei vom geplanten dritten Anschlag ab. Die saugen dem BKA gerade das Blut aus dem Hals, und die merken es mal wieder nicht."

„Wem sag ich das? Kanter?"

„Versuch's!"

Fey rief Kanter über Polizeifunk an und ließ Hanno von ihrem Handy mithören. Kanter gab ihr ein paar Sekunden, wimmelte sie dann aber ab.

„Wir haben ein Geständnis. Es wäre gegen jede Logik, angesichts des Risikos einer Panik, mit voller Kraft weiterzuermitteln."

Fey widersprach.

„Logik ist in diesem Fall ein Irrläufer." Kanter hatte aufgelegt.

Ihr Handy meldete den meldet den Anruf einer ihrer Ermittlungsbeamten. „Im Bekleidungsgeschäft Voss hat ein Mann einen blauen Anzug gekauft. Da die Hosenbeine zu kurz waren, musste der hauseigene Schneider eine Änderung vornehmen. Laut Aussage des Verkäufers legte der Kunde sehr viel Wert darauf, dass der Anzug vor der Kommunionfeier am Sonntag fertig sein sollte."

Sie teilte Albers die Nachricht mit.

„Es geht los", sagte Albers selbstsicher. „Er wird eine Messe mit anderen Kommunionkindern besuchen, fein rasiert in einem blauen Anzug."

„Okay, aber wo?"

„Mein Zufallsgenerator würde die Stadt Münster wählen. In seiner Fantasie möchte er mit einer besonders sauberen Weste vor Gott treten. Nach alter Tradition bringt er ein Opfer. Er opfert jemanden, den er für sündig hält. Kinder scheinen auf seiner Liste ganz oben zu stehen. Ist ja auch am einfachsten und wie gesagt: die Opfer sind meistens lieb, unschuldig und wehrlos."

„Da käme jedes Kind infrage."

„Im Prinzip ja. Wir dürfen aber nicht aus den Augen verlieren, was ihn am meisten antreibt: Er will rein sein. Laut Frau Bogner verlangte er nach einem neuen Namen. Er freute sich beinahe wie ein Kind, als Pfarrer Buttgereit ihn Johannes nannte. Er fühlt sich als Apostel der ersten Stunde. Bedenke, er wurde getauft, ist gefirmt worden, hat gebeichtet und hat versucht, alle Beteiligten umzubringen, damit sie ihn im Nachhinein nicht ins Unreine ziehen können. Anders O'Donnell. Der wollte das Reine, das Gute, das Liebevolle töten, damit er nicht mehr danach trachten musste. Indem er die Liebe durch die Morde an Imelda, ihrem kleinen Jungen und dem Pfarrer auslöschte, wurde er gleich mit allen anderen

Menschen, für die es nun auch keine Liebe mehr gab. Endlich konnte er sich wertschätzen, war gleich mit den anderen. Er stieg quasi aus der Hölle empor. Der münsteraner O'Donnell will sich nicht nach irdischen Kriterien wertschätzen. Er will in den Himmel, weil er zu den Aposteln gehört. Seine Himmelfahrt ist für heute geplant. Davon bin ich überzeugt und er wird nicht gehen, ohne ein Opfer gebracht zu haben."

„Verstehe. Trotzdem: Wo?"

„Vielleicht auf einem Kirchturm." Albers lachte.

„Bitte, Hanno! Ich bin fix und fertig."

„Ich kann dich verstehen, aber hellsehen kann ich nicht."

Fey wollte das Gespräch mit Albers nicht beenden. Sie suchte händeringend nach einem brauchbaren Anhaltspunkt.

„Eins noch! Da ist ein komischer Name aufgetaucht: Jan Mathys. Ein Pfarrer aus Ghana schnappte diesen Namen bei der Beichte eines Erwachsenen auf. Angeblich wurde der Mann, also Jan Mathys, ermordet. Kannst du was damit anfangen?"

Einige Sekunden Schweigen.

„Ich melde mich bei dir, muss erst noch frühstücken. Mir wird bestimmt was einfallen."

* * *

KNIPPERDOLLING

Sie ließ sich zum Präsidium fahren. Anneliese begegnete ihr im Flur und machte ein Dreitageregenwettergesicht. Sie sagte nur „Ströbl“ und zuckte mit den Achseln. Als Fey in Carstensens voll besetztes Büro trat, erhob sich Ströbl und forderte sie auf, ihm zu folgen. Im Flur baute er sich vor ihr auf. „Sie können froh sein, dass ich so kollegial bin und sie nicht vor all den anderen zur Rede stelle. Sie haben meine Anweisungen missachtet und sind eigenmächtig vorgegangen. Ich verwarne Sie aufs schärfste. Rechnen Sie mit einem Disziplinarverfahren. Völlig absurd, Kollegen nach Geistlichen suchen zu lassen, denen etwas bei der Beichte aufgefallen sein soll. Schon mal etwas von Schweigepflicht gehört? Träumen Sie, Amber? Wir haben ein Geständnis. Sie sind ab sofort inoffiziell beurlaubt.“

Ströbl drehte sich zackig um und verschwand in Carstensens Büro. Kanter kam den Flur entlang und sah Fey dort stehen. „Nehmen Sie sich das nicht zu Herzen. Wir sind alle mit den Nerven runter. Wenn das hier gut geht, werde ich für Sie ein Wort einlegen, und nun Kopf hoch. Ich kann Sie leider nicht an den noch laufenden prophylaktischen Maßnahmen teilnehmen lassen. Helfen Sie bei der Büroarbeit und beruhigen Sie sich.“

Brach ihre Karriereleiter wie ein Kartenhaus zusammen? Hatten die beiden Herren Kollegen ihr gerade mitgeteilt, dass sie unfähig, ja vielleicht sogar dumm ist? Wäre Albers ihr nicht vor die Nase gesetzt worden, dann wäre das nicht passiert. Sie schmetterte den Gedanken an Albers ab. Das war nicht gerecht. Sie war eine gestandene Frau und konnte sich allein entscheiden. Sie ging zu Carstensen ins Büro, schlängelte sich an den dort versammelten Kollegen vorbei, nahm ihre kleine Handtasche mit den Schminkutensilien vom Aktenschrank, die sie dort liegen gelassen hatte, als ihr Chef sie von der Taufe ihres Neffen abberufen hatte und begab sich in ihr Büro, das sie kaum wiedererkannte, denn dort hatten sich andere Kollegen während der hektischen Phase breitgemacht.

Sie nahm den Brief von Albers aus ihrer Manteltasche, legte ihn zwischen die Seiten des Buches von Wilhelm Busch und stellte es zurück auf die Fensterbank neben die beiden Fachbücher.

Es war viertel nach zehn. Jetzt versammelten sich Eltern und Kinder vor den Kirchen. Das Prophylaxeteam war alarmiert und hatte zur Sicherung an jeder Kirche einen Streifenwagen postiert. Eilig angebrachte CCTV-Kameras übertrugen Bilder in die Überwachungszentrale. Fey warf einen flüchtigen Blick durch die Scheibe in Carstensens Büro. Einige der neuen Männer im Stab sahen zu ihr rüber. Sie musterten sie und bestätigten wahrscheinlich gerade ihre Vorurteile über Frauen. Von Anneliese erfuhr sie, dass der Geständige elend aussehe und er gleich zur Krankenstation gebracht würde.

Sie holte sich einen Kaffee aus dem Automaten im Flur und schaute auf ihr Handy, das sie auf lautlos gestellt hatte. Sie wollte nicht, dass Albers sie mitten in einer Besprechung anrief, aber an solch erlauchten Runden würde sie ja nicht mehr teilnehmen. Albers hatte eine Nachricht in ihrer Mailbox hinterlassen. „Mach dich auf die Socken! Im Dom wird auch die Erstkommunion gefeiert. Wahrscheinlich wird er dort sein."

Fey verließ eilig das Präsidium. Es herrschte Parkplatznot in der Nähe des Doms. Sie parkte ihren Wagen am englischen Seminar, lief über den Domplatz und ging durchs Hauptportal hinein. Ein Chor sang und Orgelmusik spielte zu den in Reih und Glied hereinkommenden Kindern, Jungen rechts und Mädchen links. Sie trugen ihre Taufkerzen vor sich her. Das war alles, was Fey auf die Schnelle registrierte, ab da galten ihre suchenden Blicke einem hageren, frisch rasierten Mann mit blauem Anzug, vielleicht mit einem etwas zu kindlichen Reversschmuck.

Geistesgegenwärtig überholte sie die Kinder und ging ihnen nach vorne zum Altar voraus. Sie hätte eine Lehrerin sein können, eine Katechetin oder die Mutter eines ängstlichen Kindes. Vorne angekommen wartete sie, bis alle Kinder ihre Plätze eingenommen hatten, und schritt dann langsam, die Hände vor sich gefaltet zurück zum Hauptportal. Jungs saßen nun für sie links, also schaute sie nach links. Es schoss wie ein Blitz in ihre Glieder, als sie ihn sah. Alter Mitte dreißig, er war einer der Sanitäter. Sie bemühte sich, unauffällig zu wirken, auch wenn sie glaubte, man könne ihr die Nervösität ansehen. Er saß außen in einer der Bänke. Ihr Herz überschlug sich, denn jeden Moment konnte hier ein Amoklauf vonstatten gehen. Musste sie ihn jetzt stellen, mit vorgehaltener Waffe abführen? Sie griff an ihre Pistolentasche unter ihrer Jacke. Und wenn er schussbereit war? Er würde trotz ihrer Waffengewalt ein Blutbad anrichten. Ihr Vorteil war die Tarnung. Ihr Gesicht war wegen der Irlandreise nicht in den Medien erschienen. Der Mann kannte sie nicht.

Sie hatte noch Zeit bis zum Empfang der Kommunion. Um ganz sicher zu gehen, lief sie zu ihrem Wagen und schaute sich die Bilder der fünf gesuchten Sanitäter an. Zweifelsfrei handelte es sich um den Mann, dessen Wohnung sie gestürmt hatten. Er hatte dort nie gewohnt, also hielt er sich irgendwo anders auf, bei einer Sekte zum Beispiel. Die Puzzlestücke passten immer besser zusammen. Sie rief Albers an.

„Hanno! Er ist hier im Dom."

„Gut, dann hör dir jetzt an, was ich herausgefunden habe." Fey vernahm Fahrgeräusche, als Hanno mit ihr sprach. „Jan Mathys führte 1531 die Täuferbewegung in Münster an. Die Täufer standen für eine militante protestantische Bewegung, die Katholiken verfolgte. In seiner Wahnvorstellung hat unser münsteraner O'Donnell Mathys umgebracht, und sich so als Katholik verdient gemacht. Er wollte den Jungen von Frau Bogner langsam ersticken lassen. Das war eine Form von Folter. Der Junge war für ihn ein Ketzer. Vielleicht sah er in ihm seine eigene ehemalige Unreinheit, seine Sünden, seinen Missbrauch durch die Kirchenmänner und wäre durch dessen Tod erlöst worden. Später wurden die Anführer des Täuferreichs von Münster öffentlich zu Tode gefoltert, ihre Zungen mit glühenden Zangen herausgerissen, ihre Leiber zerfetzt und dann in Käfigen zur Schau gestellt."

„Okay, Hanno! Das ist ja ganz interessant, aber was mach ich jetzt?“

„Lass ihn nicht aus den Augen. Ich bin unterwegs.“ Er hatte aufgelegt.

Der Mann würde an der Kommunion teilnehmen. Deswegen war er da. In seiner Welt war es das erste Mal und es würde auch das letzte Mal sein, denn danach gab es keine irdischen Ziele mehr. Es gab nur noch den Himmel.

Sie durfte sich jetzt nicht leichtfertigen Schlüssen hingeben. Der Mann war höchstwahrscheinlich bewaffnet. Sie musste dort in seiner Nähe bleiben, um Schlimmstes zu verhindern.

Sie suchte sich einen Platz in der Reihe gegenüber schräg hinter ihm. Von dort konnte sie ihn gut beobachten. Warum hatte Albers ihr nicht geraten, die Kollegen zu verständigen? Fürchtete er ein Massaker? Dieser Mann hatte ein Baby getötet. Warum sollte er Skrupel haben, viele Menschen zu töten? Sie sah ihn von der Seite an. Die eingefallenen Wangen machten sein Gesicht knochig. Er hatte Gel in den Haaren, wie es die kleinen Herren von heute oft trugen. Eine unscheinbare Figur, die ganze Zeit kniend. Jede seiner Regungen konnte eine Katastrophe einleiten. Sollte sie Albers das Ende der Geschichte des münsteraner O'Donnell überlassen? Hanno war unterwegs. Sie sah nach hinten, kurz nur, kein Albers. Als sie ihren Blick wieder auf den Mann richtete, sah er sie mit feurigen Augen an. Sie schaute weg, wusste aber intuitiv, dass er sie fixiert hatte wie ein Opfer, als auserwählte Ketzerin, die seine Himmelfahrt versüßen sollte. Fey wurde bleich, griff an die Bank vor sich und setzte sich. Wo blieb Albers? Sie knickte gerade ein, wie ein Häufchen Elend. Der Priester erhob den Kelch, die Wandlung stand an. Nun wurden die Kerzen der Kommunionkinder entzündet. Sie neigte langsam ihren Kopf in die Richtung des Mannes. Er bekreuzigte sich und drehte sich dann zu ihr. Sie sah rechtzeitig zum Altar, aber zu wissen, dass er sie erneut anstarrte, ließ tausend Ameisen über ihre Haut krabbeln. Eine lähmende Stille sensibilisierte ihren Körper. Jeder kleine Laut stieß in ihr innerstes Mark und straffte ihre Muskeln, ohne dass sie es wollte.

Die Kinder vorne in der ersten Reihe traten aus ihrer Bank heraus. Sie musste sich bereit machen, auf einen spontanen Angriff gefasst sein. Warum hatte Hanno ihr das mit der Folter erzählt, das machte ihr jetzt Angst. Zu Tode foltern musste das Schlimmste sein. Aber das Mittelalter war vorbei, und warum sollte er sie als Opfer auserwählt haben?

Die erwachsenen Besucher der Messe waren an der Reihe, die Kommunion zu empfangen. Der Mann trat aus seiner Bank heraus und ging als einer der Ersten nach vorne. Fey löste sich zittrig von ihrer Bank und merkte gleich, dass sie kaum gehen konnte. Dass sich schnell eine Schlange bildete, war ihre Rettung. Die Menschen um sie herum gaben ihr psychologischen Halt. Der Mann befand sich seitwärts etwa zehn Meter von ihr entfernt. Sie trug ihre Jacke offen, bereit, zur Waffe zu greifen. Er besaß eine Pistole, mit der er bereits drei Menschen erschossen hatte. Würde er sie hier vor dem Altar gebrauchen? Er war verrückt, warum also nicht? Ihr Telefon vibrierte. Noch zwei Personen und der Wahnsinnige hätte sich seinen seligen Wunsch von der Kommunion erfüllt. Danach könnte etwas passieren, nicht davor. Sie hatte noch ein paar Sekunden, drehte sich um und zog sich weiter nach hinten ins Kirchenschiff zurück. Sie sah aufs Display: Albers. Er hatte eine Nachricht geschickt. Fey vergewisserte sich, den Mann noch im Blickfeld zu haben und las: *Das Ende der Geschichte lautet St.-Lamberti-Kirche, die Käfige, da will er hin*. Als sie wieder aufsah, war der Mann weg. Panik ergriff sie. Sie drehte sich und sah in staunende Gesichter. Sie verließ den Dom durch den Seitenausgang, der in Richtung Prinzipalmarkt führte. Im letzten Augenblick sah sie einen Mann im blauen Anzug durch die Domgasse eilen, die auf der anderen Seite an den Prinzipalmarkt anschloss, auf dem sich die Lamberti-Kirche befand. Albers hatte tatsächlich recht. Fey rannte ihm nach. Die Giebelhäuser im Rücken erspähte sie ihn zwischen einigen Passanten. Er irrte nach rechts, nach links, sah sich um, hielt und lief dann hastig wieder los. Plötzlich erkannte Fey, was er im Sinn hatte. Er hetzte auf zwei Kinder zu, die vor einem Geschäft spielten, griff sich eins, riss es an sich und rannte damit zur Lamberti-

Kirche. Fey versuchte ihn einzuholen, sah, wie er die Tür zum Turm aufschloss, in das Treppengewölbe hineinging und die Tür hinter sich zuschlug, sodass sie wieder verriegelt war. Sie hörte das Kind schreien. Der Mann hatte sein Opfer. Sie konnte die schwere Tür nicht öffnen. Wo war Albers? Sie rief die Feuerwehr und die Kollegen an und sah sich nach anderen Möglichkeiten um, in den Turm zu gelangen, aber vergebens. Schließlich setzte sie sich mit ihrer Pistole in der Hand vor die Tür und wartete.

Es vergingen einige Minuten, als sie die Sirene der Feuerwehr hörte. Inzwischen hatten die Kollegen von der Streife, die ganz in der Nähe postiert waren, versucht, die Tür mit einem normalen Brecheisen zu knacken. Dann fiel plötzlich ein Schuss und Sekunden später hörte man einen Aufschrei der Menschen, die sich in der Nähe des Kirchturms aufhielten. Fey bahnte sich einen Weg durch die entsetzte Menge. Da lag er, der Mann, aufgeplatzt in seinem eigenen Blut. Doch wo war das Kind? Fey rannte zur Tür. Die Feuerwehr versperrte den Zugang. Sie bat um Platz und da sah sie Albers mit dem Kind. Er hatte gerade die Tür geöffnet und entließ das ängstliche Kind in die Arme seiner weinenden Mutter.

Fey fiel Albers in die Arme und er streichelte ihr über den Kopf.

„Alles gut. Du hast deine Sache toll gemacht. Das beste Pferd im Stall, wie man so schön sagt. Komm, wir gehen einen Kaffee trinken."

Der Notarzt kümmerte sich um die Mutter und das Kind. Sie kamen am Drubbel vorbei. Albers hielt Fey am Arm und lenkte sie in ein Lokal.

„Soviel ich weiß, gibt es hier Guinness, möchtest du zur Feier des Tages auch eins trinken?"

„Warum nicht, vielleicht muss ich ja beschwipst sein, um die Geschichte zu glauben, die du mir zu guter Letzt erzählen wirst."

Sie setzten sich an einen Tisch und Albers bestellte zwei Guinness.

„Der Name Jan Mathys brachte den Stein ins Rollen. Er war der geistige Kopf der Täufer, verbreitete Endzeitstimmung. Nachdem unser Wahnsinniger ihn in seiner Scheinwelt ermordet hatte, suchte er sich die Käfige als heiligen Ort für den Niedergang der Täufer und als Ort für seine Erlösung aus. Als gute Münsteranerin hättest du auch selber auf dieses Puzzleteil kommen können."

„Entschuldige, aber ich komme wie du aus dem Norden. Erst als deine Stelle frei wurde, zog ich aus Bremen hierher. Der Name Jan Mathys musste bei mir also kein Aha-Erlebnis auslösen."

„Zugegeben. Aber bei vL und K, da hätte es bei dir klingeln können. Die Initialen befanden sich in den silbernen Anhängern aus Drahtgeflecht. Der Form nach winzige Käfige. Die Anführer des Täuferreichs von Münster hießen van Leiden, Krechting und es gab noch einen dritten, von dem erzähl ich dir gleich."

Fey sah die Lösung vor sich. „Der Täter wollte am Tatort die Ketzer töten. Das Baby symbolisierte van Leiden und Benjamin verkörperte Krechting. Und was war mit dem dritten?"

„Als mir die Zusammenhänge klar wurden, saß ich bereits im Auto und wollte dich am Dom unterstützen, aber es kam anders. Ich hatte zwar keine Beweise, aber die Anhänger und die Initialen waren Indizien genug, um meine Gedanken auf die drei Käfige am Turm der Lamberti-Kirche zu lenken. Mir fiel ein, dass es dort einen Türmer gibt, der allabendlich hoch auf den Turm steigt und halbstündlich sein Horn bläst. Ich rief an und war erstaunt, dass sich eine Frau meldete. Sie habe seit 2014 den Posten der Türmerin inne, sagte sie mir. Ich tappte immer noch nach der Nadel im Heuhaufen. Aber dann kam die Überraschung. Seit Tagen fehlte ihr ein Schlüssel zum Turmgang. Da läuteten bei mir die Glocken. Ich bestellte die Türmerin zur Lamberti-Kirche. Sie gab mir den Zweitschlüssel und so ging ich hoch, um dort oben zu warten."

Albers kramte sein Handy aus der Hosentasche, legte es auf den Tisch und stellte es an. Eine fremde Stimme erklang:

Setz dich da her, Knipperdolling. Kleiner Ketzer, musst sterben, weil deine Seele schwer von Sünden zu Boden sinkt. Ich, Johannes, werde dagegen hoch zu Gott fahren, ins Himmelreich der Jungfrau Maria. So erspare ich dir die Folter am letzten Tag meines irdischen Lebens. Komm, sündiger Knipperdolling, schau dir diese kleine Kerze an. Du darfst sie anzünden, ... Bang.

Albers stellte das Telefon aus.

„Ich habe ihn aus meinem Versteck heraus erschossen. Allein wollte ich das Risiko einer Festnahme nicht eingehen. Er hatte das Kind losgelassen. Der erste Moment, wo sie getrennt waren. Da habe ich abgedrückt."

Albers nippte an seinem Guinness.

„Nun weißt du, dass der dritte Anführer des Täuferreichs Knipperdolling hieß. Er wurde mit den beiden anderen zu Tode gefoltert und die Leichen wurden mehrfach erdolcht. Die Körper der drei Anführer wurden in Käfige gesperrt und die wurden später oben im Turm der Lamberti-Kirche aufgehängt."

„Mittelalter ade. Ich hätte da noch einen Vorschlag. Die Sekte ›12 Türme‹ sollten wir gründlich auf den Kopf stellen. Es würde mich nicht wundern, wenn der Geständige Kontakt zu denen hatte. Bin gespannt, was Kanter sagt."

Albers grinste übermütig.

„Sagtest du eben wir? Unsere Mission ist beendet, und wenn mich nicht alles täuscht, werden bald die Maifliegen schlüpfen und ich werde meinem Haus am See einen Besuch abstatten."

Fey wollte gerade etwas dazu sagen, da hatte sie eine Idee und rief Kanter an. Der wollte mit überschwänglich lobenden Worten über sie herfallen, aber sie würgte ihn ab.

„Euer Mann auf der Krankenstation, durchsucht ihn! Der wirkliche Täter war bereit zu sterben. Er wollte vom Turm springen, direkt in den Himmel. Sucht bei eurem geständigen Mann auf der Krankenstation nach der tötlichen Pille. Für den Fall, dass die „Mission" fehlschlägt, könnte die Pille als Notlösung vorgesehen sein. Sie wollen keinen normalen Tod sterben. Der eines Märtyrers ist gerade recht. Schaut nach! Die Männer gehören zusammen."

Albers lächelte genüsslich wie ein Vater, dem seine Tochter gerade gesagt hatte, dass er der Beste ist. „Du bist eine so gute Schülerin. Wie wär's mit einer Belohnung, einem Kurztrip nach Irland?"

Fey beruhigte sich wieder.

„Kein Bedarf, ich spanne in der iberischen Sonne aus. Kann ich mir erlauben, denn ich bin inoffiziell beurlaubt, aufgrund mangelnder Kompetenz."

„Die Märchentante von der Kripo Münster wird in die Annalen eingehen, so wie der alte Albers zur Legende wurde. Es war eine tolle Zeit mit dir. Von der Grün lässt dich grüßen. Er ist wieder in Wien. Johnny hat sein Taxi renoviert, eine dicke Schicht Unterbodenschutz. Er meinte, eine echte Lady wie dich würde er gerne öfter durch die Landschaft kutschieren."

„Hanno, lass es einfach. Ich bin irlanduntauglich."

Ihr Handy meldete sich. „Kanter", gab sie Albers zu verstehen.

„Frau Amber, wir haben die Pille gefunden. Sie klebte eingeschweißt in der Achselhöhle des Mannes, was seine Komplizenschaft beweist. Kommen Sie morgen zu mir. Ich werde Sie vor der versammelten Mannschaft rehabilitieren. Wir waren übrigens nahe dran. Nachdem der Täter seinen Sanitäterdienst beendet hatte, arbeitete er vier Monate als Hausmeister in dem Kindergarten, in dem Frau Thomalla Englischunterricht gab. Der gleiche Hausmeister kümmerte sich auch um die Schule, die Benjamin besuchte. Er hatte dort nur zwei Wochen vertreten und tauchte dann unter. Ein paar Minuten mehr und wir hätten ihn geschnappt."

„Zu spät!", sagte Fey und beendete das Gespräch.

„Ist schon ein Goldkind, der Kanter vom BKA, nicht wahr?", lächelte Albers und nippte langsam an seinem Guinness.

„Keinen rechten Durst?", fragte Fey.

„Im Gegenteil, aber warum die letzten Minuten mit dir überstürzen. Wir könnten doch gute Freunde bleiben, uns mal zum Kaffee treffen oder vielleicht sogar in den Zoo gehen."

„Hanno, hast du irgendwas genommen? Hängst du etwa auch mit diesem verkifften ›Vadder‹ vom Tatort-Kommissar Thiel zusammen?"

Sie lachte. Er lachte. Und dann ging ihr Handy. Albers schaute erleichtert. Feys Augen leuchteten. Albers lauschte und hörte sie sagen:

„Hi Trevor, was für eine Überraschung ...“

ENDE

REZEPTE AUS DER MÜNSTERLÄNDISCHEN KÜCHE

HIMMEL UND ERDE

Zutaten:
1 kg Kartoffeln
1 kg Äpfel
150 g Speck
Salz
Butter
1 Pfund Blutwurst (statt Blutwurst empfielt sich auch Panhas)

Zubereitung:
Kartoffeln schälen und in Salzwasser gar kochen. Abgegossene Kartoffeln stampfen, salzen und mit einem guten Stück Butter verfeinern.

Äpfel schälen, Kerngehäuse entfernen, in Stücke schneiden und in Wasser weich kochen. Kleine Speckwürfel in einer Pfanne anbraten, dann die Apfelstücke noch kurz dazugeben. Kartoffelstampf, Äpfel und Speckwürfel warm halten. Butter in einer Pfanne zerlassen und die in ein bis zwei cm dicke Scheiben geschnittene Blutwurst von beiden Seiten anbraten.

Alles zusammen auf Tellern heiß servieren.

KARTOFFELPUFFER

Zutaten:
1 kg Kartoffeln
2 Zwiebeln
4 Eier
3 EL Mehl
1/2 TL Salz
Öl

Zubereitung:
Kartoffeln schälen und reiben. Salz, Mehl und Eier unterrühren. Zwiebeln schälen, reiben, und dazugeben und alles gut verrühren. Öl in einer Pfanne erhitzen und für jeden Puffer Teig mit einem großen Löffel ins Öl geben und glattstreichen. Puffer auf beiden Seiten knusprig braun backen. Dazu schmeckt Rübenkraut und Apfelmus.

ERBSENSUPPE MIT KLÖSSCHEN

Zutaten:
500 g getrocknete Schälerbsen (einen Tag vorher zum Quellen in Wasser einlegen)
2 Zwiebeln
1 Pfund Kartoffeln
Salz
1 TL Gemüsebrühe
fetter Speck

Für die Klößchen
200 ml Milch
Butter
Salz, Muskat
80 g Gries
2 Eier

Zubereitung:
Erbsen in einem großen Topf in einem Liter Wasser erhitzen, Zwiebeln zerkleinern und dazugeben, Kartoffeln schälen, in Würfel schneiden und beifügen. Gemüsebrühe hineinstreuen und alles eine Stunde leicht kochen. Fetten Speck in einer Pfanne goldgelb auslassen, zur Suppe geben und gut umrühren. Mit Salz abschmecken.

Für die Klößchen Milch, Butter und Muskat erhitzen. Vom Herd nehmen, Grieß einstreuen und gut verrühren. Erneut leicht erhitzen. Die Eier unter den Grießteig rühren und den Topf wieder vom Herd nehmen. Dann mit zwei Löffeln Klößchen abstechen und zur Suppe geben. Die Suppe noch einige Minuten warm stellen.

Als interessante Geschmacksvariation lassen sich eingelegte Heringe dazu reichen.

IRISCHE REZEPTE

SCONES

Zutaten:
450 g Mehl
2 TL Backpulver
1/2 TL Salz
50 g Zucker
120 g Butter
2 Eier
50 ml Sahne
Etwa 200 ml Milch

Zubereitung:
Mehl, Backpulver, Salz und Zucker in einer Schüssel vermengen. Weiche Butterstücke dazugeben und alles mit den Fingern verkneten. Ei, Sahne und so viel Milch zugeben, dass eine formbare Teigmasse entsteht. Den Teigklumpen auf eine Dicke von 2,5 cm ausrollen. Runde Teigformen (z. B. mit einem Trinkglas) ausstechen und auf Backpapier legen. Ein geschlagenes Ei mit etwas Wasser vermengen und als Glasur über die Scones streichen. Bei 180 Grad Celsius 15–20 Minuten backen.

SODA-BROT

Zutaten:
450 g Mehl
1 gestr. TL Soda bzw. Natron
1 TL Zucker
1/2 TL Salz
400 ml Buttermilch

Zubereitung:
Mehl, Soda, Zucker, Salz vermengen und nach und nach die Buttermilch dazurühren, bis ein formbarer Teig entstanden ist. Den Teig in eine gefettete Backform geben und bei 230 Grad Celsius etwa 30 Minuten backen.

SMOKED SALMON OMLETTE

Zutaten:
8 Eier
200 g geräucherter Lachs
Salz, Pfeffer
frischer Schnittlauch und Kerbel
Butter

Zubereitung:
Lachs in dünne Streifen schneiden und mit den leicht geschlagenen Eiern vermengen.
Ein TL Salz und etwas Pfeffer, Schnittlauch und Kerbel dazugeben. Butter in einer großen Pfanne schmelzen und bei mittlerer Hitze die Lachs-Eier-Masse in die Pfanne gießen und auf dem Herd oder im Ofen gar backen. Passt als Vorspeise mit einem Guinness oder zum Frühstück.

LAST BUT NOT LEAST:

Der letzte Dubliner Schrei sind sogenannte crisp sandwiches. Die bestehen aus zwei Toastbrotscheiben, zwischen die der Inhalt einer kleinen Tüte Chips gequetscht wird. Natürlich ist das Ganze nicht so trocken wie es sich hier liest, denn das Sandwich kann zusätzlich genauso belegt werden wie ein normales Sandwich, zum Beispiel mit Erdnussbutter, Ketchup oder Mayo, Gurken, Pickles, Tomaten, Käse und gekochtem Schinken.

Helmut Rücker
ALZ oder die Abgründe des Bösen
Münsterland-Krimi
156 Seiten
Paperback mit Folienkaschierung
Format: 12,8 x 21 cm
ISBN 978-3-939256-30-4
€ 10,95

„Alles beginnt mit einer Anzeige in den WESTFÄLISCHEN NACHRICHTEN:

Forscherteam sucht Menschen, die sich als durch und durch böse einschätzen, ohne dass sie psychisch krank sind. Sie müssen nicht kriminell sein. Unbescholtenheit wäre von Vorteil. Sie sollten sich aber zu ihrer Boshaftigkeit, zum Hass auf sich selbst und die Mitmenschen bekennen.“

Diese Anzeige bleibt nicht folgenlos: Menschliche Abgründe kommen dank der Hartnäckigkeit der jungen Münsterschen Ermittlerin Gesine Bieler ans Tageslicht. Natürlich auch Leichen ...

Zum Autor:

Helmut Rücker, Jahrgang 1939, studierte in Münster und Berlin Germanistik, Slawistik und Philosophie, nach dem erfolgreich abgelegten Staatsexamen und anschließender Promotion arbeitete er zunächst als Gymnasiallehrer und später viele Jahre in der Schulaufsicht in Münster. Der verheiratete Vater zweier erwachsener Kinder ist von daher mit den Schönheiten, aber auch den dunklen Seiten der heimlichen Hauptstadt Westfalens bestens vertraut.